Yan Lianke

DEM VOLKE DIENEN

YAN LIANKE

DEM VOLKE DIENEN

Roman

Aus dem Chinesischen
von Ulrich Kautz

Ullstein

Titel des chinesischen Originaltextes:
Wei renmin fuwu
Erschienen in der Zeitschrift *Hua Cheng*
Die erste Buchausgabe erschien in Frankreich unter dem Titel *Servir le peuple*
bei Éditions Philippe Picquier, Paris

Die Übersetzung aus dem Chinesischen wurde mit Mitteln des Auswärtigen Amtes unterstützt durch die Gesellschaft zur Förderung der Literatur aus Afrika, Asien und Lateinamerika e. V.

ISBN 978-3-550-08687-8

Gesetzt aus der Bembo bei
Pinkuin Satz und Datentechnik, Berlin
Druck und Bindearbeiten: GGP Media GmbH, Pößneck
Printed in Germany

Eilige Mitteilung über das Verbot der Publikation von Yan Liankes Roman »Dem Volke dienen«

An alle Verlage, Zeitungen und Zeitschriften:

Yan Liankes Roman »Dem Volke dienen«, erschienen 2005 in der ersten Ausgabe der Zeitschrift »Hua Cheng«, beinhaltet vulgäre und obszöne Darstellungen sowie schwerwiegende gedankliche Irrtümer, außerdem wird das ehrwürdige Gebot »Dem Volke dienen!« verachtet und verunglimpft. Dieses Werk darf in keiner Form nachgedruckt oder verbreitet werden – weder in der Presse (auch nicht in Auszügen) noch als Buch, als audio-visuelle CD oder im Internet.

1

Das wahre Leben lässt sich manchmal nur in Form eines Romans auf Papier bannen.

Schreiben wir also einen Roman! Manches, was sich in der Realität ereignet, erscheint ja wirklich nur glaubhaft, wenn man es in das Gewand der Fiktion kleidet.

Was geschehen ist, geschah so im Roman, geschah aber auch im wirklichen Leben.

Oder sagen wir es anders: Im wirklichen Leben wiederholte sich, was im Roman »Dem Volke dienen« steht.

Als Gruppenführer Wu Dawang, dem Divisionskommandeur als Ordonnanz und Koch zugeteilt, mit einer Handvoll Gemüse aus dem Garten in die Küche kam, hatte er für einen Moment das Gefühl, als detonierte unmittelbar vor seinen Augen eine Wasserstoffbombe: Auf der gekachelten Herdplatte lag abermals jene Holztafel! Die Tafel mit den fünf großen roten Schriftzeichen für »Dem Volke dienen!«, die normalerweise ihren Platz auf dem Esszimmertisch hatte. Links von der Schrift strahlten die fünf roten Sterne aus der Nationalflagge, rechts prangte ein Gewehr mit baumelnder Feldflasche, und am unteren Rand waren üppige Getreidegarben abgebildet. Der Gruppenführer galt in seiner Division als Vorbild beim Politstudium und kannte natürlich den tieferen Sinn dieser Symbole, wusste also, dass die Sterne für die

Revolution standen, die Wasserflasche und das Gewehr für Kampf und Geschichte – den langen, entbehrungsreichen revolutionären Prozess –, und die Garben für reiche Ernten und eine lichte Zukunft, also für die herrliche Zeit nach dem vollendeten Aufbau des Kommunismus.

Eines Tages hatte der Divisionskommandeur diese weiß lackierte, rot beschriftete und mit Sternen, Gewehr, Flasche und Garben in rot und gelb geschmückte Holztafel von irgendwoher mit nach Hause gebracht und auf den Esstisch gelegt, den seine Ordonnanz gerade deckte. Er blickte Wu Dawang eindringlich an und fragte: »Weißt du, was das alles bedeutet?«

Wu betrachtete aufmerksam die Tafel und erklärte dann die Symbolik bis ins Kleinste, woraufhin sein Vorgesetzter über das ganze Gesicht zu strahlen begann: »Nicht schlecht, wirklich gar nicht schlecht! Meine Ordonnanz! Da hat also selbst mein Koch ein höheres Bewusstsein als die alle!«

Zwar wusste Wu nicht, wen der Divisionskommandeur mit »die alle« meinte, doch getreu dem soldatischen Prinzip »Sag nichts, frag nichts und tu nichts, was dir nicht zukommt!« trollte er sich und widmete sich erneut der Suppe für den Kommandeur und dessen Frau. Die Tafel mit der Aufschrift »Dem Volke dienen!« aber hatte von da an als auffallende Tischdekoration neben den Flaschen mit Essig, Chilisoße und kaltgepresstem Sesamöl ihren Platz auf dem Esstisch.

Unmerklich verfloss die Zeit; die Tage gingen dahin, gleichförmig und friedlich, wie der Fluss, der durch das Kasernengelände strömte. Der Divisionskommandeur stieg jeden Morgen schon vor dem Wecksignal in voller Montur die Treppe vom ersten Stock herab und vergewisserte sich, dass seine Unteroffiziere und Soldaten auf dem großen Exerzierplatz zwischen den Gebäuden mit dem gebührenden Eifer ihren täglichen Drill absolvierten. Abends kam er, inzwischen doch ein wenig ermüdet, stets erst ein Weilchen nach dem Zapfenstreich heim, zog unten schon seine Uniform aus und machte sich für die Nacht fertig, ehe er zum Schlafen in den ersten Stock hinaufging. Die Revolution und die Arbeit, das waren seine Leidenschaft und sein Leben, ausschließlicher Inhalt und Kern seiner Existenz. Seit frühester Jugend waren die großen historischen Ereignisse des vergangenen halben Jahrhunderts – der Widerstandskrieg gegen Japan sowie, davor beziehungsweise danach, der Agrarrevolutionäre Krieg und der Befreiungskrieg – für ihn die Elle gewesen, an der er den Sinn jedes einzelnen Tages in seinem Leben gemessen hatte, und auch jetzt noch mit fünfzig, wo er den Zenit bereits überschritten und das Alter vor Augen hatte, hielt er es weiter so.

Die Gattin des Divisionskommandeurs, eine hübsche, junge Frau namens Liu Lian, die von ihm stets nur Xiao Liu – die kleine Liu – genannt wurde, war siebzehn oder achtzehn Jahre jünger als er. Vor ihrer Heirat mit dem Kommandeur hatte sie als Schwester im Divisionslazarett gearbeitet, seither aber keinen Fuß mehr über dessen Schwelle gesetzt. Hatte ihr Mann ihr das Arbeiten untersagt? Oder hatte sie selbst keine Lust mehr, Kranke zu pflegen? Man wusste es nicht. Jedenfalls waren seit ihrer Hochzeit bereits fünf Jahre ins Land gegangen, in denen sie sich als Hausfrau im Glanz ihres Ehemanns gesonnt und es sich als Herrin eines Hauses für privilegierte Kader daheim gemütlich gemacht hatte.

Wu Dawang hatte vor Dienstantritt bei dem Divisionskommandeur praktisch nichts von Liu Lian gewusst und wusste auch jetzt noch sehr wenig über sie. Ihm war weder bekannt, wo sie herkam, noch wann sie in die Armee eingetreten und Krankenschwester geworden war. Auch dass sie schon seit fünf Jahren keiner Arbeit mehr nachging, was sie im ersten Stock trieb, wenn sie sich nach den Mahlzeiten wieder dorthin zurückzog, ob sie noch einen Lohn bekam, obwohl sie nicht arbeitete, und ob sie in den fünf Jahren, während derer sie keine Uniform mehr getragen hatte, die Vorschriften und Pflichten einer Armeeangehörigen vielleicht vergessen hatte – all das wusste er nicht. Liu Lians Vergangenheit war für ihn wie ein Gebirge, das zu allen Jahreszeiten von dichtem Nebel verhüllt ist: Unmöglich zu sagen, ob man dort kahle Felsen oder üppige Bergwiesen, unzugängliche Schluchten oder liebliche Täler mit Vogelgezwitscher und murmelnden Bächlein vorfinden würde.

Da er nichts wusste, machte er sich auch keine Gedanken, und weil er sich keine Gedanken machte, war der Divisionskommandeur überaus zufrieden mit ihm. Wu Dawang war inzwischen schon so lange bei der Armee, dass er als »Revolutionärer Veteran« galt. In seiner Personalakte häuften sich die Auszeichnungen – Belobigungen, ehrenvolle Erwähnungen, Verdiensturkunden – wie die Waren im Speicher, und pünktlich zur Jahresmitte und am Jahresende wurde er vom Chef der Divisionsverwaltung als Vorbild herausgestellt und als Mustersoldat geehrt. Dennoch war er damit bei weitem nicht zufrieden. Um es rundheraus zu sagen: Wu strebte nach Ruhm, er war ein Perfektionist in Uniform. Allen war noch gut im Gedächtnis, wie er einmal während eines Divisions-Leistungsvergleichs, bei dem es sowohl um die Erfolge im Politstudium wie um die fachliche Kompetenz in Sachen Logistik ging, nicht nur 286 Worte des Vorsitzenden Mao sowie drei »klassische Schriften« Mao Zedongs – »Dem Volke dienen!«, »Dem Andenken Bethunes« und »Yu Gong versetzt Berge« – fehlerfrei hersagen konnte, sondern darüber hinaus bei Offizieren wie Soldaten des

Divisionsstandortes schlagartig dadurch berühmt wurde, dass er innerhalb von dreißig Minuten eine Kochstelle hergerichtet, Gemüse zerkleinert und ein in jeder Hinsicht gelungenes Vier-Gänge-Menü plus Suppe zubereitet hatte. Gerade deshalb hatte ihn ja der Divisionskommandeur als persönliche Ordonnanz und zugleich als persönlichen Koch ausgewählt.

Der Verwaltungsleiter hatte ihn damals gefragt: »Was sind die wichtigsten Prinzipien, die du beachten musst, wenn du jetzt beim Kommandeur Dienst tust?«

»Ich darf nichts fragen, nichts tun und nichts sagen, was mir nicht zukommt.«

»Und weiter?«

»Ich muss mir immer bewusst sein, dass mein Dienst beim Kommandeur Dienst am Volke ist.«

»Noch mehr kommt es aber darauf an, dass das keine bloßen Sprüche bleiben und du deinen Worten auch Taten folgen lässt.«

Wu erwiderte: »Genosse Verwaltungsleiter, Sie können sich darauf verlassen, bei mir werden Wort und Tat, Denken und Handeln, sozialistisches Bewusstsein und fachliche Kompetenz eins sein.«

»Gut! Dann also los! Und wir erwarten, dass bei der Kompanie und deinen Leuten zu Hause nur Gutes über deinen Dienst beim Kommandeur zu berichten sein wird!«

So wurde Wu Dawang von der Wachkompanie ins Haus des Divisionskommandeurs abkommandiert.

Seit einem halben Jahr versah er nun dort gewissenhaft seine Pflichten, kochte, baute Gemüse an, hielt das Erdgeschoss sauber, bepflanzte den umzäunten Vorgarten mit Blumen und Kräutern und beschnitt die Bäume und Sträucher. Von einem kurzen Heimaturlaub abgesehen hatte er das Anwesen und die kleine Villa mit der Hausnummer 1 nicht verlassen.

Angesichts Wus Zuverlässigkeit hatte der Divisionskommandeur in seiner geradezu besessenen Hingabe an die revolutionäre Arbeit und die Sache der Kommunistischen Partei eine vom Zentralkomitee der Partei initiierte Bewegung zur Reduzierung des Stellenplans zum Anlass genommen, mit gutem Beispiel voranzugehen und sowohl seine persönliche Ordonnanz als auch seinen Leibwächter einzusparen. Seither waren, wenn er zum Dienst gegangen war, nur noch seine zweiunddreißig Jahre alte Ehefrau Liu Lian und sein Koch Wu Dawang, der nun zusätzlich als Ordonnanz Dienst tat, in dieser ursprünglich von den sowjetrussischen Beratern auf dem Kasernengelände errichteten Offiziersvilla übriggeblieben, gleich einer einsamen Blüte und einer vergessenen Hacke auf dem Gelände einer großen Gärtnerei.

Wu hätte nicht zu sagen vermocht, wie alles begonnen hatte. Er wußte nicht, dass die Frau des Kommandeurs ihn schon ein halbes Jahr bei den gemeinsamen Mahlzeiten immer wieder eingehend gemustert hatte, dass sie ihn stundenlang durchs Fenster beim Gemüsehacken hinter dem Haus beobachtete und dass sie, als er die Weinranken im Vorgarten hochband, sich wegen des dichten Weinlaubs sowie der rigorosen ideologischen Schulung, die ihr die Sicht beziehungsweise die Seele verdeckten, genötigt sah, den hochauflösenden Feldstecher ihres Gatten zu Hilfe zu nehmen, um ihn zwischen den Blättern auszumachen und heranzuzoomen, damit sie die Augen wie ein Juwelier, der einen Diamanten oder Achat unter der Lupe begutachtet, unverwandt auf den Schweißperlen auf seiner Stirn, den blauen Adern an seinem Hals und der sonnengebräunten Haut seiner bloßen Schultern verweilen lassen konnte, als bewundere sie ein Stück kostbare violette Jade. Von alldem hatte er, wie gesagt, nicht die leiseste Ahnung. Ebenso unempfindlich wie der

Japanische Schnurbaum am Wegrand für den Duft der Päonien im Garten hinter der Mauer bemerkte er überhaupt nichts. Als wäre es aus der Zeit gefallen, war Haus Nr. 1 nach wie vor eine Oase der Ruhe und des Friedens, erfüllt von unausgesprochener Liebe und poetischem Verlangen, mochten die Zeitläufte auch noch so bewegt sein und draußen im Land Revolution und Kampf toben.

Vor drei Tagen aber – der Divisionskommandeur war am Morgen zuvor zu einer wichtigen Konferenz an einem geheim gehaltenen Tagungsort in Peking abgereist, auf der zwei Monate lang über die weitere Erhöhung der Schlagkraft der Armee und die Verbesserung der Verwaltung beraten werden sollte –, vor drei Tagen also hatte Liu Lian in der Dämmerstunde nach dem gemeinsamen Abendessen Wu Dawang, der gerade den Tisch abräumte, bedeutungsvoll angesehen und, äußerlich ruhig, aber innerlich ihrer selbst kaum noch mächtig, die an der Wand lehnende Tafel mit der Inschrift »Dem Volke dienen!« auf die Platte des Mahagonitisches gelegt. Scheinbar absichtslos und ganz beiläufig, als wolle sie ihn etwas Vergessenes holen oder etwas Heruntergefallenes aufheben lassen, schob sie die Tafel an sein Tischende und sagte: »Xiao Wu, wenn du siehst, dass diese Tafel nicht mehr hier auf dem Tisch an der Wand lehnt, bedeutet das, ich brauche deine Hilfe, und dann kommst du ins obere Stockwerk.«

Sprach's, und machte es ihm noch einmal vor. Als die Holztafel die Tischplatte berührte, gab es ein eigentümlich klirrendes Geräusch, wie weiche Jade, die auf harten Achat trifft. Dann ging sie, wie auch sonst immer nach den Mahlzeiten, gemächlichen Schrittes die Treppe ins Obergeschoss hinauf und ließ einen verstörten Wu Dawang zurück.

Er war ein wenig ratlos, empfand zugleich eine leise, undefinierbare, irgendwie auch angenehme Anspannung.

Als sähe er Liu Lian zum ersten Mal, folgte er ihr mit den Augen, bis sie auf dem Treppenabsatz zum Oberstock verschwand wie der Schatten eines Baumes bei Sonnenuntergang. Erst dann stellte er die Holztafel an ihren angestammten Platz zurück und widmete sich dem ach so profanen, eines tiefen revolutionären Sinns jedoch keineswegs entbehrenden Einerlei: abwaschen und drinnen wie draußen Ordnung halten.

Wenn er an jenen Abend zurückdachte, stand ihm deutlich das glühende Rot der Abendsonne vor Augen, das ihn an eine frisch gepinselte politische Parole auf einer Hausmauer erinnerte. Nachdem er in der Küche mit einem gründlichen Aufwasch dem Volke gedient hatte, ging er in den Vorgarten, schnitt ein paar Geiztriebe an den üppig blühenden Rosenstöcken weg und goss diese und die den Kiesweg säumenden Ilexpflanzen aus dem nur Offizieren vom Divisionskommandeur aufwärts zustehenden Plastikeimer (stellvertretende Divisionskommandeure bekamen lediglich die traditionellen Zinkeimer). Inzwischen war die Sonne untergegangen und das Abendrot verblasst. Zu dieser Stunde, da die Nacht begann, senkte sich tiefer Frieden über die weite Ebene von Ost-Henan. Die Stille auf dem Kasernengelände wurde nur unterbrochen vom Zirpen der Zikaden, das sporadisch zur Lautstärke eines frisch herausgeschmetterten Marschliedes anschwoll. Vor dem rotlackierten Blechtor zum Anwesen des Divisionskommandeurs hallten die Schritte der Posten bei der Wachablösung, um gleich darauf in der Ferne zu verklingen. Wu blickte auf und hob grüßend die Hand, als er in dem eingewechselten Posten einen Kameraden aus seiner Kompanie erkannte. Höflich salutierte dieser durch den Spalt zwischen den Torflügeln zurück. Dann ging Wu mit seinem Eimer ins Haus.

Schon jetzt glomm in ihm die Zündschnur der Liebe,

die Liu Lian heimlich, still und leise angezündet hatte, ohne dass er in seiner naiven Arglosigkeit es gemerkt hätte. Er sah mit einem Blick, dass die vor drei Tagen von ihm wieder auf ihren Platz gestellte Holztafel sich nicht mehr dort befand, sondern gut sichtbar auf dem viereckigen Pfosten der Treppe lag, die aus dem Wohnzimmer ins Obergeschoss führte. An dem roten Lack der Treppe hatte der Zahn der Zeit genagt, so dass jetzt die Holzmaserung an vielen Stellen hervorlugte wie die Augen einer jener bourgeoisen Schönheiten im Film unter ihren getuschten Wimpern und heimlich zu verfolgen schien, was die revolutionären Bewohner dieses Hauses so trieben, um anschließend womöglich alles getreulich im »Tagebuch des Revolutionärs« festzuhalten.

Als Wu die Tafel an diesem neuen Platz entdeckte, war er nicht weiter überrascht, wusste er doch, dass dies ein Befehl war, unausgesprochen zwar, aber dennoch bindend: Sie hatte ein Anliegen an ihn, dem er sich unverzüglich zu widmen hatte. Eilig stellte er den Eimer ab und stürmte polternd die Stufen hoch. Da fiel ihm plötzlich ein, dass der Divisionskommandeur gleich an seinem ersten Arbeitstag – das war jetzt ein halbes Jahr her – freundlich, aber bestimmt zu ihm gesagt hatte: »Das obere Stockwerk geht dich nichts an. Wenn Tante Liu es nicht ausdrücklich wünscht, hast du dort oben nichts zu suchen.«

Dieses Verbot war für ihn ebenso gültig wie die Worte des Vorsitzenden Mao. Sogleich machte er auf dem Treppenabsatz kehrt und ging auf Zehenspitzen, als liefe er über eine zerbrechliche Glasplatte, langsam die Stufen wieder hinunter.

Wu Dawang wusste nicht, aus was für Holz die Treppe gemacht war, aber an den Stellen, wo der Lack abgeschabt war und das feingemaserte graue Holz hervorschimmerte, erinnerte es ihn an menschliche Haut, geschmeidig und doch fest. Durch das Fenster schien das Abendlicht wie rotweiße Seidengaze. Ein schwacher Modergeruch lag in der Luft – kam er vom Holz der Türen und Fenster oder aus den Fugen der gekalkten Ziegelmauern? – und rief ihm den überwältigenden, kostbaren Duft einer Frau ins Gedächtnis. Er war sich wohl bewusst, dass die anstehende Begegnung mit Liu Lian, der Gattin seines Chefs, etwas ganz anderes war als der Besuch in der Familie eines Volkskommune-Funktionärs lange vor seinem Eintritt in die Armee, bei dem er zum ersten Mal seine zukünftige Ehefrau zu Gesicht bekommen hatte. Dennoch klopfte sein Herz jetzt ebenso heftig. Dafür gab es nicht nur keinen Grund, sondern es war auch absolut unvereinbar mit Bewusstsein und Klassenstandpunkt eines Revolutionären Kämpfers, unvereinbar mit seinem unablässigen Streben nach Untadeligkeit! Folglich hielt er inne, schlug sich mit der Faust vor die Brust und ermahnte sich abermals, dass er dort oben eine Arbeit zu verrichten habe und sonst nichts! Das Kettenwerk der Revolution musste schließlich reibungslos funktionieren, und wenn eins der Glieder sich im Oberstock befand, war es keine Frage, er musste dorthin. Mit äußerster Kraftanstrengung, als gelte es, die trüben Fluten der Konterrevolution zurückzustauen, zwang er sein wild klopfendes Herz zur Ruhe und ging langsam hinauf.

Er stellte fest, dass das obere Stockwerk genauso aufgeteilt war wie das Erdgeschoss: Auf der einen Seite befanden sich zwei Schlafzimmer, vor ihm war die Toilette und auf der anderen Seite – da, wo im Parterre Küche und Esszimmer lagen – ein großer Raum, der ein wenig an einen Konferenzsaal erinnerte, weil er bis auf die entlang der Wände aufgestellten Polstersessel und Teetischchen leer war und dort lauter politisch-administrative Landkarten und militärische Messtischblätter hingen.

Kein Zweifel, dies war das Arbeitszimmer, in dem der Divisionskommandeur seiner Tätigkeit nachging ebenso wie ein Gelehrter in seinem Studierzimmer der seinen, nur dass es sich bei Ersterer natürlich um eine unendlich viel wichtigere Tätigkeit und folglich auch um ein unendlich wichtigeres Arbeitszimmer handelte. Beim Anblick der zahllosen blutroten Pfeile, der sich schlängelnden roten und grünen, blauen und gelben Linien und all der unterschiedlich großen vielfarbigen Kreise, Dreiecke und Vierecke musste Wu Dawang unwillkürlich an die Blütenpracht im Garten denken, in dem er für den Kommandeur Ordnung hielt. Abrupt wandte er den Blick von der Tür zu diesem Raum ab, als ihm schlagartig klar wurde, warum sein Vorgesetzter ihm verboten hatte, das obere Stockwerk zu betreten, falls dies nicht ausdrücklich gewünscht werde: Hinter dieser Tür lag ein Geheimnis, und wer die Warnung dieser Tür missachtete, verstieß gegen den Geheimnisschutz. Der Schutz militärischer Geheimnisse aber war Aufgabe eines jeden Uniformträgers – man sah nicht, was man nicht sehen sollte, und man redete über nichts, über das man nicht reden durfte! Wu hatte dieses Prinzip stets beherzigt und dadurch seine politische Zuverlässigkeit unter Beweis gestellt. Gerade das hatte ihm ja auch die Zuneigung und das Vertrauen des Divisionskommandeurs und seiner Gattin eingetragen.

Inzwischen klopfte sein Herz nicht mehr so heftig, eine Art Feierlichkeit überkam ihn. Nachdem er den Blick von den Landkarten losgerissen hatte, bewegte er sich auf die linke Tür zu, die mit traditionellem Schnitzwerk verziert war. Vor der Tür blieb er stehen, nahm wie ein Soldat, der sich zum Rapport bei seinem Vorgesetzten einfindet, pflichtschuldig Habtachtstellung ein – Kopf hoch, Brust raus, Augen geradeaus! – und meldete sich zackig zur Stelle.

Keine Antwort.

Er wiederholte die Worte etwas lauter.

Immer noch lag tiefe Stille über dem vom Abendlicht erfüllten Haus.

Er wusste, das Schlafzimmer des Kommandeurs und seiner Gattin befand sich hinter dieser Tür, hatte er doch von draußen des Öfteren bemerkt, dass Liu Lian durch das geöffnete Zimmerfenster hinausschaute, und ihr Gesicht war ihm vorgekommen wie das leibhaftige Porträt einer etwas blutarmen jungen Adligen in einem altertümlichen Bilderrahmen. Allerdings hatte dieses Gesicht manchmal einen schläfrigen, manchmal einen lebhaften Ausdruck gezeigt, so wie auch die revolutionäre Situation zuweilen explosiv, dann wieder entspannt war. Sogar der klobige Rahmen wirkte im Einklang mit Liu Lians wechselndem Mienenspiel bald müde, bald munter, als führe er ein Eigenleben.

Wu Dawang war sich sicher, dass Liu Lian sich in diesem Schlafzimmer aufhielt. Wenn er draußen beschäftigt war, hatte er sie noch nie zu den Nachbarfamilien in Haus Nr. 2 oder Haus Nr. 3 gehen sehen, wo der Politkommissar und der stellvertretende Divisionskommandeur mit ihren Angehörigen wohnten. Sie setzte ihren Fuß kaum jemals vor die Tür, um mit den Nachbarinnen zu schwatzen, ebenso wie ihr Mann sich nur sehr selten mit seinen Stellvertretern unterhielt. Das Schlafzimmer war für Liu Lian der Mittelpunkt ihres Daseins, und das Anwesen im sowjetischen Stil, das sie bewohnte, ihr ureigener Machtbereich, in dem sich praktisch ihr gesamtes Leben abspielte.

Folglich musste sie in diesem Zimmer sein. Schon wollte Wu sich zum dritten Mal zur Stelle melden, da klopfte er aus einem plötzlichen Impuls heraus an die Tür.

Von drinnen kam kein Laut.

Er klopfte ein zweites Mal. Wie die Schlegel auf die Pauke hämmerten seine Knöchel auf das Türblatt.

Darauf reagierte sie – endlich! »Herein!«, sagte sie mit einer Stimme, die ein wenig heiser klang und etwas zittrig, als wäre ihr etwas Weiches im Halse stecken geblieben.

Er öffnete die Tür und ging hinein.

Im Zimmer brannte keine Lampe. Bett, Tisch und Stühle waren in dem diffusen Dämmerlicht nur verschwommen auszumachen. Liu Lian saß auf der Bettkante, ein Buch in der Hand – Mao Zedong, »Ausgewählte Werke, Band 1«. Erst viel später, als er sich an jenen Tag zurückerinnerte wie jemand, der den Nachgeschmack eines köstlichen Bonbons genießt, sollte ihm allmählich aufgehen, dass kein Mensch bei der im Zimmer herrschenden Dunkelheit etwas hätte entziffern können und dass sie mit dem Buch in der Hand nur so getan hatte, als ob sie lese. Damals jedoch lagen ihm derartige Zweifel fern, und er glaubte, eins habe sich folgerichtig aus dem anderen ergeben, wie Regen an einem trüben Tag oder Sonnenschein bei blauem Himmel.

Er sagte: »Tante, was liegt an?«

»Die Schnur des Lichtschalters hat sich da oben verheddert. Hol sie doch bitte herunter.«

Er folgte ihrem Blick. Die Kordel des Schnurschalters neben dem Nachttisch hatte sich um die braune Schalterdose gewickelt und konnte nur heruntergezogen werden, wenn man sich auf den Tisch stellte. Er trat also näher, zog einen Stuhl heran, entfernte die Rattanauflage, schlüpfte aus den Schuhen, klopfte den (nicht vorhandenen) Schmutz von den Fußsohlen, griff sich eine alte Zeitung, die er auf der Sitzfläche ausbreitete, stieg auf den Stuhl, bekam die Kordel zu fassen und zog.

Im Zimmer wurde es hell.

Erst jetzt wurde er gewahr, dass es draußen mittlerweile stockdunkel war. In der plötzlichen Helligkeit zeichneten sich alle Gegenstände im Zimmer deutlich ab, sogar die Haarrisse an den gekalkten Wänden. An der Einrichtung war nichts Außergewöhnliches; sie war ähnlich altmodisch wie die Waffen im Arsenal des Standorts. An der Wand klebte ein Plakat mit dem Porträt des Vorsitzenden Mao, daneben prangte, prächtig gerahmt, eines der »Worte des Vorsitzenden Mao«, auf dem Schreibtisch hatte eine Gipsfigur des Vorsitzenden Mao ihren Platz, und neben dem Gestell mit der Waschschüssel in einer Ecke des Zimmers war ein großer Spiegel mit einer am oberen Rand aufgedruckten »Höchsten Anweisung des Vorsitzenden Mao« an der Wand befestigt. Rechts von dem Spiegel hing der Feldstecher des Divisionskommandeurs, links seine – nur selten getragene – Dienstpistole in ihrem dunkelrot schimmernden Rindslederhalfter. Unter dem Spiegel befand sich eine Frisiertoilette, deren grüne Glasplatte mit Creme- und Puderdöschen – in jenen Jahren eine Rarität – sowie Kämmen, Scheren und anderen Utensilien für die weibliche Körperpflege bedeckt war.

Das alles ging nicht über Wus Erwartungshorizont hinaus, denn er hatte zwar dieses Zimmer nie zuvor betreten, wohl aber, gemeinsam mit der Ordonnanz des Divisions-Politkommissars, das ebenso eingerichtete Haus Nr. 2. Der ruhmvollen Tradition der Volksbefreiungsarmee entsprechend waren die von dem Politkommissar und seiner Gattin, Buchhalterin in der Dienstleistungseinrichtung der Division, bewohnten Zimmer einfach und bescheiden ausgestattet wie die des Kommandeurs. Darob konnte ein Untergebener oder Soldat voller revolutionärer Hochachtung für solche Vorgesetzten gar nicht umhin, überall deren Loblied zu singen und ihre Wohnungen als beispielhaft für die Großartigkeit und den Ruhm der Kommunistischen Partei anzuführen: Allein schon diese vorbildliche Bescheidenheit zeige doch, welch großes Glück und welch hohe Ehre es für einen Soldaten sei, in solch einer Epoche zu leben.

Auch auf Wu Dawang verfehlte die spartanische Einrichtung des Oberstocks im Haus seines Vorgesetzten nicht ihre Wirkung. Während er von dem Stuhl herunterstieg, suchte er nach dem rechten Wort, um Liu Lian zu zeigen, wie beeindruckt er war. Als Erstes kamen ihm die Sprüche in den Sinn, die in seinem Heimatdorf zu Neujahr rechts und links von den Haustoren zu lesen waren: »Je schlichter das Haus, desto ehrenvoller! Je ehrenvoller das Haus, desto revolutionärer! Entfaltet die revolutionären Traditionen – kämpft um noch größere Ehre!« Und so weiter und so fort. Auch die einschlägigen Denksprüche und Zitate aus dem Traditionsunterricht in der Kompanie gingen ihm durch den Kopf, z. B. »Die Kraft der Tradition lebt fort durch die Zeiten bis in das Morgen der Menschheit.« Oder »Am bewegendsten ist das Schlichte; das Schlichteste ist am bewegendsten!« Und auch ein Satz, den sein Instrukteur – also der Stellvertreter des Kompaniechefs, zuständig für die politische Arbeit – einmal aus einem Leitartikel zitiert hatte, fiel ihm wieder ein. Darin ging es unter anderem um den Lebensstil der Kommunisten in ihrer Basis Yan'an während des Bürgerkrieges in den dreißiger und vierziger Jahren. Der Satz lautete: »Wenn es unseren führenden Persönlichkeiten gelingt, die guten Traditionen und den Geist der Schlichtheit weiterzuführen, wie sie in den Höhlenwohnungen von Yan'an herrschten, dann wird unsere revolutionäre Sache wie die rote Sonne sein, die der Menschheit Licht und Hoffnung bringt, wo immer sie scheint!«

So wohlgelungen all diese Formulierungen waren, die Wu in Sekundenschnelle durch den Kopf schossen, so wenig geeignet schienen sie ihm, seine innere Bewegtheit angemessen auszudrücken. In schriftlichen Texten klangen sie wunderbar – aber in einer alltäglichen Situation wie dieser? Da würden sie vielleicht banal wirken und an halbgaren Reis erinnern oder an eine sauer gewordene Suppe. Er würde sich damit womöglich zum Affen machen. Gerade jetzt, wo er zum ersten Mal hier im Oberstock war, sich zum ersten Mal in Liu Lians Schlafzimmer ihres schlichten Lebensstils bewusst wurde, ihr zum ersten Mal seinen tief empfundenen Respekt dafür zeigen wollte, da durfte er keinesfalls zu den hehren Worten und pompösen Floskeln aus jenen Leitartikeln greifen! Mit eigenen, ungekünstelten, von Herzen kommenden Worten musste er seine Gefühle zum Ausdruck bringen – mit Worten so kostbar wie Gold oder Diamanten!

In dem Moment jedoch, da er verwarf, was an Häuserwänden klebte, in Büchern gedruckt war und aus Lautsprechern plärrte, war sein Kopf plötzlich absolut leer, so leer wie ein riesiger öder Platz: Ihm wollte partout nichts Passendes einfallen. Vor lauter Verlegenheit brach ihm der Schweiß aus. Er wurde puterrot, und die Lippen zitterten ein wenig von der Anstrengung, all die Wörter zurückzuhalten, die er auf der Zunge hatte, aber nicht aussprechen konnte beziehungsweise wollte. Stumm faltete er die alte Zeitung zusammen, stellte den Stuhl ordentlich vor den Schreibtisch, zog gebückt seine Schuhe an und richtete sich wieder auf, wobei der herunterlaufende Schweiß deutlich hörbar auf den gefliesten Fußboden tropfte wie Regentropfen von der Dachkante auf das Straßenpflaster.

Bei diesem Geräusch fand er schließlich die Sprache wieder: »Tante Liu, liegt noch etwas an? Sonst gehe ich jetzt hinunter.«

»Sag nicht Tante zu mir«, erwiderte sie ein bisschen unwillig. »So alt bin ich noch nicht.«

Gern hätte er ihr jetzt prüfend ins Gesicht geschaut,

beschränkte sich jedoch auf ein etwas törichtes Grinsen und die Antwort: »Tante ist doch die übliche Anrede.«

Liu Lian jedoch lachte nicht. Mit ernstem Gesicht sagte sie, freundlich und zugleich angespannt, etwas sehr Bedeutungsvolles zu ihm: »Xiao Wu, wenn mein Mann oder andere dabei sind, sagst du Tante zu mir, sonst kannst du mich Große Schwester nennen.«

Ihre Stimme klang weich und gütig wie die einer weltläufigen Mutter, die ihrem Sohn ein paar gute Ratschläge mit auf den Weg gibt, wenn er sich anschickt, seinen Platz unter den Arbeitern für die Revolution einzunehmen, oder auch wie eine echte ältere Schwester, die ihrem kleinen Bruder liebevoll den Kopf zurechtsetzt, wenn der mal wieder etwas ausgefressen hat. Wu Dawang war überrascht und gerührt. Zu gern hätte er dieses vertrauliche »Große Schwester« gleich einmal ausprobiert und die Gelegenheit beim Schopfe gepackt, ihr geschwisterliches Verhältnis auf diese Weise gewissermaßen zu zementieren und in den Annalen ihres Lebens zu verankern. Andererseits war Liu Lian immerhin die Gattin des Divisionskommandeurs, er aber nur dessen Koch und Ordonnanz – beziehungsweise Ordonnanz und Koch. Der Rangunterschied zwischen ihnen war unüberwindlich wie die Große Mauer, der Kontrast so gewaltig wie der zwischen einem Wolkenkratzer und einer Bergbauernhütte. Er könnte noch so talentiert sein, sämtliche Werke des Vorsitzenden Mao fehlerfrei hersagen oder in Minutenschnelle ein delizióses Zehn-Gänge-Menü auf den Tisch bringen – die drei Worte »Große Schwester Liu« würde er nie über die Lippen bringen!

Letztere – die Lippen nämlich – zitterten jetzt übrigens nicht mehr, dafür waren sie wie erstarrt und brannten, als hätte er kochend heiße Brühe getrunken. Zwar schwebten ihm die vier Silben »Große Schwester« auf der Zunge, doch er hatte einfach nicht die Kraft und den Mut, sie auszusprechen, so sehr er sich auch seiner Schwäche und Feigheit schämte und verachtete. Ihm blieb nur ein ergebener Hundeblick, um der Gattin des Divisionskommandeurs – seiner Großen Schwester Liu – seine Dankbarkeit und Verehrung zu zeigen.

Also hob er den Kopf, um sie anzusehen.

Wie vom Donner gerührt starrte er sie an. Er traute seinen Augen nicht, denn vor ihm stand ein leuchtender Regenbogen, und dieser Regenbogen war Liu Lian.

Im Licht der Lampe war es taghell im Zimmer. Es herrschte eine so tiefe Stille, dass man förmlich zu hören glaubte, wie die Lichtstrahlen auf die Gegenstände trafen. Die Schritte des Postens, der draußen vor dem Haus patrouillierte, waren bis hier herauf deutlich vernehmbar und ließen an jemanden denken, der irgendwo in weiter Ferne »Der Loushan-Pass« rezitierte, ein Gedicht des Vorsitzenden Mao in der Manier des klassischen Poems »Erinnerung an das Mädchen aus Shaanxi«. Unwillkürlich wanderte Wus Blick zur Seite, und was er da sah, brachte ihn vollends aus der Fassung.

Starr stand er da wie ein Huhn aus Holz.

Liu Lian hatte ihr Buch neben das Kopfkissen gelegt und war lediglich mit einem blau-rot gemusterten seidenen Nachthemd bekleidet, das so weit geschnitten – und ausgeschnitten – war, wie es Nachthemden eben sind, und daher jeden Moment über ihre Schultern herabzugleiten drohte. Dunkel war er sich bewusst, dass ihm anfangs dieses seidene Nachthemd gar nicht aufgefallen war, dabei musste sie es die ganze Zeit angehabt haben, nur dass er es wegen des im Zimmer herrschenden Dämmerlichts nicht bemerkt hatte. Wohl aber jetzt, im hellen Licht der Lampe. Dennoch war es nicht allein das farbige Nachthemd gewesen, das ihm soeben einen Regenbogen vorgespiegelt hatte. Schließlich war er ein gestandener Gruppenführer und – als Verheirateter – einer der wenigen Angehörigen der Wachkompanie, die schon einmal eine Frau gesehen – richtig gesehen! – hatten. Und was für eine Frau! Immerhin war seine Gattin die einzige Tochter eines Funktionärs der Volkskommune, Kind eines Kaders aus einem Gebirgsdorf. Dass er eben einen Regenbogen zu sehen glaubte, hatte einen anderen Grund: Liu Lian hatte wegen der Hitze irgendwann den Ventilator auf dem Nachttisch angestellt, und der schwenkte nun unentwegt hin und her. Der Luftstrom, wenn er von unten her unter ihr Nachthemd fuhr und gleich darauf am Halsausschnitt wieder austrat, entblößte in regelmäßigen Intervallen ihre Oberschenkel – weiß und zart, schlank und doch üppig. Denn da das Hemd mindestens fünfzig Zentimeter lange Seitenschlitze hatte, wurde es vom Luftzug so freigebig gelüpft, dass man diese Herrlichkeit in voller Pracht bewundern konnte.

Um der Wahrheit die Ehre zu geben: Es war das erste Mal in seinem Leben, dass Wu Dawang eine Frau im Nachthemd zu Gesicht bekam, noch dazu eine Frau, die einen so betörenden Osmanthusblütenduft verströmte, einen Duft, der unter dem bewussten Nachthemd seinen Ursprung hatte und sich langsam im ganzen Zimmer ausbreitete. So drückend wurde dieser Duft, dass ihm der Nacken steif wurde und das Atmen schwerfiel. Seine Hände waren schweißnass und zitterten unwillkürlich; die Finger kamen ihm plötzlich überflüssig vor, und weil er nicht wusste, wohin damit, ließ er die Arme einfach seitlich hängen.

Seit jenem ersten flüchtigen Blick auf Liu Lian, bei dem ihm der Regenbogen erschienen war, brannten seine Augen wie Feuer. Zwar hatte er sich sofort abgewendet, doch ihm war nicht entgangen, wie der Luftstrom des

Ventilators ihren Ausschnitt lüpfte, so dass er (unabsichtlich natürlich!) ihre üppigen weißen Brüste erblickte, rund wie mit dem Zirkel gezeichnet, prall und doch weich wie die Dampfnudeln, die er so oft bereitete – aus optimal aufgegangenem Teig und bei genau der richtigen Temperatur –, denn da sowohl der Kommandeur als auch seine Frau aus Südchina stammten, liebten sie diese Mantou, auf deren Zubereitung sich Leute von weiter nördlich wie Wu Dawang natürlich besonders gut verstanden, weil sie dort als allergewöhnlichste Speise gelten. Beinahe hätte er dem Drang nachgegeben, Liu Lians halb entblößte Brüste wie seine Dampfnudeln in die Hand zu nehmen. Aber er beherrschte sich rechtzeitig, schließlich war er ein gebildeter Mann, der nach dem Besuch der Mittelschule hier bei der Truppe zu einem Menschen mit hohen Idealen geworden war, einem Menschen, auf den der Divisionskommandeur und sein gesamtes Umfeld große Stücke hielten und dem sie vertrauten, einem Menschen mit dem festen Willen, bis zum Ende seines Lebens für die Sache des Kommunismus zu kämpfen. So wie er seinen eigenen Namen nie vergessen könnte, würde er sich stets der Tatsache bewusst sein, dass er weder Sohn oder Neffe des Divisionskommandeurs noch Liu Lians Bruder oder Vetter war, sondern lediglich Ordonnanz und Koch in deren Haushalt. Er wusste, was er zu tun und zu lassen, wann er zu reden und wann er zu schweigen hatte!

Die Stimme der Vernunft ließ all diese guten Argumente auf ihn einprasseln wie Hagelkörner, die sofort zu eiskaltem Wasser wurden und ihm das Mütchen kühlten. Dies war der Oberstock im Hause des Kommandeurs, dies war sein Schlafzimmer, und was seine Gattin dort anhatte oder nicht, was sie entblößte und was nicht, das war ganz allein ihre Sache! Im Übrigen: War nicht auch Wu Dawangs Frau schon einen Monat nach der Hochzeit nur mit einer Hose bekleidet und mit nacktem Busen so selbstverständlich im Brautgemach hin und her gelaufen, als ginge sie voll bekleidet über die Straße? Frauen begegnen Männern eben ohne jede niedrigen Beweggründe, während Männer Frauen gegenüber stets schmutzige Absichten verfolgen.

Im Handumdrehen gelang es Wu Dawang auf diese Weise, kraft der von ihm verinnerlichten überlegenen und ruhmvollen revolutionären Vernunft aller absurden und hochgradig unvernünftigen bourgeoisen Anfechtungen Herr zu werden und seine Seele von dem Abgrund zurückzureißen, in den sie ihn um ein Haar gestürzt hätte. Dem Anschein nach war er wieder ganz ruhig. Sein Blick glitt über Liu Lians Körper hinweg wie der Blick des Habichts über einen Teich, in dem er nichts Aufregendes zu entdecken vermag, bis er schließlich an jenem Band Mao Zedong, »Ausgewählte Werke«, hängenblieb. »Tante«, sagte er noch einmal, »liegt sonst noch etwas an?«

Liu Lians Miene verfinsterte sich abermals. Sie griff nach dem Buch, das er so intensiv betrachtete, und warf es beiseite. Dann fragte sie ihn sehr kühl: »Xiao Wu, worauf kommt es am meisten an, wenn du hier bei deinem Kommandeur Dienst tust?«

»Ich darf nichts sagen und nichts tun, was mir nicht zukommt.«

»Und wie lautet das Motto?«

»Mein Dienst beim Kommandeur und seiner Familie ist Dienst am Volke.«

»Sehr gut!« Ihre eben noch ärgerlich gerunzelte Stirn glättete sich wieder. Sie zog das Nachthemd herunter und fragte ihn, nun wirklich wie eine ältere Schwester: »Weißt du eigentlich, um wie viele Jahre ich älter bin als du?«

»Nein.«

»Nur fünf Jahre! Also sag selbst, solltest du mich Große

Schwester oder Tante nennen?« Ehe er antworten konnte, reichte sie ihm einen Lappen, den sie vom Nachttisch genommen hatte. »Hier, wisch dir mal den Schweiß ab. Ich fresse dich schon nicht auf! Da du mich als Gattin des Kommandeurs betrachtest, musst du nun aber auch meine Fragen wahrheitsgemäß beantworten, genau wie du es bei meinem Mann tun würdest.«

Wu wischte sich folgsam mit dem Lappen den Schweiß von der Stirn.

»Bist du verheiratet?«

»Ja.«

»Seit wann?«

»Seit drei Jahren.«

»Schon ein Kind da?«

»Ja, vor zwei Jahren – Sie haben mir doch sogar Anziehsachen für unseren Sohn mitgegeben, als ich vor drei Monaten Heimaturlaub hatte, Tante! Haben Sie das vergessen?«

Sie stutzte und räusperte sich, als hätte sie etwas in die falsche Kehle bekommen. Dann fuhr sie fort: »Du wirst mich jetzt nicht mehr Tante nennen! Ich bin deine Große Schwester! Deine Große Schwester redet mit dir, hast du verstanden?«

In Erwartung ihrer Fragen blickte er sie gehorsam an.

»Was ist dein höchstes Ideal?«

»Den Kommunismus verwirklichen! Bis an mein Lebensende für die Sache des Kommunismus kämpfen!«

Sie lachte auf. Es war ein seltsames Lachen, man hätte nicht sagen können, ob darin mehr Wärme oder mehr Kälte lag – wie eine glühende Kohle mit einem Überzug aus Eis, so war dieses Lachen. Doch sogleich wurde ihre Miene wieder ernst, und sie wiederholte mit Nachdruck: »Ich bin deine Große Schwester! Du musst auf alle meine Fragen wahrheitsgemäß antworten.«

»Jawohl!«

»Also was ist dein höchstes Ideal?«

»Beförderung zum Offizier. Eine Zuzugsgenehmigung für die Stadt auch für meine Frau und mein Kind.«

»Liebst du deine Frau?«

»Ich weiß es nicht. Wir sind verheiratet. Sie gehört zu einem, also muss man sein Leben lang für sie sorgen.«

»Dann liebst du sie also.«

Beide verstummten. Die Stille senkte sich wie die Plane eines Armeezelts über das Zimmer und die beiden Menschen darin. Der Ventilator pustete unermüdlich in Liu Lians Richtung. Wu Dawang war in Schweiß gebadet. (Wegen der Hitze, oder weil er so nervös war?) Er hatte das Gefühl, die beißende Flüssigkeit, die ihm von der Stirn rann, verätze ihm die Augen wie pure Sole. Ihm war bewusst, dass sie ihm unverwandt ins Gesicht starrte, während er selbst die Augen nur so weit hob, dass er das hellgrüne Laken und das über dem Bett befestigte Moskitonetz sehen konnte. Die Minuten vergingen so langsam wie ein klappriger Karren, der von einem alten Ochsen gezogen wird. Endlich hielt er es nicht länger aus und fragte vorsichtig: »Tante, wollen Sie sonst noch etwas wissen?«

Ihre Miene wurde eisig: »Nein!«

Er sagte: »Also, dann … Kann ich gehen?«

»Ja.«

Er hatte jedoch noch nicht die Tür erreicht, da hielt sie ihn mit einer, wie ihm schien, äußerst seltsamen Frage auf.

»Sag mir die Wahrheit: Duschst du dich abends vor dem Schlafengehen?«

Er wandte sich um und starrte sie verständnislos an. »Ja«, antwortete er. »Mein Instrukteur während der Rekrutenzeit kam aus dem Süden. Der hat uns nicht zur Nachtruhe entlassen, ehe wir nicht geduscht hatten.«

»Jeden Tag?«

»Ja, jeden Tag.«

»Gut. Du kannst jetzt gehen. Und vergiss nicht: Wenn die Tafel mit ›Dem Volke dienen!‹ nicht auf dem Esstisch ist, brauche ich dich hier oben.«

Er beeilte sich, das Weite zu suchen. In der Küche angekommen, drehte er als Erstes den Wasserhahn auf und wusch sich ausgiebig das schweißüberströmte Gesicht.

2

Heute also hatte sich die Tafel wieder von ihrem Platz auf dem Esstisch entfernt und war diesmal auf den Herd in der Küche gewandert. Bis Sonnenuntergang hatte Wu Dawang im Garten hinter dem Haus gearbeitet, Mangold und Rüben gegossen und sich vor allem um den Lauch gekümmert, dessen Zeit jetzt gekommen war. Vom Gemüsegarten ins Haus zurück gab es zwei Wege: Man konnte entweder ums Haus herum- und durch die Vordertür hineingehen oder aber durch die Hintertür, die aus dem Garten direkt in die Küche führte. Da sich Wu hauptsächlich dort aufhielt, nahm er stets diese Abkürzung. Das erklärte, warum die Tafel gerade auf der Herdplatte seiner harrte.

Genau wie drei Abende zuvor versank auch an diesem Tag die rote Sonne am Horizont in einem riesigen flammend roten Ozean, nachdem sie den ganzen Tag auf die Ebene von Ost-Henan niedergebrannt hatte. Die Soldaten hatten sich nach dem Abendessen auf dem Exerzierplatz, an den Straßenrändern und vor den Kasernen ihrer jeweiligen Kompanie zur Antiimperialistischen und Antirevisionistischen Schulung beziehungsweise zum Politunterricht zusammengefunden, bei dem es vorrangig um die Erneuerung des ideologischen Überbaus und die Festigung der Großen Mauer des Sozialismus gehen sollte. Das Gelände des Divisionsstandorts, ja die ganze weite Ebene sah plötzlich aus, als wären »hundert Blumen« erblüht.

Die sechs kleinen Villen für die leitenden Offiziere der Division waren im nördlichen Teil des Kasernengeländes in zwei Reihen angeordnet, die durch eine rote Backsteinmauer vom Rest des Areals getrennt waren und – so ähnlich wie in Peking das Regierungsviertel Zhongnanhai – von Posten und Patrouillen bewacht wurden. Darüber hinaus waren die einzelnen Häuser durch grünberankte Umfassungsmauern aus Beton voneinander abgegrenzt. Jeder Offizier, der dort mit seiner Familie wohnte, hatte seinen eigenen Koch, der zugleich als Ordonnanz Dienst tat, beziehungsweise seine eigene Ordonnanz, die auch das Kochen übernahm. Obwohl die Offiziere täglich zur Beratung in einem eigens dazu bestimmten Sitzungszimmer zusammentrafen, pflegten sie nach Dienstschluss, zurück in ihren Häusern, kaum je privaten Umgang miteinander. Wu Dawang war es ein Rätsel, warum das so war und warum auch die Familien jeden Verkehr untereinander vermieden, als hätten sie Angst, sich zu beschmutzen. (»Wer mit Zinnober umgeht, färbt sich rot; wer Tusche gebraucht, holt sich schwarze Finger« – das wusste schließlich schon der alte Mozi …) Vielleicht wirkten gerade deshalb das Leben und Arbeiten in diesem abgeschotteten Bereich des Divisionsstandortes so kompliziert und geheimnisumwittert. Welche Bedeutung das alles hatte, versuchte er jedoch weder zu ergründen, noch dachte er allzu viel darüber nach, immer nach dem Motto: Ich bin hier, um meinen Dienst beim Kommandeur zu versehen, also dem Volke zu dienen!

Als Wu Dawang die Tür zur Küche aufstieß, hatte er ein Bündel junges Gemüse in der Hand, das er am nächsten Morgen der Gattin des Divisionskommandeurs servieren wollte. Liu Lian aß das Grünzeug gern, behauptete, es enthalte viele wertvolle Vitamine, ebenso wie sie nach dem Essen gern ein paar Pinienkerne knabberte, weil sie ihrer Meinung nach für den Organismus lebenswichtige pflanzliche Fette enthielten. Beim Anblick der Tafel mit der Aufschrift »Dem Volke dienen!« auf dem Herd erstarrte Wu Dawang zur Salzsäule; das Gemüse entglitt seiner Hand und fiel zu Boden.

Etwas lag in der Luft; die Liebe wartete auf ihn wie eine mit hochexplosivem Sprengstoff vollgestopfte Mine. Diese Mine war gelegt und gezündet, und niemand würde sie entschärfen können, das war Wu klar. Und das eigentliche Problem bestand nun darin, dass er den Weg weitergehen musste, obwohl er um die Mine wusste. Durch die offene Tür fiel sein Blick auf ein paar Spatzen, die trotz der späten Stunde fröhlich tschilpend über den Gemüsebeeten umherflatterten. Weniger fröhlich waren die Gedanken, die ihm im Kopf herumschwirrten, Gedanken, so chaotisch wie das Durcheinander in seiner – oder vielmehr des Kommandeurs – Abstellkammer. Wu Dawang wusste nicht, wie er der Mine ausweichen sollte, wusste nur, da war diese Mine, und trotzdem musste er weitergehen! Noch viel schlimmer, schmachvoller, unverzeihlicher war aber etwas anderes: Obwohl er sich vollkommen darüber im Klaren war, dass sein Ansehen für immer ruiniert wäre und es ein schmähliches Ende mit ihm nehmen würde, wenn er den Fuß auf diese Mine setzte, spürte er tief in seinem Inneren insgeheim das unbändige Verlangen, eben dies zu tun, und zugleich den Wagemut, es mit dem sprichwörtlichen Tiger aufzunehmen, der in dem Gebirge auf ihn lauerte, wie er wohl wusste. Wie beunruhigend und zugleich erregend! Gleich einem Dieb, der trotz seiner Furcht vor Strafe dem Drang zu stehlen nicht widerstehen kann, hielten sich auch bei Wu Dawang Angst und

Verlangen die Waage. So stand er wie angewurzelt in der Küche, unfähig, den Blick von der Tafel zu lösen, niedergeschlagen und doch voller heimlicher Vorfreude. Zugleich dachte er aber an die teils düsteren, teils frostigen Szenen aus seiner Ehe, an das Geschlechtsleben mit seiner Frau, nachdem sie endlich beide ihre Unwissenheit und ihre Scham überwunden hatten, und an ihre von Alltagssorgen verschüttete, nahezu versiegte Liebe.

Und doch war gerade diese spröde, frigide Liebe, wie man sie nur auf dem Dorf findet, gleichsam die Vorbereitung auf sein folgendes leidenschaftliches Liebesverhältnis mit Liu Lian oder, wenn man so will, dessen Präludium.

Mehrere Minuten vergingen. Die blutrote Sonne war hinter dem Horizont verschwunden und hatte nur ein fahles Rosa am Himmel hinterlassen. Auch die fröhlichen Sperlinge waren längst fortgeflogen. Eine Heuschrecke, lang und gekrümmt wie ein Tragjoch aus Bambus, hatte es geschafft, über die Schwelle zu springen, und saß nun auf dem Estrich direkt vor seinen Füßen. Wie immer zu dieser Dämmerstunde, da Essengeruch und die Ausdünstungen des schwitzenden Kochs noch in der Luft hingen, war es stickig in der Küche. In den bläulichen Dunst mischte sich wie ein blassgrünes Rinnsal aus einer Schlammpfütze der Duft nach grünen Pflanzen. Vielleicht hatte ihn die Heuschrecke von draußen mit hereingebracht. Als Wu endlich den Blick von der Tafel lösen konnte, bemerkte er das Insekt, das inzwischen in einem ungeheuren Kraftakt das Gemüse auf dem Fußboden erklommen hatte. Gerade wollte er sich bücken, um es zu verscheuchen und das Grünzeug aufzuheben, da fiel sein Blick plötzlich auf Liu Lian. Wie eine Wachsfigur stand sie an der Tür zwischen Küche und Esszimmer. Sie trug wieder jenes weite, luftige Nachthemd und hatte einen Papierfächer in der Hand.

Unwillkürlich rief er: »Tante Liu!«

Sie reagierte nicht. Ihr Gesicht sah aus, als wäre hastig eine dicke Schicht grünlicher Schminke aufgetragen worden.

Er sagte: »Ich war bis eben draußen, sonst wäre ich schon eher zu Ihnen raufgekommen.«

»Unsinn! Du stehst hier schon seit mindestens zehn Minuten!« Wutentbrannt ergriff sie die Tafel und stukte sie heftig auf den Herd, eine unmissverständliche Warnung. Dann machte sie auf dem Absatz kehrt und fegte durch Ess- und Wohnzimmer die Treppe hinauf. Ihre leichten Plastikpantoletten, wie sie damals sonst nur von Frauen und Mädchen aus privilegierten städtischen Familien getragen wurden, schlappten über die Fußbodenfliesen wie Holz auf Stein. Wu Dawang überlief bei diesem Geräusch ein eisiger Schauer. Panik erfasste ihn. Ohne weitere Zeit zu verlieren, bückte er sich nach dem Gemüse und legte es in den Spülstein, wusch sich hastig die Hände und eilte in den Oberstock. Mit gesenktem Kopf und an den Seiten baumelnden Armen stand er wie ein ertapptes Kind oder ein Rekrut in Erwartung einer Strafe in seinem weißen ärmellosen Unterhemd mit dem rot aufgedruckten Armeeemblem an der offenen Schlafzimmertür und sagte leise: »Große Schwester!«

Im selben Moment erschrak er über die eigene Kühnheit, hatte er doch gerade etwas vollbracht, von dem er nie gedacht hätte, dass er dazu imstande sei. Er war ebenso überrascht, dass ihm diese Anrede unwillkürlich herausgerutscht war, wie darüber, dass er überhaupt zu solch impulsiven Handlungen fähig war.

Liu Lian saß mit dem Rücken zur Tür vor jener altmodischen Frisierkommode. Ihr ovales Gesicht unter dem halblangen Haar, das er im Spiegel erblickte, war zwar ein wenig bleich und verzerrt, doch schön und anmutig wie eh und je – ein paar ziehende Wolken können den strahlenden Vollmond nicht verdecken! Als Wu Dawang sah, wie sich ihr Gesicht von einem Moment auf den anderen veränderte, das bleiche Grün dem gewohnten rosigen Schimmer wich und sie zu strahlen begann wie die aufgehende Sonne, als sie – gleichsam aus einem Traum erwachend – fast unmerklich stutzte und ihre wohlgerundeten Schultern leicht erbebten wie zwei Äpfel an einem Zweig, und als sie sich langsam auf ihrem Hocker zu ihm umdrehte, da ahnte er dunkel, welch ungeheure Bedeutung diese vertrauliche Anrede, die ihm unwillkürlich entschlüpft war, für sein ferneres Leben haben würde.

Die beiden Wörter »Große Schwester« rissen gewissermaßen die Große Mauer, ja die Bergkette zwischen ihnen nieder. Nun konnte er einen Funken von seinem Ende der Ebene zu dem am anderen Ende aufgeschichteten Holzstoß tragen und diesen in Brand setzen. Allerdings kam Wu Dawang zu jenem Zeitpunkt noch nicht der Gedanke, dass diese Anrede der Schlüssel zu einem Schloss war, das schon lange darauf wartete, geöffnet zu werden, dass jetzt das Tor der Liebe weit aufgerissen würde wie das Tor einer belagerten Stadt, die jubelnd den ersehnten Retter empfängt.

Langsam erhob sich Liu Lian. Der rosige Schimmer ihres Gesichts erhellte den von den Ranken vor dem Fenster verdunkelten Raum.

Wu sah sie von der Seite her an, drehte sich aber gleich wieder weg.

Sie fragte: »Hast du dich gewaschen?«

»Wieso?«

»Du riechst nach Schweiß.«

Er schaute an seinem Hemd und der Uniformhose herunter, auf der sich deutlich ein weißlicher Schweißring abzeichnete. Ihm fiel ein, dass sie ihn neulich gefragt hatte, ob er jeden Tag dusche, und dass die Ordonnanz des Politkommissars ihm erzählt hatte, Liu Lian schicke den Divisionskommandeur vor dem Zubettgehen stets unter die Dusche. Jetzt war es ihm peinlich, dass er so verschwitzt direkt aus dem Garten in den Oberstock gekommen war. Schuldbewusst starrte er auf den weißen Ring auf seiner Hose und den Schmutz an den Schuhen. »Ich hab in der Eile ganz vergessen, mich zu waschen«, stammelte er zerknirscht wie vor einem strengen Truppeninspekteur, während zugleich aus seinen Blicken blankes Unverständnis für dieses übertriebene Beharren auf Sauberkeit und Frische sprach. Liu Lian verstand sehr wohl, was seine Blicke bedeuteten. Mit einem schwachen Lächeln auf dem rosigen Gesicht lehnte sie an der Frisierkommode vor dem Spiegel und musterte ihn einen Moment schweigend. Dann sagte sie: »Geh runter und stell die Tafel wieder auf den Esstisch, schließ das Hoftor, dusch dich und komm wieder rauf.«

Er war schon, halb erwartungsvoll, halb verwirrt, auf der Treppe, da rief sie ihm hinterher: »Du brauchst nicht mit Seife zu sparen! Dusch dich lieber zweimal, ja?« Und die Ermahnung klang in seinen Ohren wie eine Liebkosung.

Er duschte.

In der Toilette im Erdgeschoss neben der Treppe war eine Dusche installiert worden – ein besonderes Privileg für die leitenden Offiziere der Division –, die auch Wu Dawang gewöhnlich benutzte, wenn er verschwitzt aus dem Garten kam. Während er sich sonst jedoch nur schnell einmal kurz abbrauste, kam er jetzt Liu Lians freundlicher Anordnung nach, seifte sich zunächst mit Kernseife ein, um den Schmutz zu beseitigen, und duschte dann mit Toilettenseife zweimal nach – des Duftes wegen! Schnell und gründlich säuberte er sich am ganzen Körper, sogar die Zwischenräume zwischen den Zehen und sein Geschlechtsorgan profitierten von seinem Eifer.

Wenn im feinmaschigen Filter der Erinnerung solche Szenen und Details hängen bleiben, ist es wohl nicht abwegig zu behaupten, dass Wu Dawang bei dieser ganzen Kabale und Liebe von Anfang an mit Liu Lian zusammenarbeitete. Zumindest hatte er die Situation erkannt und nutzte sie für sich aus. Allerdings war ihm zu jener Zeit nicht bewusst, dass er ihr Kollaborateur und Komplize war. Während er sich mit der Seife einrieb, zitterten ihm die Hände so sehr, dass sie ihm immer wieder herunterfiel, und das Herz klopfte so wild, als ob ihm jeden Moment ein durchgegangenes Pferd aus der Brust hervorbrechen würde. Viele Tage später sollte Liu Lian ihm einmal übers Haar streichen und ihn necken: »Du Dummerjan hast es ja damals nicht einmal geschafft, dir den Seifenschaum aus dem Haar zu spülen!«

Als Wu fertig war, zog er sich wieder an und ging mit seifigem Haar und schlotternden Knien die Treppe hinauf. Sachen zum Wechseln hatte er natürlich hier beim Kommandeur nicht, abgesehen von einer Garnitur Unterwäsche, die er für alle Fälle in einem Schrank in der Küche deponiert hatte, eine weiße baumwollene Unterjacke und eine hellbraune Trikothose, wie sie in der Armee unter der Uniform getragen wird. Diese Unterhose zog er in der Eile verkehrt herum an. Warum er es so eilig hatte, hätte er nicht zu sagen vermocht. Er wusste nur, dass ihm das Blut in den Schläfen pochte und Liu Lian ihn dort oben erwartete. Zwar ahnte er dunkel, dass dies eine Falle war, doch konnte er dem übermächtigen Drang, in diese Falle zu tappen, nicht widerstehen. Liu Lians rosige Haut zog ihn an wie ein Teller Nudeln den hungrigen Bettler, ihr liebliches Antlitz schrie wie eine reife Melone nach seiner brennenden Kehle und seinen ausgedörrten Händen. Schon unter der Dusche glaubte er den Osmanthusblütenduft ihrer Haut wahrzunehmen. Der brennende Wunsch, sich ungeachtet der Folgen verführen zu lassen, gab ihm den Mut, sein Leben mit Freuden für diese Liebe zu wagen, eine Liebe, die längst die – alles andere als uneinnehmbare – Festung seines Herzens im Sturm erobert hatte. Während er sich in aller Eile anzog, hatte er nur den einen Gedanken: Ich muss schnell zu ihr und herauskriegen, was sie von mir will, welches Geheimnis sich hinter dieser Tafel »Dem Volke dienen!« verbirgt! Wie ein Kind, das eine dunkel lockende Höhle entdeckt hat und darauf brennt, sie zu erforschen, drängte es ihn, die Stufen hinaufzurennen, Liu Lians Schlafzimmertür aufzustoßen und sich endlich Klarheit zu verschaffen.

Noch ehe er alle Knöpfe zugemacht hatte, stand er schon auf der Treppe. Draußen war es inzwischen völlig dunkel, und in den schwach erleuchteten Häusern auf dem Kasernengelände brannten hinter allen Fenstern mit gelb- oder weißlichem Licht die gleichen Energiespar-Funzeln. Von Zeit zu Zeit waren vom Exerzierplatz her abgehackte Kommandos einer Nachtübung vernehmbar, wie Steinchen, die aus weiter Entfernung mit einem Katapult abgeschossen wurden und nun am Fenstergitter der Kommandeursvilla abprallten. Aus heutiger Sicht ist es unmöglich, Wus Erregung und Unruhe angemessen zu beschreiben, sie sind verschwunden unter der dicken Staubschicht der Zeit. Fest steht jedenfalls, dass der elektrisierende Klang leichter Schritte aus Liu Lians Zimmer, die genau in diesem Moment unmittelbar hinter der geschnitzten Tür aufhörten, ihn bis ins Mark traf. In seinem Kopf herrschte plötzlich vollkommene Leere.

Natürlich wartete sie hinter jener Tür auf ihn.

Vor der Tür blieb er abrupt stehen.

In diesem Augenblick bemerkte er, dass sein Hemd

verkehrt zugeknöpft war. Mit fliegenden Fingern knöpfte er es auf und wieder zu und steckte es in die Unterhose. Als er sein wild klopfendes Herz wieder einigermaßen unter Kontrolle hatte, nahm er Haltung an, räusperte sich wie ein Schauspieler vor der großen Schlüsselszene und meldete sich wie beim letzten Mal zur Stelle.

Er merkte selbst, dass seine Meldung nicht zackig genug gewesen war, sondern eher heiser und viel zu leise, ja zögerlich geklungen hatte – richtig vertraulich, als ob er einen guten Kumpel mit Hallo! begrüßt hätte. Eine Reaktion von drinnen blieb aus, diesmal war hinter der Tür kein Herein! zu vernehmen, sondern nur das leise Geräusch ihrer Schritte, als sie sich zum Bett zurückschlich und auf die Bettkante setzte. Ebenso wie sich Wu vor der Tür eben geräuspert hatte, hüstelte nun auch sie, um den Frosch in ihrer Kehle loszuwerden.

Dieses Hüsteln war die Antwort, ganz klar! Damit forderte sie ihn auf einzutreten.

Um sicherzugehen, rief er durch den Türspalt: »Ich bin geduscht, Große Schwester. Was liegt an?«

Jetzt kam doch noch eine Reaktion von drinnen: »Xiao Wu, komm rein!«

Alles war ganz einfach und blieb dabei vage, ohne viel Umstände oder allzu lange Vorgeschichte – diese ganze Liebesgeschichte war von Anfang bis Ende eine simple und direkte Angelegenheit, bei der viele eigentlich notwendige Abläufe und Feinheiten gewissermaßen gespart wurden. Es sind eben nicht immer die Details, die für eine starke, für eine große Geschichte sorgen. Im Gegenteil, manchmal gewinnt eine Geschichte gerade dadurch, dass die Entwicklung und Veränderung der Figuren und Ereignisse nicht durch allzu viele Einzelheiten illustriert werden.

Auch Wu Dawang sparte sich jetzt jedes weitere Geplänkel und ging hinein. Wieder war die Lampe nicht an. Lediglich die Wand unter dem Fenster wurde durch das einfallende Licht geheimnisvoll erhellt, während das übrige Zimmer in tiefes Dunkel gehüllt war. Man sah die Hand vor Augen nicht, was ihn sofort an die nur allzu vertrauten finsteren Gässchen und Höfe daheim im Dorf erinnerte. Er hatte das Gefühl, aus einem hellerleuchteten Raum in ein finsteres Kellerloch gestürzt zu sein. Im Schutze dieser geheimnisvollen Dunkelheit wagte er es, gleichsam bittend, mit zitternder Stimme, die vier magischen Worte zu flüstern:

»Große Schwester Liu Lian …«

»Mach die Tür zu.«

Ihre Stimme kam aus der Ecke, in der das Bett stand, also saß sie entweder auf der Bettkante oder auf dem Stuhl vor dem Tisch. Er tastete nach der Klinke und schloss die Tür.

Sie sagte: »Komm her.«

Da bewegte er sich in die Richtung, aus der diese Aufforderung kam, auf das Bett zu. Es quietschte, und ihm war schlagartig klar, sie saß weder auf dem Bettrand noch auf dem Stuhl, sondern lag im Bett. Für eine Liebesszene wie diese ist es eigentlich belanglos, ob die betreffende Person sitzt oder liegt, so gravierend ist dieser Unterschied nicht. Wu Dawang aber, als er merkte, dass sie im Bett lag, blieb wie angewurzelt mitten im Zimmer stehen. Was ihm in diesem Augenblick durch den Kopf ging, verworrene Gedanken, verschiedenartige Assoziationen und komplexe Überlegungen – man weiß es nicht und wird es nie erfahren. Stocksteif und am ganzen Körper schweißnass stand er in der Dunkelheit, unfähig, sich von der Stelle zu rühren wie eine Säule im Regen. Auf einmal verspürte er den Wunsch, Fenster und Tür aufzureißen und den Nachtwind ins Zimmer zu lassen. Er hörte ihren gleichmäßigen Atem, leicht wie raschelnde Seide, während er selbst keuchte wie damals, als er noch klein war und ständig neues Reisig für seine Mutter heranschaffen musste, damit sie den Herd anheizen und Essen kochen konnte.

An diesem Punkt begann gewissermaßen der steile Aufstieg zum Gipfel des Berges, bei dem jeder Schritt ihm so schwerfiel wie einer Dampflok das Bergauffahren an einem steilen Hang, wo laufend Sand auf die Schienen gestreut werden muss, damit sie nicht wieder zurückrutscht. Ein jeder Schritt bergan würde ihn dem strahlenden Licht der Morgensonne auf dem Gipfel ein Stück näher bringen, und doch rührte er sich in der Dunkelheit minutenlang nicht von der Stelle, stand einfach nur schwer atmend da, wagte es gerade noch, sich den Schweiß aus den Augen zu wischen. So muss einem unerfahrenen Einbrecher zumute sein, der in eine Wohnung eingedrungen ist und plötzlich erkennt, dass jemand im Haus ist, er sich aber nicht unbemerkt davonschleichen kann, weil auch draußen Leute sind – ein klassisches Dilemma! Wu Dawang hätte nicht zu sagen gewusst, warum ihn die Erkenntnis so aus der Fassung brachte, dass sie dort auf ihrem Bett lag, gewiss vollkommen nackt. Eben noch, unter der Dusche, hatte er doch inständig gehofft, dass es genau so kommen möge – wie der Zunder den Funken, das Buschfeuer den Wind, so sehr hatte er es ersehnt. Jetzt, wo dieser Wunsch in Erfüllung ging, war er auf unerklärliche Weise wie gelähmt.

Der Schnellzug ihrer Liebe wurde durch seine Psyche ausgebremst, noch ehe die Liebenden den greifbar nahen Höhepunkt erreicht hatten. So vergingen die Sekunden und die Minuten. Die Dunkelheit, die über dem Zimmer lag, umloderte die beiden wie ein wildes Feuer. Wie heißt es bei Mao Zedong? Tosendes Meer und jagende Wolken, bebende Erde, tobender Sturm … Als Wu Dawang sich zum dritten Mal den Schweiß von der Stirn wischte, hörte er Liu Lian sanft und schmeichelnd flüstern: »Xiao Wu, was hast du denn?« – ein rettender Schluck Wasser, den sie aus ihrem eigenen Mund dem Verdurstenden in die ausgedörrte Kehle rinnen ließ.

Er sagte: »Große Schwester, machen Sie bitte Licht.«

»Ich mag aber kein Licht.«

»Bitte! Ich muss mit Ihnen reden.«

Ohne ein weiteres Wort lag sie bewegungslos in der Dunkelheit. Woran mochte sie denken? Wu lauschte auf seinen Atem, der schwer zu Boden fiel, und er glaubte zu sehen, wie ihr Atem über dem Bett schwebte. Er fürchtete jeden Moment zu ersticken oder ohnmächtig zu werden. In seiner Panik wiederholte er etwas lauter: »Große Schwester, machen Sie doch bitte das Licht an.«

Diesmal wählte sie die wirksamste und vorteilhafteste Antwort: gar keine.

In der Spannung, die sich in der Dunkelheit wie ein straff gespannter Bogen zwischen ihnen aufgebaut hatte, schien die Zeit anzuschwellen und zu gären. Wu Dawang hielt es nicht länger aus und brach das Schweigen mit den falschesten Worten, die in dieser Situation überhaupt denkbar waren: »Wenn Sie das Licht nicht anmachen, gehe ich.«

Wie ein Idiot bewegte er sich dabei tatsächlich rückwärts auf die Tür zu.

Das wirkte. Ruckartig setzte sie sich im Bett auf, tastete nach der Schalterschnur neben dem Kopfende und machte Licht.

Wie drei Tage zuvor wurde es schlagartig hell im Zimmer.

Genau wie damals traf ihn das plötzliche Licht wie ein Blitz, der in den Augen schmerzte und ihn blendete. Es war eine Wiederholung und Weiterentwicklung, die Kulmination und Rekapitulation einer Liebesgeschichte, die vor drei Tagen begonnen hatte. Obwohl alles so war, wie er es sich gewünscht, ja ersehnt hatte, traf es ihn jetzt, da es wirklich geschah, unvorbereitet und erwies sich als zutiefst beunruhigend und beängstigend.

Liu Lian saß regungslos wie eine Statue unter dem zurückgeschlagenen Moskitonetz am Kopfende des Betts und war tatsächlich splitterfasernackt. Nur zwischen die Schenkel hatte sie einen Zipfel der roten Wolldecke gezogen, um sich mehr schlecht als recht zu bedecken. Erstaunlicherweise hatte sie in dem Moment, da das Licht anging und sie schutzlos den Blicken eines Mannes ausgeliefert war, ihren Stolz und ihre Würde als Frau und Gattin des Divisionskommandeurs vollständig wiedergefunden, was sich unschwer an ihrem Gesicht ablesen ließ. Nackt und bloß vor ihm sitzend, hielt sie seinem Blick stand. Ihr rotseidener Büstenhalter – etwas, das Wu Dawang damals nicht einmal vom Hörensagen kannte, geschweige denn mit eigenen Augen gesehen hatte – hing am Bettpfosten und schien ihn mit seinen Körbchen wie mit zwei rot leuchtenden Augen unverwandt anzustarren. Die hochragenden Brüste, fest und hart, unnahbar und abweisend, reckten sich ihm zornig entgegen, gleichsam wie die Köpfe zweier aufgeregter Kaninchen aus einem Meer weißer Wolken. Wie sie so bewegungslos dasaß, erinnerten ihre Haare im Licht der Deckenlampe an Strähnen aus feinem schwarzem Draht, die starr auf ihre Schultern fielen. Das Gesicht war rosig und zart wie immer, doch erschien das Rosarot jetzt ebenso wie die Haut ihrer Schultern bläulich verschattet.

Offensichtlich hatte sie ihr leidenschaftliches Verlangen wieder unter Kontrolle gebracht, und es war nicht allein das Licht, das ihr dabei half, sondern auch der Zorn auf ihn, auf seine Sturheit und sein offensichtliches Desinteresse an ihr. Er hatte wohl ganz vergessen, dass sie die Hausherrin und Gattin des Kommandeurs, er aber nur Ordonnanz und Koch in diesem Hause war! Dass seine Arbeit in ihrem Haus Dienst am Volke war! Wie sie so dasaß, den Blick starr auf ihn gerichtet, nackt und bewegungslos, erinnerte sie im hellen Licht der Lampe mit ihrer makellosen, kühl schimmernden Haut tatsächlich an eine Figur aus kostbarer Jade, leuchtend und zerbrechlich. Ihn dagegen ließ das Licht schäbig und gemein, geil und vulgär erscheinen. Die verächtliche Arroganz, die aus ihren eisigen Blicken und den herabgezogenen Mundwinkeln sprach, kühlte wie ein klirrend kalter Bergquell im Nu das eben noch so stickige Zimmer ab.

Plötzlich schwitzte Wu Dawang nicht mehr.

Sein Schweißausbruch war in dem Moment vorbei, als er ihre Miene sah und erriet, was hinter ihrer Stirn vorging. Keine Spur mehr von brennender Liebe! Alles war wieder, wie es zuvor gewesen war. Sie war zwar splitternackt, doch blieb sie die Gattin des Divisionskommandeurs. Und er, er war nicht nackt und nach wie vor Koch und Ordonnanz in dessen Haus.

Immer noch kein Auge von ihm wendend, sagte sie sehr leise: »Red schon! Sag, was du sagen willst!«

Er senkte den Kopf. Nach einem Moment des Schweigens flüsterte er kaum vernehmlich: »Große Schwester, ich habe Angst.«

»Vor wem?«

»Vor dem Kommandeur. Und vor der Partei.«

Sie lachte höhnisch auf: »Bloß vor mir hast du keine Angst, ja?«

Als er aufschaute, um sie noch einmal genau anzusehen, begegnete er wieder ihrem Blick. Enttäuschung lag darin, auch Bedauern, als ob sie einen Gegenstand, für den sie sich interessiert hatte, nach eingehender Prüfung wieder ins Regal zurückstelle, weil er letztlich ihren Vorstellungen doch nicht entsprach. Mit einem Seufzer griff sie nach dem Nachthemd neben sich und zog es sich langsam über. Ganz allmählich verschwand ihre helle Nacktheit unter dem Stoff, wie ein Licht hinter einer Tür, die geschlossen wird. Verstohlen verfolgte er jede ihrer Bewegungen. Was sie jedoch zum Schluss – die Arme hochgereckt, den Kopf unter dem Hemd – in ebenso treffender wie drastischer Gossensprache zu ihm sagte, hätte er aus dem Munde einer Frau ihrer gesellschaftlichen Stellung nie erwartet:

»Wer hätte gedacht, Wu Dawang, dass du ein so beschissener Schlappschwanz bist!«

3

Was folgte, hatte weniger mit Liebe zu tun als vielmehr mit den Regeln des Militärs.

Noch unerwarteter und verstörender als Liu Lians Abschiedsworte war für Wu Dawang etwas anderes. Auf dem Weg in seine Unterkunft an jenem Abend fand er sich regelrecht zerrissen von widerstreitenden Gefühlen: War sein Verhalten richtig oder falsch gewesen? Er wusste es nicht zu sagen.

Die Kaserne des Wachregiments war reichlich einen halben Kilometer vom Haus des Divisionskommandeurs entfernt. Wu musste den großen Sport- und Exerzierplatz überqueren, der mittlerweile recht still und verlassen dalag, weil der Zapfenstreich vorbei war und in den meisten Kompanien bereits Nachtruhe herrschte. Dem Hochsommer angemessen – man schrieb den Monat Juli – ergoss der Mond sein helles Licht über den riesigen Platz und ließ ihn wie eine grünblau schimmernde Wasserfläche aussehen. Ein kühler Wind wehte von Osten her darüber hinweg und fegte die Hitze des Tages fort. Ein paar verwegene Nachtschwärmer, alles langgediente Soldaten, tauchten auf wie aus dem Nichts und fanden sich zu kleinen Grüppchen zusammen, amüsierten sich zu dieser späten Stunde verbotenerweise mit Blödeln, Saufen und Grölen. Der brutale Gestank des hochprozentigen Schnapses, dem sie zusprachen, stieg Wu Dawang schon von weitem in die Nase. Dazu passten ihre nicht minder hochprozentigen und brutalen revolutionären Lieder, die einem vom bloßen Zuhören das Blut in Wallung brachten.

Wu wollte nicht gleich in seine Kaserne zurück, denn ihm war überhaupt nicht nach Schlafen zumute. Er ließ die saufenden Kameraden links liegen und setzte sich ganz allein am südlichen Ende des Exerzierplatzes auf die Erde. Dort war es still und einsam. Wie er da so im Mondlicht saß, ganz in Gedanken versunken, hätte man meinen können, er denke über so tiefschürfende und komplizierte Probleme nach wie das Verhältnis zwischen Liebe und Sexualität einerseits und Revolution und Sinn des Lebens andererseits, zwischen verbindlicher Moral und persönlichem Interesse, Rang und Pflicht, Bedürfnissen und Instinkten. Und tatsächlich wanderten ihm all diese Fragen verschwommen wie ein Haufen schmutziger Wolken im Kopf herum, lösten sich aber sogleich wieder in Nichts auf. Am Ende dachte er nur noch an zwei Dinge: an Liu Lians schimmernde Haut und ihren verlockenden Körper und dann an die zu erwartende Reaktion des Divisionskommandeurs auf die Entdeckung seines Verhältnisses mit Liu Lian – wenn es denn dazu kommen sollte.

Nachdem Wu Dawang alle möglichen komplizierten Probleme ganz bewusst durchforstet und mit dem primitiven, aber scharfen Beil in seinem Kopf weggehackt hatte, blieben nur zwei wirklich wichtige Überlegungen übrig: Die erste erweckte die erfreulichsten Gefühle in ihm und ließ ihn selbstvergessen den verlockendsten Träumen nachhängen; die zweite dagegen erschreckte und beängstigte ihn – in seiner Phantasie sah er sich schon auf dem Richtplatz! Der Divisionskommandeur war nämlich ein Mann, der seinerzeit auf dem Schlachtfeld so manchen Gegner eigenhändig getötet hatte. Es war allgemein bekannt, dass er während des Befreiungskriegs 1945 bis 1949 im Nahkampf einmal einem feindlichen Soldaten den Kopf abgeschossen und obendrein noch auf dem auf der Erde liegenden blutigen Schädel herumgetrampelt und die Schuhspitzen hineingebohrt hatte. Bei der bloßen Vorstellung, ihm könne womöglich dasselbe passieren, war Wu Dawang schon in kaltem Schweiß gebadet. Nein, da gab es kein Zögern – ein Verhältnis mit Liu Lian kam überhaupt nicht in Frage! Er war entschlossen, den Tugenden eines Revolutionären Kämpfers treu zu bleiben.

Gut, deine Haut ist schön hell, sagte er im Geiste zu Liu Lian, aber wenn meine Frau nicht jeden Tag aufs Feld müsste, wäre ihre vielleicht sogar noch heller! Deine Schönheit? Geschenkt! Wenn die Meinige sich auch so anziehen und immerzu mit Hautcreme einreiben würde wie du, da wäre sie am Ende sogar noch hübscher! Ja doch, deine Stimme ist sanft und melodisch – na und? Auch meine Frau hätte eine weiche Stimme, wenn sie aus der Stadt käme! Und dein Osmanthusblütengeruch ist gar nichts so Seltenes, den rieche ich bei meiner Frau manchmal auch, nur nicht so oft, weil sie sich nicht so viel wäscht wie du. Alles nichts Besonderes! Glaubst du vielleicht, dass wegen deiner hellen Haut, deinem glatten Gesicht, deiner zierlichen Figur, deiner schmalen Taille, deinen üppigen Brüsten, deinen weißen Zähnen, deinen zarten Schenkeln, deinen schlanken Beinen und deinem wackelnden Hintern ein Revolutionärer Kämpfer wie ich dir auf den Leim geht? Und du – jetzt war der Divisonskommandeur gemeint –, ein kampferprobter Revolutionär, ein verdienter Held, ein hoher Funktionär – wie konntest du so eine zur Frau nehmen?!

Wu erhob sich aus seiner sitzenden Stellung, erfüllt von tiefer Befriedigung über den gewaltigen moralischen Sieg, den er soeben über sich selbst errungen hatte. War er doch kraft seiner elementaren soldatischen Tugenden zumindest für den Augenblick den Verlockungen eines Weibes entronnen und damit – bis auf die Tatsache, dass er seinem Divisionskommandeur gegenüber ein ihm eigentlich nicht zukommendes Unverständnis und Bedauern empfand – seiner Rolle als Revolutionärer Kämpfer vollauf gerecht geworden. Er war stolz auf seine Anständigkeit, die ihm die Stärke und den Mut verlieh, den Reizen einer von allen Offizieren und Soldaten einhellig als verführerischste Schönheit in der ganzen Division bewunderten Frau zu widerstehen. In dem Augenblick jedoch, da er sich solchermaßen stolzgeschwellt anschickte, nun endlich doch seinen Schlafsaal aufzusuchen, tauchte plötzlich wie durch Zauberei sein Instrukteur vor ihm auf.

»Hier bist du also! Ich habe dich überall gesucht.«

Wu versuchte, im Licht des Mondes sein Gesicht zu erkennen. »Liegt etwas an?«, fragte er.

»Ha!«, schnaubte der Instrukteur. »Das hätte ich ja nie gedacht! Dass du mir solche Scherereien machen würdest! Die Frau des Kommandeurs hat mich angerufen und aus heiterem Himmel angefangen zu toben. Du hättest überhaupt nicht kapiert, hat sie geschrien, dass dein Dienst beim Kommandeur Dienst am Volke ist. Morgen solle ich dich abziehen und ihr gefälligst jemand anders schicken, jemand, der wirklich gescheit und anstellig ist. Womit hast du sie bloß so auf die Palme gebracht, Wu Dawang? Na los, red schon! Menschenskind, du bist ein erfahrener Gruppenführer, bist Parteimitglied und Bestsoldat, wirst Jahr für Jahr ausgezeichnet – ich hätte meine Hand ins Feuer gelegt für dich! Und nun so was: Du verstehst etwas so Einfaches nicht wie das Grundprinzip ›Dem Volke dienen!‹. Raus mit der Sprache – warum ist Liu Lian so wütend auf dich?«

Als Wu nichts sagte, fuhr der Instrukteur ihn an: »Hast du die Sprache verloren? Du bist doch sonst nicht auf den Mund gefallen. Oder bist du plötzlich taubstumm geworden? Der Vorsitzende Mao sagt, eine Revolution ist kein Gastmahl, kein Bildermalen oder Deckchensticken, sondern erfordert blutige Opfer! Denk doch bloß mal nach: Zwei Drittel der Menschheit leben noch heute in Not und Elend. Und in Taiwan herrschen immer noch Tschiang Kai-schek und seine Kuomintang, während die Bevölkerung unter Hunger und Kälte leidet, von Armut und Krankheit heimgesucht wird – unsere Chinesische Volksbefreiungsarmee hat noch lange nicht ihre verantwortungsvolle Mission erfüllt! Zumal die amerikanischen Imperialisten sich überall in der Welt gar nicht genugtun können mit ihrem Kriegsgeschrei und die sowjetischen Revisionisten ein Millionenheer an unseren Grenzen aufmarschieren lassen. Wir alle, jeder einzelne Armeeangehörige, müssen politischen Weitblick haben, das Wohl Chinas und das Heil der Menschheit im Auge behalten und, mit beiden Beinen auf der Erde stehend, unsere Arbeit verrichten, um so unseren gebührenden Beitrag zur Befreiung der Menschheit zu leisten! Du aber, Wu Dawang, du bringst es nicht einmal fertig, für Liu Lian zu sorgen, wie es sich gehört, wenn der Kommandeur mal nicht zu Hause ist!«

Immer mehr redete der Instrukteur sich in Rage: »Was ist denn, wenn der Divisionskommandeur dort in Peking nicht richtig tagen und studieren kann, weil er sich Sorgen macht, dass du dich nicht gut genug um seine Frau kümmerst? Hä? Ich werde es dir sagen: Wenn er sich Sorgen macht, dann leiden die Arbeit und das Studium, die Kampfbereitschaft und der Ausbildungsstand unserer ganzen Division! Ja, und wenn eine Division geschwächt ist, wird die Kriegstüchtigkeit eines ganzen Armeekorps beeinträchtigt. Das wiederum wirkt sich negativ auf die strategischen Planungen unserer gesamten Volksbefreiungsarmee aus. Und wehe, wenn dann der Dritte Weltkrieg wirklich ausbricht! Dann wirst du nämlich sehen, Wu Dawang, was du mit deiner scheinbar so belanglosen Pflichtvergessenheit angerichtet hast! Der Schaden wäre überhaupt nicht wieder gutzumachen, selbst wenn sie dich hundertmal dafür erschießen – oder auch mich und den Kompaniechef gleich dazu.«

Und weiter sagte der Instrukteur: »Das eben, das war sozusagen aufs große Ganze gesehen, jetzt will ich noch auf die Einzelheiten zu sprechen kommen. Wu Dawang, warum bist du nur so ein Idiot? Du willst doch in ein paar Jahren Frau und Kind hierher nachholen, nicht wahr? Willst eines Tages zum Offizier befördert werden, stimmt's? Ein Wort des Divisionskommandeurs reicht, um deine Zukunft zu sichern, und wer könnte ihn dazu bringen, dieses Wort zu sagen? Liu Lian! Die Gattin des Kommandeurs, seine Frau oder Eheliebste oder bessere Hälfte, wie auch immer.«

Wu schwieg auch hierzu.

»So, und jetzt«, schloss der Instrukteur, »jetzt gehst du schlafen. Ich will gar nicht weiter in dich dringen, womit du sie verstimmt hast. Sie hat mich zwar aufgefordert, dich gleich morgen abzuziehen, und ich habe es ihr auch zugesagt, inzwischen aber bin ich nach sorgfältiger Überlegung zu dem Schluss gekommen, dass es besser ist, den Kranken zu heilen, als ihn einfach totzuschlagen, wie wir ja immer sagen. Kurz: Man sollte dir eine zweite Chance geben. Du wirst also morgen noch einmal dort Küchendienst machen und den Haushalt besorgen. Wenn sie dann böse auf mich ist, ist sie eben böse. Auf dich aber, Wu Dawang, auf dich ganz allein kommt es jetzt an – wie du dich morgen im Haus des Kommandeurs verhältst!

Du hast dein Schicksal jetzt selbst in der Hand! Ein ausgezeichneter Soldat wie du kann nicht immer nur darauf vertrauen, dass das Leuchtfeuer der Revolution seinen Weg schon erleuchten wird. Nein, du musst mit deiner eigenen Energie dafür sorgen, dass dieses Leuchtfeuer noch heller brennt und für alle Zeiten unseren Erdball erleuchtet!«

Der Instrukteur galt seit jeher als ein überaus beredter, talentierter Spezialist für die politisch-ideologische Arbeit in der Armee. Während seine Ermahnungen über Wu Dawang hinwegrollten wie die Fluten des Jangtsekiang oder des Gelben Flusses, starrte dieser ihn zunächst nur stumm an, wurde dann aber immer zorniger auf Liu Lian, bis er schließlich seine Wut kaum noch zu zügeln vermochte. Mehrmals war er drauf und dran, mit der Sprache herauszurücken und die abscheuliche bourgeoise Dekadenz anzuprangern, mit der sie ihn in ihr Bett zu locken versucht hatte, doch hatte er es sich – aus welchen Gründen auch immer – jedes Mal wieder verkniffen.

Selbstverständlich gebührt Wu Dawang unsere uneingeschränkte Hochachtung dafür, dass er als Soldat und als Mann so hochherzig die Ehre einer Frau schützte und lieber selber eine Demütigung in Kauf nahm, als einen anderen Menschen gedemütigt zu sehen. Andererseits – war da nicht auch der Wunsch mit im Spiel, zu verhindern, dass jemand anders sich an seinem Geheimnis ergötzte? Sollte er schon jetzt, da der Vorhang gerade erst aufgegangen und der Liebhaber die Bühne noch gar nicht betreten hatte, das ganze Liebesdrama vor dem erstaunten Publikum ausbreiten? Selbst wenn dieses Publikum sein vorgesetzter Instrukteur war, sein Bürge beim Eintritt in die Partei? Bei dessen Strafpredigt erinnerte er sich abermals daran, dass der Divisionskommandeur damals einem Feind den Kopf abgeschossen und ihm anschließend die

Schuhspitze in den Schädel gebohrt hatte, so wie er selbst jetzt mit dem rechten Fuß ein Büschel Unkraut niedertrat und unter seiner Schuhspitze auf dem Lehmboden des Exerzierplatzes zermalmte. Während der Instrukteur in ihn drang und wissen wollte, womit er Liu Lians Unwillen erregt habe, drückte er seinen Fuß mit ganzer Kraft auf die Erde und bewegte ihn hin und her. Das ist Liu Lians Gesicht, das ich hier zerstöre!, dachte er. Ihre roten Lippen und weißen Zähne zertrete ich, ihre reine Stirn und ihr gerades Näschen! Auf diese Weise trat er immer wieder zu, bis allmählich – nach Haaren, Stirn und so weiter – ihre schwellenden Brüste an der Reihe waren. Da verließ seinen Fuß die Kraft, und er rückte mit der Schuhspitze unbewusst aus der inzwischen entstandenen Kuhle zur Seite.

Der wilde Furor, mit dem er eben noch das unschuldige Unkraut bearbeitet hatte, verschwand bei der Vorstellung von ihren zarten, prallen Brüsten, und sein Hass auf sie erschien ihm plötzlich überaus sinnlos und unbegründet.

Der Mond war inzwischen weitergewandert und stand jetzt im Südwesten. Tiefer Frieden lag über der Ebene, und auch das Kasernengelände ruhte still wie auf dem Grunde eines Sees. Die grölenden Schnapstrinker hatten sich zerstreut und in ihre jeweiligen Schlafsäle getrollt. Über den Exerzierplatz strich der Wind mit einem fast unhörbaren Pfeifen. Wu Dawangs Blick fiel auf die im Mondlicht deutlich erkennbare essschälchengroße Vertiefung vor seiner rechten Schuhspitze. Der frisch aufgeworfene, gleichsam bluttriefende Lehm verströmte in der kühlen Nachtluft einen erdigen Duft, und in den kümmerlichen Resten des zertretenen Unkrauts wand sich ein Regenwurm.

Plötzlich spürte er etwas wie Gewissensbisse und schob mit der Schuhspitze den Lehm in die Grube zurück.

»Geh jetzt schlafen!«, wiederholte der Instrukteur. »Es ist schon spät. Und denk daran, was ich dir gesagt habe! Eine dritte Chance wird es nicht geben. Wenn sie dich tatsächlich nicht mehr als Koch und Ordonnanz beim Kommandeur haben wollen, sieht es ganz finster aus für dich!«

Wu bedankte sich überschwenglich. »Wenn ich keine Uniform trüge«, sagte er, »würde ich jetzt vor dir niederknien und einen Kotau machen.«

Der Instrukteur klapste ihn freundschaftlich auf die Wange und entfernte sich mit den Worten: »Na, na! Solche Worte von einem Revolutionären Kämpfer …?«

Wu Dawang ging hinter ihm her zu der Kaserne seiner Kompanie und legte sich schlafen.

4 Wir wissen, dass der Fortgang einer Geschichte nicht nur von den Charakteren der beteiligten Personen abhängt, sondern auch von deren Vorgeschichte. Auch Wu Dawangs nächste Schritte wurden von vorausgegangenen Ereignissen in seinem Leben bestimmt. Diese waren gewissermaßen der Hebel, durch den sich die ganze Richtung seines Schicksals änderte, so unmerklich der Hebeldruck auch erscheinen mochte.

Er lag auf seiner Pritsche und fand keinen Schlaf. In wirrem Durcheinander türmten sich Erinnerungsfetzen in seinem Schädel, unter denen ein Gedanke sich immer stärker durchsetzte und ihn schließlich nicht mehr losließ, der Gedanke an seine Heirat damals vor fünf, sechs Jahren, als er das zweiundzwanzigste Lebensjahr gerade vollendet hatte. Die Tage droben im Heimatdorf seiner Familie, Wujiagou im Funiushan-Gebirge, verrannen in ermüdender Monotonie: Bei Sonnenaufgang ging es zur Arbeit, bei Sonnenuntergang legte man sich zur Ruhe. An Kräuter, die ohne Sonnenlicht auskommen mussten, erinnerte dieses Leben – sein Leben –, oder an Schnurbäume und Weidensträucher, denen der Frühlingsregen fehlte: Unmöglich zu sagen, wann sie ergrünen würden. Wus Vater war schon vor Jahren einer Krankheit erlegen; seither hatte sich seine Witwe mit ihrem Sohn in diesem gottverlassenen Bergnest im Westteil der Provinz Henan mehr schlecht als recht allein durchs Leben schlagen müssen.

Ein Glück, dass die Mutter sich dennoch krummgelegt hatte, um ihn neun Jahre lang zur Schule schicken zu können.

Ein Glück, dass er Buchhalter seiner Produktionsbrigade wurde, weil er die Unterstufe der Mittelschule absolviert hatte.

Ein Glück, dass genau in dem Moment, da er – längst im heiratsfähigen Alter, doch trotz mehrmaliger Bemühungen einer Heiratsvermittlerin immer noch unbeweibt – fast schon die Hoffnung aufgegeben hatte, je eine Frau zu finden, der alte Leiter der Produktionsbrigade krank wurde und Wu Dawang an seiner Stelle auf der von der Volkskommune-Leitung einberufenen »Beratung über die vorgezogene Ernte zur Sicherung der nächsten Aussaat« das Dorf Wujiagou vertreten musste. Ein Glück schließlich, dass der Kommune-Buchhalter Zhao jemanden suchte, der für ihn die Teilnehmerliste ins Reine schreiben konnte; anhand dieser Liste sollten nämlich die Spesen – drei Dampfnudeln und ein Yuan – an die Brigadeleiter ausgegeben werden.

Die Wahl fiel auf Wu Dawang.

Es war dieser sprichwörtliche Blitz aus heiterem Himmel, durch den sich alles von Grund auf veränderte. Als Wu mit der Liste im Büro des Buchhalters erschien, nahm sein Schicksal eine völlig unerwartete Wendung. Freilich war ihm zu diesem Zeitpunkt noch nicht bekannt, dass Zhao zwar nur Buchhalter war (und Frau und Tochter einfache Bauern), dass aber sein Gehalt vom Staat gezahlt wurde und er vom Stellenplan her als staatlicher Funktionär galt, der darüber hinaus häufig Umgang mit dem Parteisekretär der Volkskommune hatte.

Buchhalter Zhao war ein mittelgroßer Mann von fünfundvierzig Jahren mit einem eckigen Gesicht und so schütteren Augenbrauen, dass man meinen konnte, er habe gar keine. Er saß in einem Lehnstuhl an seinem Schreibtisch, als Wu Dawang mit der Liste hereinkam. Nach einem Blick auf das Blatt sah er auf und musterte Wu eingehend.

»Aus welchem Dorf kommst du?«

»Wujiagou.«

»So jung und schon Leiter einer Produktionsbrigade?«

»Ich bin nur der Buchhalter. Der Leiter ist krank geworden, ich soll ihn bei der Beratung vertreten.«

»So so, Buchhalter! Wie alt bist du?«

»Zweiundzwanzig.«

»Und wie viele Jahre hast du die Schule besucht?«

»Neun.«

»Hast du schon eine Freundin?«

»Noch nicht.«

Damit nahm alles seinen Anfang. Vielleicht fühlte Zhao sich seinem Kollegen Wu verbunden, weil er selbst sein Leben lang Buchhalter gewesen war, oder er hielt es als Funktionär für seine Pflicht, junge Talente zu fördern, jedenfalls sagte er lächelnd, nachdem er dem Burschen immer wieder forschend ins Gesicht gesehen und ein ums andere Mal die ihm übergebene Liste studiert hatte: »Du hast wirklich eine schöne Schrift. Man würde gar nicht denken, dass du das mit dem Füller geschrieben hast, die Zeichen sehen fast so aus wie Pinselschrift. Erinnern direkt ein bisschen an die Kalligraphien von Liu Gongquan aus der Tang-Zeit.«

So kam es, dass Wu Dawangs ordentlich geschriebene Schriftzeichen über sein weiteres Schicksal entschieden. Die »vorgezogene« Ernte war vorbei, die neue Saat längst in der Erde und der Mais schon dreißig Zentimeter hoch, da kam der alte Leiter der Produktionsbrigade eines Tages vom Markt in der Kleinstadt ins Dorf zurück und eröffnete Wu Dawang freudig erregt, der Kommune-Buchhalter Zhao interessiere sich für ihn und erwarte sie beide bei sich zu Hause.

Die zwei machten sich auf den Weg in das dreißig oder vierzig Kilometer entfernte Dorf, in dem Zhao wohnte. Unnötig zu erwähnen, dass der alte Brigadeleiter dafür sorgte, dass Wu sich neu einkleidete in eine Uniformjacke aus blauem Baumwollstoff und eine Hose aus schwarzem Drillich, um den Erfolg des Unternehmens zu gewährleisten. Jacke wie Hose waren zwar nur von anderen Leuten aus dem Dorf geliehen, doch immerhin war Wu auf diese Weise angemessen ausgerüstet und sah so schmuck aus, dass Buchhalter Zhao sich tatsächlich entschloss, seine einzige Tochter nach Wujiagou zu verheiraten.

Bei diesem zweiten Treffen mit Zhao, diesmal in dessen beeindruckendem – weil aus Ziegeln gemauertem – Drei-Zimmer-Haus, eröffnete der Buchhalter dem jungen Mann, welche Pläne er mit ihm hatte: »Ich werde jemanden um Vermittlung bitten, dass man dich zum Jahresende in die Armee aufnimmt, Dawang. Und zwar nicht nur, damit du deinen Horizont erweiterst. Vielmehr möchte ich, dass du in die Partei eintrittst, dich auszeichnest und dann zum Offizier befördert wirst, denn auf diese Weise kannst du deiner Frau, meiner lieben Tochter Ezi, den Zuzug in die Stadt ermöglichen, damit ihr beide dort zusammen ein schönes Leben habt.«

Alles geschah, wie er es geplant hatte; Wus vorherbestimmter Lebensweg nahm seinen Anfang: Pünktlich zum Jahresende begann mit dem Eintritt in die Armee der neue Lebensabschnitt. In der Volksbefreiungsarmee, dieser großen Lehranstalt, konnte er die Charaktereigenschaften, die ihn bisher schon ausgezeichnet hatten – Anspruchslosigkeit, Fleiß, Geduld und Ausdauer – unbewusst umsetzen in die Klugheit, die der Mensch zum Leben und Überleben in einer Kaserne braucht. Andere mochten über den scharfen Drill stöhnen, nicht so der in zahllosen Erntekampagnen – »vorgezogene Ernte zur Sicherung der nächsten Aussaat«, man erinnert sich – gestählte Wu Dawang. Auch das eintönige, sterbenslangweilige Polit-Studium, für so manchen Soldaten eine Tortur, war für ihn eher so etwas wie eine erholsame Freizeitbeschäftigung, verglichen mit der Plackerei auf dem Acker. Was war schon dabei, ein bisschen Zeitung zu lesen, die Leitartikel und sonstigen wichtigen Materialien zu studieren? Zumal wenn zur Essenszeit Dampfnudeln auf einen warteten und es auch immer mal Fleisch gab! Kleidung, Bettzeug, Essen, für alles sorgte der Staat. Für Wu Dawang war – fast – jeder einzelne Tag in der Armee ein Feiertag wie daheim in Wujiagou höchstens das Neujahrsfest. Und da sein Leben nun einmal diese glückliche Wendung genommen hatte, gab es doch überhaupt keinen Grund, *nicht* jeden Morgen ein bisschen eher als die anderen aufzustehen und Stubendienst zu machen, *nicht* jeden Abend ein wenig später zu Bett zu gehen, damit noch Zeit war, die Presse zu studieren, Tagebuch zu führen, Lesefrüchte zu notieren oder der Leitung über die eigene ideologische Entwicklung schriftlich Bericht zu erstatten! Es gab deshalb auch keinen Grund für ihn, *nicht* am Sonntag zu exerzieren und für altgediente Soldaten, Gruppen- oder Zugführer mal eben die Hosen und Strümpfe zu waschen!

Weniger reden, dafür mehr machen!, lautete Wus Maxime.

Fleißig und gewissenhaft sein, Mühe und Ärger nicht scheuen! – das war der Maßstab all seines Tuns.

Nachdenken! Schlussfolgern! Erst überlegen, dann handeln! Niemals vorlaut sein und den Besserwisser spielen! –

so etwa hörten sich die guten Lehren an, die altgediente Kameraden ihm zusätzlich mit auf den Weg gaben.

Und all dies lief auf eine Warnung hinaus: Du darfst dich nie zu weit aus dem Fenster lehnen, und du musst auch mal zurückstecken können! Wu Dawang war nicht aus eigener Erfahrung auf diese Lebensweisheit gestoßen, trotzdem hatte er sie schon als junger Rekrut verinnerlicht und berücksichtigte sie in seinem Handeln.

Er war gerade erst ein Jahr Soldat, da tat sich ein bodenloses schwarzes Loch vor ihm auf. Seine Mutter erkrankte plötzlich schwer: Leberzirrhose! Als sie ihr Ende nahen fühlte, rief sie den Sohn telegrafisch zu sich nach Wujiagou zurück. Sie ergriff seine Hand und beschwor ihn: »Wenn du wirklich ein guter Sohn bist, dann heiratest du jetzt, solange ich noch am Leben bin. Denn dann ist nach meinem Tod eine Frau da, die in Trauerkleidung, wie es sich gehört, an meinem Grabe kniet und mich beweint.«

Folgsam suchte Wu den Buchhalter Zhao auf.

Der überlegte hin und her, endlich fragte er ihn: »Hast du bei der Armee schon eine Auszeichnung bekommen?«

»Noch nicht.«

»Und in der Partei bis du auch noch nicht?«

»Nein.«

»Besteht denn Aussicht auf Beförderung zum Offizier?«

»Schwer zu sagen.«

Abermals verfiel Zhao in Schweigen. Nach längerem Nachdenken sagte er mit einem tiefen Seufzer: »Dawang, das ist jetzt überhaupt nicht gegen dich gerichtet, aber du kennst das Sprichwort ›Das Wasser fließt nach unten – der Mensch strebt stets nach oben‹. Man wünscht sich natürlich eine gute Partie für seine Tochter, das wirst du verstehen. Du bist nicht Parteimitglied, du hast weder Auszeichnungen noch Aussicht auf Beförderung – sag selbst, wie könnte ich dir unter diesen Bedingungen meine Tochter zur Frau geben?«

Mit dem dumpfen Knall einer einstürzenden Mauer fiel Wu Dawang vor dem Buchhalter auf die Knie. Unter heftigem Schluchzen rief er: »Vater … Buchhalter Zhao, lass mich Vater zu dir sagen! … Ich verspreche dir, wenn ich nicht ausgezeichnet werde, in die Partei aufgenommen und zum Offizier befördert werde, wenn ich nicht deiner Tochter Ezi die Zuzugserlaubnis für die Stadt verschaffe und eine anständige Arbeit für sie finde, damit sie es gut hat, dann werde ich nie wieder auf Urlaub nach Hause zurückkommen, und wenn ich bis an mein Lebensende in der Armee bleiben muss!«

Buchhalter Zhao blieb skeptisch. Schließlich sagte er: »Und du denkst, du schaffst das?«

»Ich will es dir schriftlich geben!«

Also setzte Wu Dawang folgenden Text auf:

»Ich, Wu Dawang, werde nach der Hochzeit mit Ezi zur Truppe zurückkehren und mit doppeltem Einsatz meine Pflichten erfüllen, damit ich noch in diesem Jahr in die Partei aufgenommen und im übernächsten Jahr zum Offizier befördert werde. Sollte ich es nicht schaffen, befördert zu werden, Zhao Ezi in die Stadt nachzuholen und ihr dort eine Arbeitsstelle zu besorgen, damit sie ein gutes Leben hat und alle Tage Dampfnudeln essen kann, werde ich nicht zu Besuch in die Heimat zurückkehren, und wenn es bis an mein Lebensende ist. Weiterhin werde ich, Wu Dawang, meiner Frau Ezi jeden Wunsch erfüllen, wenn ich tatsächlich auf Heimaturlaub komme – Ochse und Pferd werde ich mein Leben lang für sie sein, ohne mich zu beklagen, und sollte ich es doch tun, möge ich eines qualvollen Todes sterben.«

Nachdem Wu diese Verpflichtung unterschrieben und damit rechtsgültig gemacht hatte, heiratete er Ezi. Vierzehn Tage später segnete seine Mutter das Zeitliche, und eine längere Durststrecke begann, in welcher Wus sogenannte Liebe, seine Ehe jedenfalls, ebenso wie seine Zukunftsaussichten, ja sein ganzes ferneres Leben sozusagen auf der Kippe standen.

Im ersten Jahr wurde er trotz großer Anstrengungen nicht ausgezeichnet, denn auch andere Soldaten strengten sich an.

Im zweiten Jahr wurde er nicht in die Partei aufgenommen, obwohl er sich mit aller Kraft darum bemühte – andere taten das auch.

Geschlagene zwei Jahre waren jetzt schon vergangen, ohne dass er etwas erreicht hätte. Jedes Mal, wenn er wieder einen Brief von seiner Frau und seinem Schwiegervater bekam, in dem sie sich nach seiner Arbeit und seinem Fortkommen erkundigten, verschlimmerten sich seine Panik und Verzweiflung. Er hatte sogar schon mit dem Gedanken gespielt, seinem Leben ein Ende zu setzen, weil sein Name Jahr für Jahr auf den Listen der ausgezeichneten oder neu in die Partei aufgenommenen Soldaten fehlte. Doch gerade als solch düstere Todesgedanken in seinem Kopf Wurzeln zu schlagen drohten, wurde der Gruppenführer des Kantinenpersonals versetzt. Es war allgemein bekannt, dass die Arbeit in der Kantine zwar schmutzig und anstrengend war, aber eben deshalb auch gute Aufstiegschancen bot. Daher interessierten sich gleich acht Soldaten aus den insgesamt drei Zügen und neun Gruppen von Wus Kompanie für den frei gewordenen Posten. Unnötig zu sagen, dass alle wie er selbst vom Lande stammten.

Der Kompaniechef befand sich zu dieser Zeit auf einer Fortbildung, deshalb hatte der Instrukteur, sein Stellvertreter, das Heft in der Hand. Wer den Kantinenposten bekam, hing einzig und allein von ihm ab. Prompt rannten alle acht Interessenten dem Instrukteur, der zufällig seit kurzem gerade seine Familie zu Besuch hatte, die Bude ein, fegten aus oder wuschen Wäsche für seine Frau, so dass er nicht wusste, für wen er sich entscheiden sollte. Es traf sich, dass er an einem Sonntag in seine Wohnung kam und dort Zeuge wurde, wie sein kleiner Sohn auf den Schultern von Wu Dawang ritt und diesen durch Schläge auf den Hinterkopf zu immer schnellerem Galopp antrieb, so wie man einem Pferd die Peitsche gibt. Wu ließ sich das nicht nur gefallen und robbte auf allen vieren wie wild und verrückt durch das Zimmer, sondern bellte und wieherte dazu noch gehorsam wie ein Hund oder Pferd.

Zornig riss der Instrukteur den Jungen von Wus Schultern und gab ihm eine Ohrfeige. Dann schrie er Wu an: »Bist du vielleicht ein Hund oder ein Pferd? Kannst du nichts Besseres, als vor anderen kriechen und buckeln?!«

Wu Dawang stand auf, klopfte sich den Schmutz von Händen und Knien und antwortete: »Ach, ich habe immer schon gern etwas für andere getan. Auf diese Weise kann ich doch dem Volke dienen, da bleibt das nicht bloße Theorie.«

Der Instrukteur blickte ihn verdutzt an und blieb eine ganze Weile stumm. Endlich fragte er ungläubig: »Meinst du im Ernst, das ist gemeint mit ›Dem Volke dienen!‹?«

Wu fragte zurück: »Wie sollte man sonst dieses Prinzip in die Tat umsetzen? Wenn man nicht bereit ist, etwas für andere zu tun …«

In den folgenden beiden Wochen setzten die Anwärter auf den lukrativen Kantinenposten ihre Bemühungen fort, schleppten nach dem Exerzierdienst Wasser für den Haushalt des Instrukteurs, machten bei ihm sauber, ernteten Kohl und Zwiebeln für seine Gattin oder verehrten dieser mal drei Pfund Datteln, mal ein Kilo Walnüsse. Auch der Sohn wurde nicht vergessen und bekam so manche Handvoll Bonbons zugesteckt. Wu Dawang aber machte darüber hinaus etwas, auf das die anderen nicht gekommen waren: Er betätigte sich als Spielkamerad des Jungen. Wollte der auf ihm reiten, ließ er sich folgsam auf alle viere nieder; sollte er wie ein Hund bellen, dann spielte er bereitwillig einen kläffenden Köter, sehr zum Entzücken des Kleinen, der sogar noch im Traum weinend nach seinem »Onkel Wu Dawang« verlangte.

Am Ende führte der Instrukteur mit Wu ein Gespräch, das die Entscheidung bringen sollte.

»Welches ist die wichtigste Voraussetzung«, fragte er ihn, »um die Losung ›Dem Volke dienen!‹ in die Praxis umzusetzen?«

»Du musst anderen Menschen zu Diensten sein, als ob es um dich selbst ginge.«

»Was ist der Sinn des Lebens?«

»›Dem Volke dienen!‹, und das jeden Tag, mit voller Kraft und vollem Einsatz. Du musst immer da sein für den, der deine Dienste benötigt, so wie du als pietätvoller Sohn immer für deine Eltern da bist.«

»Ausgezeichnet!«, sagte der Instrukteur. »Das war eine sehr gute Antwort. So konkret und ehrlich! Man merkt, du hast die richtigen Ideale und ein hohes politisches Bewusstsein und verstehst, die Theorie mit der Praxis in Einklang zu bringen. Nur deine Wortwahl gefällt mir nicht so ganz: *zu Diensten sein* und *pietätvoll*, das passt ja nun wirklich nicht mehr in unsere Zeit!«

Als Ergebnis dieses strengen Auswahlverfahrens wurde Wu Dawang offiziell zum stellvertretenden Gruppenführer ernannt und in die Kantine versetzt. Da es dort keinen ordentlichen Gruppenführer gab, war er als Stellvertreter de facto verantwortlich für die Verproviantierung der

Wachkompanie. Für seine Zukunftsaussichten bedeutete das eine subtile Veränderung, sah er doch jetzt Licht am Ende des Tunnels. Als er nach einem Jahr in der Kantine zum ordentlichen Gruppenführer befördert und dann dem Divisionskommandeur zugeteilt wurde, war er inzwischen auch in die Partei aufgenommen worden. Auszeichnungen und Prämien waren dank des Instrukteurs für ihn nichts Außergewöhnliches mehr. Nur mit der Beförderung zum Offizier, die ja Teil seiner Ehe-Selbstverpflichtung war, hatte es aus den verschiedensten Gründen bisher nicht geklappt. Mal war bei einem Checkup sein Blutdruck ein wenig zu hoch, mal ging seine Kompanie bei der Aufteilung der Offiziersquote leer aus, weil die entsprechenden Planstellen schon auf Bataillons- und Regimentsebene vergeben wurden, wo man naturgemäß die besseren Zugriffsmöglichkeiten hatte – kurzum: Alle möglichen widrigen Umstände hatten bisher dafür gesorgt, dass die ersehnte Uniformjacke mit den vier (statt nur zwei) Jackentaschen für Wu Dawang zum Greifen nah und doch unerreichbar fern blieb.

Die Versetzung zum Divisionskommandeur verkürzte ohne Zweifel den mühsamen Weg zum großen Ziel beträchtlich. Doch gerade als er sich in der Hoffnung wiegte, sein Lebenstraum könnte sich erfüllen, geschah das Unerwartete. Tief in seinem Inneren, wo die Sonnenstrahlen nie hinkamen, leuchtete plötzlich hell ein Licht auf, ein Licht, entzündet von Liu Lians Liebe. Denn so groß auch der gesellschaftliche Unterschied sein mochte, war es nichts weniger als das jähe Aufflammen einer, wenn auch verqueren, Liebe. Nur passierte alles etwas zu plötzlich für Wu Dawang, der aus seiner tumben Ahnungslosigkeit in ein fiebriges Delirium hineinkatapultiert wurde. Er wusste kaum, wie ihm geschah. Verständlich, dass er zunächst überfordert war. Ihm ging es gleichsam wie einem

Mann, der sich das Zigarettenrauchen abgewöhnt hat und dem plötzlich ein Päckchen Opium zugeschoben wird, so dass er nach dem entbehrungsreichen Nikotinentzug mit einem Mal am Abgrund der Rauschgift-Überdosis steht. Obwohl er die Gefahr erkennt, sieht er zugleich, dass am Boden dieses Abgrunds ein duftender Teppich prachtvoller Blüten lockt, und er lässt sich davon unausbleiblich zu übersteigerten Reaktionen und Handlungen hinreißen.

Wenn wir uns nun wieder unserer Geschichte zuwenden und Wu Dawangs geradezu idiotisches Verhalten gegenüber der nackten Liu Lian betrachten, so erkennen wir darin nichts anderes als die übersteigerte Scheu vor dem besagten Opium. Es konnte gar nicht ausbleiben, dass er so etwas wie Reue empfand, als er wieder bei klarem Verstand war. Und tatsächlich: Nachdem er mit dem Instrukteur zusammen in der Kaserne der Wachkompanie angelangt war und sich, voll bekleidet, auf seine Pritsche gelegt hatte, wälzte er sich fast bis zum Morgengrauen hin und her und fand keinen Schlaf. Immerhin erkannte er im Ergebnis dieser nächtlichen Grübeleien zumindest undeutlich, dass es unabsehbare, kaum wiedergutzumachende Folgen hat, wenn man in einer solchen Situation versucht, gegen die Strömung zu schwimmen, anstatt sich ihr einfach zu überlassen.

In der Rückschau erscheint das Leben eines Menschen oft als eine ziemlich seichte Angelegenheit ohne tiefgreifende Widersprüche oder einen tieferen Sinn. Komplex ist es eher aus der Sicht des Autors, der darüber berichtet, als in der Wahrnehmung des Betroffenen selbst. Komödien sind meist einfach gestrickt und ohne allzu großen Tiefgang …

Als Wu Dawang gegen Morgen endlich doch einnickte, träumte er, dass Liu Lian und er im Bett lagen und einander zärtlich liebkosten. Beim Aufwachen schämte er sich für seinen, nun ja, feuchten Traum in Grund und Boden. Zur Strafe kniff er sich mehrmals so fest in die Schenkel, dass er lauter blaue Flecken davontrug. Er holte einen Brief unter dem Kopfkissen hervor, den er drei Tage zuvor von zu Hause bekommen hatte, und las ihn unter der Bettdecke – obwohl die Kameraden alle noch schliefen – beim Schein seiner Taschenlampe ein weiteres Mal. Seine Frau schrieb darin, dass das Korn geschnitten und die Herbstaussaat auch schon im Boden sei; dass sie sich bei der Ernte mit der Sichel an der Hand verletzt und viel Blut verloren habe, es ihr inzwischen aber schon wieder besser gehe; dass sie beim Mähen und Hacken nicht gewusst habe, wohin mit dem Jungen, und ihn deshalb mit einem Strick unter einem schattigen Baum am Feldrand angebunden habe, wo er mit ein paar Ziegelscherben und Heuschrecken spielen sollte, die Heuschrecken jedoch in den Mund gesteckt habe und um ein Haar daran erstickt sei!

An dieser Stelle kamen Wu die Tränen und er versank in dumpfes Brüten. Dann faltete er den Brief zusammen, stand leise auf (denn ringsumher schlief immer noch alles tief und fest) und machte sich entschlossen auf den Weg zum Haus des Kommandeurs. Niemand konnte wissen, was ihm dabei durch den Kopf ging und was er sich während der schlaflosen Nacht überlegt hatte, eins aber steht fest: Bei der erneuten Lektüre des Briefes hatte er einen für ihn typischen Entschluss gefasst, einen Plan, durch den er tatsächlich vom Objekt zum Subjekt des Handelns werden sollte, oder anders gesagt, er bemühte sich erfolgreich, die Initiative zu übernehmen, der Hauptakteur in dieser Geschichte zu werden und seiner Liebe Herr. Das war, etwas hochtrabend ausgedrückt, keine Frage von Moral oder Ethik, es ging lediglich darum, den Herausforderungen des Schicksals mutig entgegenzublicken. Das lange nächtliche Gespräch mit dem Instrukteur war quasi nur das Warnschild vor der Kurve, die Vorankündigung der bevorstehenden Wendung in Wu Dawangs Leben. Seine tiefere Ursache hatte dieser Richtungswechsel jedoch in seiner Vorgeschichte. Einige wenige Worte in einem Brief aus der Heimat waren der unmittelbare Anlass.

Eigentlich war ja bisher nichts wirklich Katastrophales vorgefallen. Liu Lian hatte sich lediglich bei der Kompanieführung beschwert und einen anderen – intelligenten und anstelligen – Soldaten als Koch angefordert. Deshalb war Wu zuversichtlich, die Angelegenheit zu Liu Lians Zufriedenheit einrenken zu können. Ein bisschen wütend auf sie war er allerdings doch, mehr noch aber auf sich selbst, denn er war es ja, der alles verbockt hatte, er war es, der Strafe verdiente. Wie heißt es so schön? Wer nicht am Willkommenstrunk nippt, zur Strafe ein volles Glas kippt! Gut, also dann kippe ich eben den Becher Schnaps zur Strafe, sagte er sich. Mehr kann mir kaum passieren, als dass sie mich herumkommandiert. Diese Haltung fiel ihm umso leichter, als es bei dem »Straftrunk« ja nicht um irgendwelche Disziplinarmaßnahmen oder Beschimpfungen gehen sollte, sondern um die Liebe und um die eigene Zukunft. In seinem Verhältnis zu Liu Lian überdeckten oberflächliche Reize tiefergehende Empfindungen oder – besser – traten an ihre Stelle. Bei Licht besehen ist es freilich oft so (war schon immer so und wird auch immer so sein), dass das Einfache sich gegenüber dem Komplizierten durchsetzt – das Einfache ist der Kaiser, das Komplizierte sind die Untertanen! Wenn man hochkomplexe Ereignisse und Erscheinungen auf ihren Kern zurückführt, handelt es sich oftmals um etwas ganz Banales, sagen wir zum Beispiel: 1 + 1 = 2. Nicht anders verhielt es sich jetzt mit Wu Dawangs Rückkehr in das Haus des Divisionskommandeurs: Wie ein gestrauchelter

Held wollte er sich wieder aufraffen, um schlicht und einfach seine Haut zu retten.

Als er ins Freie trat, rötete die aufgehende Sonne den Himmel im Osten und übergoss die schlafende Kaserne mit dem fahlen Licht des beginnenden Tages. Wie gewöhnlich schlug Wu die Richtung zum Haus des Kommandeurs ein, doch stieß er nach ein paar Schritten auf seinen Kompaniechef, der – noch etwas schlaftrunken, aber sonst voll da – gerade von seinem Postenkontrollgang zurückkehrte.

Der Kompaniechef baute sich vor Wu Dawang auf und fragte: »Na, geht's zum Dienst?«

Wu salutierte und bejahte die Frage.

Der Kompaniechef erwiderte den Gruß und wollte schon weitergehen, da schien ihm plötzlich etwas einzufallen. »Xiao Wu«, sagte er, »beantworte mir doch mal eine Frage: Woran musst du stets denken, wenn du beim Kommandeur Dienst tust?«

»Ich darf nichts sagen und tun, was mir nicht zukommt.«

»Falsch!«

Wu verbesserte sich: »Dienst beim Kommandeur ist Dienst am Volke!«

»Richtig. Aber das kannst du ruhig ein bisschen lauter sagen. Noch einmal!«

Mit einem flüchtigen Blick auf die Kaserne in seinem Rücken rief Wu: »Dienst beim –«, senkte dann sogleich wieder die Stimme und fuhr leiser fort: »– Kommandeur ist Dienst am Volke!«

Der Kompaniechef wurde ärgerlich. Finster starrte er in Wus Gesicht, in dem er eine gewisse Niedergeschlagenheit, gepaart mit Entschlossenheit, zu erkennen glaubte. »Noch lauter!«, befahl er.

Wu drehte sich abermals zu der Kaserne um und wandte zögernd ein: »Aber die Kameraden schlafen doch alle noch …«

Der Kompaniechef sagte: »Ich habe gesagt: ›Lauter!‹, und dann meine ich auch lauter! Wenn du es schaffst, die Kompanie aufzuwecken, gibt's eine lobende Erwähnung im Tagesbefehl.« Dann trat er einen Schritt zurück und schrie, als ob er neue Rekruten vor sich hätte, die gedrillt werden müssen: »Eins – zwei – drei!«

Jetzt brüllte Wu tatsächlich aus Leibeskräften: »Dienst beim Kommandeur und seiner Familie ist Dienst am Volke!«, ebenso markerschütternd laut und abgehackt, wie die Rekruten beim Exerzieren ihre Slogans skandierten und auf Kommandos der Offiziere reagierten. Erwartungsvoll schaute er den Kompaniechef an.

Der lächelte zufrieden: »Schon besser. Wegtreten zum Dienst!«

Ziemlich perplex schaute Wu Dawang ihm hinterher, bis er in der Kaserne verschwunden war. Erst dann machte Wu sich wieder auf den Weg zum Haus des Divisionskommandeurs. Hinter ihm hauten sich die von seinem Gebrüll unsanft aus dem Schlaf gerissenen Soldaten beruhigt wieder hin, nachdem sie aus dem Fenster geschaut und sich vergewissert hatten, dass nichts Besonderes vorgefallen war.

5

Die Bewohner der Offiziersvillen waren größtenteils bereits aufgestanden und in ihren jeweiligen Anwesen zugange, bereit, sich sofort in Bewegung zu setzen, sobald das Wecksignal ertönte und sie zur Körperertüchtigung auf den großen Sportplatz oder an andere Orte auf dem Kasernengelände rief. Als Wu Dawang am Haus des Divisionskommandeurs ankam, wechselte er ein paar Worte mit dem Posten und salutierte höflich vor einem stellvertretenden Divisionskommandeur, der trotz der frühen Stunde schon unterwegs war. Er holte seinen Schlüssel heraus und öffnete die Pforte, die in das große Stahlblechtor eingelassen war und die er nur gebückt passieren konnte, schloss hinter sich wieder ab und schickte sich an, um das Haus herum und durch die hintere Tür in seine Küche zu gehen, wo er die von Liu Lian zum Frühstück besonders geschätzte Reissuppe mit Lotoskernen zubereiten wollte, da sah er sie zu seiner größten Überraschung höchstpersönlich vor dem Hintereingang sitzen.

Normalerweise verließ sie das Bett erst, wenn das Signal für die Beendigung des Frühsports ertönte, heute aber war sie sogar vor dem Wecksignal aufgestanden und hatte – noch erstaunlicher – ihre vor fast fünf Jahren eingemottete, äußerst selten getragene Uniform angelegt, deren Kragenspiegel, zwei rote Fähnchen an ihrem Hals, ihr übernächtigtes Gesicht noch blasser erscheinen ließen. In ihrer Uniform, die wie bei allen Soldatinnen um sie herumschlotterte, wirkte sie wie eine gerade aus dem Krankenhaus entlassene Patientin. Denn alle Uniformen, egal ob von Männern oder Frauen getragen, hatten den gleichen Schnitt und wiesen die gleiche Besonderheit auf: Sie ließen die Jungen älter, die Alten jünger, die Hübschen unscheinbarer, die Hässlichen ansehnlicher erscheinen. Wu Dawang hatte Liu Lian noch nie in Uniform gesehen. Wie sie an diesem Morgen vor der Hintertür im Hof saß, übermüdet und graugesichtig, schweigend und ernst, hätte man meinen können, sie habe gerade die Strapazen des legendären Langen Marsches der kommunistischen Truppen in den dreißiger Jahren hinter sich.

Wu versuchte, sein Erstaunen über diesen unverhofften Anblick mit einem Lächeln zu überspielen. »Ach, wie kommt es denn, dass Sie schon so früh auf sind, Tante?«, fragte er.

Auch Liu Lian war offensichtlich überrascht über sein Auftauchen. Ohne auf seine Frage einzugehen, musterte sie ihn von oben bis unten und fragte in eisigem Ton: »Hat euer Instrukteur nicht mit dir geredet?«

»Doch«, antwortete er mit gesenktem Kopf, »aber ich dachte, Sie würden mir vielleicht noch eine Chance geben und mir erlauben, Sie wenigstens einen weiteren Tag lang zu bedienen. Wenn Sie dann immer noch etwas an mir auszusetzen haben, gehe ich von alleine. Sie brauchen dann nicht noch einmal von der Kompanie meine Auswechslung zu verlangen.«

Nach diesen Worten blickte er auf und stellte fest, dass sie anscheinend über Nacht gealtert war. Er entdeckte um die abwesend dreinblickenden Augen herum lauter winzige Fältchen, die sie mit einem Mal tatsächlich wie eine Mittdreißigerin aussehen ließen. Wobei auch dieses Alter noch die Anrede Große Schwester rechtfertigte und ihr blendendes Aussehen noch immer das Herz jedes Mannes höher schlagen ließ. Außerdem war das ja gar nicht ihr wahres Alter – es war die Uniform, die sie älter machte! Hinzu kam, dass sie vielleicht schlecht geschlafen oder sogar die ganze Nacht kein Auge zugetan und bis zum Morgen hier im Hof gesessen und vor sich hin gebrütet hatte. Wu hätte jetzt zu gern ›Große Schwester Liu, Sie sehen müde aus, legen Sie sich doch noch ein bisschen hin!‹ zu ihr gesagt, aber er wagte es nicht. Schließlich hatte er am Vorabend seine Chance verpatzt, eine geschwisterliche oder möglicherweise sogar über Geschwisterliebe hinausgehende Beziehung zu ihr aufzubauen – jetzt war die Sonne hinter den westlichen Bergen versunken, und wo eben noch strahlende Helligkeit herrschte, war nun alles in tiefe Dunkelheit gehüllt. Nein, in dieser Situation blieb ihm nichts übrig, als mit demütig gesenktem Haupt ihr Urteil zu akzeptieren.

Das ließ nicht lange auf sich warten.

Nachdem sie ihn einen Moment lang schweigend gemustert hatte, erhob sie sich von ihrem Stuhl und sagte in gleichmütigem Ton: »Zum Frühstück mach mir eine Einlaufsuppe und dann verschwinde in deine Kaserne.« Ehe er darauf reagieren konnte, war sie schon im Haus verschwunden. Er hörte, wie sie die Treppe hinaufging. Das Klackern ihrer Schritte auf der Treppe und ihr Türenknallen flogen ihm wie riesige Hagelkörner um die Ohren, so kam es ihm vor.

Eigentlich hatte Wu Dawang nichts anderes erwartet, und doch war alles ganz anders gekommen, als er gedacht hatte. Das Wecksignal ertönte hell und durchdringend aus den Lautsprechern, die über das Kasernengelände verteilt waren, und ein neuer Tag mit neuer Gluthitze brach an. Jetzt kam es ihm zugute, dass er mit immerhin fünf Dienstjahren auf reiche Erfahrungen in puncto Dienst am Volke zurückgreifen konnte. Als bewährte Ordonnanz (und Koch) für den Kommandeur, als Vorbild für die ganze Kompanie in Bezug auf politisches Bewusstsein und als musterhafter Parteigenosse hatte er den tieferen Sinn der Parole »Dem Volke dienen!« so sehr verinnerlicht und zugleich so viel praktisches Wissen über die Umsetzung gesammelt, dass er ihn jetzt sogar als wirksame Waffe bei der Bewältigung der momentanen Schwierigkeiten und bei der Abwehr drohender Schicksalsschläge einsetzen konnte.

Nachdem Liu Lian im Oberstock verschwunden war, setzte er unverzüglich den Wasserkessel auf, schlug zwei Eier in eine Essschüssel und verquirlte sie, gab zwei Löffel Zucker dazu und goss zuletzt das kochende Wasser in dünnem Strahl langsam hinein, wobei er zugleich die verquirlten Eier mit einem Paar Essstäbchen hin und her bewegte. Im Nu war die goldgelbe Eierflockensuppe fertig. Da sie noch viel zu heiß war, um sofort serviert zu werden, nutzte er, einem plötzlichen Einfall folgend, die Wartezeit, um schnell Papier und Stift zur Hand zu nehmen und, über den Küchentisch gebeugt, in aller Eile eine Selbstkritik zu verfassen. Als handele es sich um irgendwelche Lesefrüchte beim Polit-Studium, schrieb er zerknirscht auf, dass er das Prinzip »Dem Volke dienen!« nicht richtig verstanden und dies inzwischen eingesehen habe. Mit der Suppe in der einen und der Selbstkritik in der anderen Hand stieg er dann die Treppe zum oberen Stockwerk hinauf.

Dort machte er alles so, wie er es sich vorher zurechtgelegt hatte. Er klopfte vorsichtig an Liu Lians Tür, nahm seinen ganzen Mut zusammen und rief mit gedämpfter Stimme: »Große Schwester, Ihre Eierflockensuppe ist fertig. Ich habe sie Ihnen heraufgebracht.«

Prompt kam die Antwort von drinnen, lustlos und völlig ungerührt: »Stell sie auf den Esstisch. Und dann verschwinde. Sag deinem Kompaniechef oder Instrukteur, sie sollen den Neuen vorbeischicken, aber ein bisschen dalli!«

Wu Dawang erschrak über ihre Worte, doch im Grunde hatte er nichts anderes erwartet. Deshalb riss er sich am Riemen und fuhr fort, wie geplant: »Große Schwester, wenn ich hier beim Divisionskommandeur nicht mehr erwünscht bin, geht das natürlich in Ordnung. Aber die Suppe muss doch nicht kalt werden! Darf ich sie Ihnen nicht doch ein letztes Mal servieren?«

Drinnen blieb alles still. Er öffnete die Tür und ging hinein. Sie saß auf der Bettkante und hatte die Uniform bereits wieder ausgezogen und gegen ein Ensemble aus leichtem Terylen, damals sehr in Mode, getauscht. In ihrer rosa Bluse mit dem kleinen Krägelchen und der hellblauen, gerade geschnittenen Hose sah sie gleich wieder viel jünger und munterer aus, doch ihre Miene war noch grimmiger als eben. Er stellte die Suppe vorsichtig auf den Nachttisch und warf ihr einen verstohlenen Blick zu. »Die Suppe ist nicht mehr sehr heiß, Sie sollten sie gleich essen«, sagte er und hielt ihr dabei das Blatt Papier hin. »Ich habe hier eine Selbstkritik verfasst. Wenn sie Ihnen nicht ausführlich genug ist, kann ich eine neue schreiben.«

Ohne das Blatt entgegenzunehmen, starrte sie ihn weiter äußerst abweisend an: »Soll das heißen, du siehst deinen Fehler ein?«

»Jawohl, ich sehe ihn ein! Große Schwester, geben Sie mir bitte eine Chance, ihn wiedergutzumachen!«

»So etwas lässt sich nicht wiedergutmachen. Du wirst jetzt in deine Kompanie zurückkehren. Ich habe schon mit dem Instrukteur gesprochen. Zum Jahresende wirst du entlassen. Dann kannst du dich wieder jeden Tag um deine liebe Frau kümmern!«

Liu Lian war keineswegs laut geworden, aber die

kalte Unerbittlichkeit, die aus jedem ihrer Worte sprach, traf Wu Dawang mit solcher Wucht, dass ihm der Kopf schwindelte und er unwillkürlich an die Granaten dachte, die manchmal bei Übungen im Winter jenseits des Exerzierplatzes auf die hart gefrorene Straße knallten, wenn jemand schlecht gezielt hatte. Eigentlich hatte er gehofft, er könne mit seiner freiwilligen Selbstkritik allen Ärger aus der Welt schaffen, so wie die aufgehende Sonne mit ihren wärmenden Strahlen die dünne Eisschicht auf einem überfrorenen Fluss zum Schmelzen bringt. Stattdessen blieb Liu Lian hart und unnahbar, als wäre sie durch eine absolut wasserdichte Wand aus Kupfer oder Eisen von ihm getrennt. Mit einem Mal erkannte er: Jene Szene gestern in der Abenddämmerung, als sie nackt auf dem Bett gesessen und darauf gewartet hatte, dass auch er sich auszog, um es mit ihr zu treiben, war mitnichten auf einen plötzlichen Impuls Liu Lians während der Abwesenheit ihres Gatten zurückzuführen, war keine bloße Frivolität, sondern ein überaus mutiger Akt ihrerseits gewesen. Klar, dass seine Feigheit nicht nur ihre Gefühle verletzt, sondern auch tiefe Verachtung für ihn hervorgerufen hatte. Wu begann jetzt, seine ach so edelmütige Korrektheit ernsthaft zu bereuen. Nicht wegen des Liebesabenteuers, das ihm auf diese Weise entgangen war, sondern wegen der katastrophalen Folgen, durch die all seine keimenden Hoffnungen gründlich zunichte gemacht wurden. Plötzlich gähnte vor ihm ein tiefer Abgrund, stand sein Schicksal auf der Kippe.

Niemand hätte in diesem Moment verstanden, von welch widerstreitenden Gefühlen er erfüllt war, niemand hätte die akute Panik nachfühlen können, die ihn bei dem Gedanken erfasste, dass statt der erträumten lichten Zukunft schon bald tiefste Finsternis auf ihn wartete. Er blickte auf und sah Liu Lian an; das Blatt Papier, das er ihr hinhielt, raschelte in seinen zitternden Fingern. Das gellende Signal zum Ende des Frühsports drang ins Zimmer wie eine Springflut und füllte es ganz aus. Danach herrschte wieder tiefe Stille, die er nun als doppelt bedrückend empfand. Es kam ihm vor, als ob diese Stille mit ungeheurem Gewicht – ein Wohnhaus oder ein Stück von der Großen Mauer oder eine Gebirgswand – schwer auf seinem Schädel laste und ihn herunterdrücke.

Tränen traten ihm in die Augen, doch ehe sie zu Boden fallen konnten, fiel er vor Liu Lian auf die Knie. Aus einem stattlichen Soldaten von einem Meter fünfundsiebzig wurde ein klägliches Häufchen Unglück zu Füßen der mit einem Meter sechzig eher zierlichen Frau. Dabei kam sein Kniefall für ihn ebenso unerwartet wie für sie. Ihm war bewusst, dass er jetzt etwas sagen musste – nur was? In seiner Panik fand er schließlich Worte, die nicht nur Liu Lian, sondern auch ihm selbst reichlich unverständlich vorkamen, deren tieferer Sinn ihnen gleichwohl intuitiv sofort klar war.

»Große Schwester Liu«, flehte er unter Tränen, »geben Sie mir noch eine Chance! Wenn ich dann dem Volke immer noch nicht gut genug diene, soll mich ein Auto überfahren. Oder es soll mich bei der Schießübung ein Schuss treffen, der sich irrtümlich löst. Alle Schüsse sollen mich treffen, egal von welcher Kompanie!«

Vielleicht war es gerade dieses Stammeln, durch das sich Liu Lian erweichen ließ. Vielleicht war es auch sein Kniefall, der den Eispanzer um ihr Herz zum Schmelzen brachte. Sie ließ ihn jedoch nicht etwa gleich aufstehen, sondern setzte sich nur auf dem Bett zurecht und sagte: »Wie willst du denn dem Volke dienen?«

»Ich mache alles, was Sie verlangen!«

»Dann zieh dich nackt aus und renne drei Runden um den Sportplatz!«

Er schaute auf und blickte ihr ins Gesicht. Hatte sie das nur so dahergesagt, oder wollte sie ihn tatsächlich auf die Probe stellen? Er legte das Blatt mit seiner Selbstkritik vor sich auf den Fußboden und fasste nach dem obersten Knopf seiner Uniformjacke, um mit dieser Geste zu zeigen, dass er bereit, der Bogen sozusagen gespannt war. Ein Wort von ihr, und er würde sich ausziehen und hinausrennen, egal was passierte!

Was bitterernst begonnen hatte, sollte in einer grotesken Farce enden, so grotesk, wie wir es uns zuvor ebenso wenig hätten vorstellen können wie Wu Dawang, doch fügt sich diese Groteske sehr wohl in den Spannungsbogen unserer Geschichte ein. Zu jenem Zeitpunkt waren sich freilich beide – Liu Lian und Wu Dawang – gar nicht bewusst, wie grotesk ihr Verhalten war. Vielleicht lässt sich ja in bestimmten Situationen eine gewisse Authentizität nur durch eine derartige Groteske beweisen; ihr Fehlen würde womöglich den Eindruck von Unechtheit erwecken. Vielleicht läuft alles in der Gefühlswelt der Menschen letztlich auf eine solche Groteske hinaus, lassen sich Sinn und Wert von Entwicklungsprozessen nur an ihrem grotesken Ende ablesen. Steht am Schluss keine derartige groteske Szene, könnten solche Prozesse – so lebensecht sie auch sonst sein mögen – wie frei erfundene, sinnlose Spielereien erscheinen.

Wu Dawang hatte also ganz feierlich und ernsthaft die Hand an den obersten Knopf seiner Uniformjacke geführt.

Sie befahl: »Dien dem Volke und zieh dich aus!«

Eilig knöpfte er die Jacke auf und zog sie aus, so dass sein Unterhemd mit dem aufgedruckten roten Schriftzug »Dem Volke dienen!« zum Vorschein kam.

Sie wiederholte: »Dien dem Volke und zieh dich aus!«

Folgsam zog er auch das Unterhemd aus.

Sie sagte: »Weiter! Du willst dem Volke dienen, hast du doch gesagt.«

Er zögerte kurz, dann zog er die Uniformhose aus. Sein muskulöser Körper, der durchtrainierte Körper eines tapferen Soldaten, war nun in voller Pracht ihren Blicken preisgegeben, so wie am Abend vorher ihr Körper den seinen. Sie maßen einander mit Blicken, in denen Hass und Leidenschaft loderten. Spannung lag in der plötzlich dünner erscheinenden Luft. Am flammend roten Himmel stand eine schwarze Wolke wie eine verkohlte Wand. Jeden Moment würde das Gewitter mit tobendem Sturm und heftigen Regengüssen über sie hereinbrechen und sie beide mit Haut und Haar verschlingen. Sie sahen einander an wie zwei Besessene. Verzehrende Liebe und ein Verlangen, in das sich Hass mischte, glommen in ihren Augen wie die Glut, aus der jeden Moment die helle Flamme schlagen würde und über der dünn die Luft stand und ihnen den Atem raubte, wie der beißende Rauch kurz vor dem Aufflackern der Feuers. Während die Glut aufloderte, wieder verlosch und wieder aufflammte und der dunkle Rauch darüber immer dichter wurde und schließlich alles einhüllte, fand Liu Lian zur rechten Zeit die richtigen Worte.

»Dien dem Volke!«, stieß sie atemlos hervor. »Tu's! Tu's! Tu's doch!«

6

Bis hierher gab es in unserer Geschichte im Grunde keinerlei unvorhergesehene Ereignisse; für den aufmerksamen Leser waren Beginn und Entwicklung der Handlung sowie der Höhepunkt stets absehbar. Sobald der Vorhang aufgegangen ist, pflegt ja die Fabel von Akt zu Akt, von Szene zu Szene ihrer eigenen inhärenten Logik zu folgen, egal ob es sich um ein Drama, eine Farce, eine Tragödie oder eine Groteske handelt. Nur dass in unserem Fall Wu Dawang sich häufig Szenen, die nichts mit dem aktuellen Geschehen zu tun hatten, vergleichend ins Gedächtnis rief und daher etwas so Erhabenem wie der Liebe gegenüber eine seltsame Furcht und Unruhe an den Tag legte. Einerseits fürchtete er, sich aus dem Sumpf der Sexualität nicht mit eigener Kraft wieder befreien zu können, andererseits wäre er nur allzu gern in eben diesem Sumpf versunken.

Warum nur, fragte er sich, war das Zusammensein mit seiner Frau so einförmig und uninteressant? Er fühlte sich in ihrer Gegenwart eingezwängt wie ein Elefant, der in den Brunnen gefallen ist. Und was Sex und Liebe anbelangte, kam er sich vor wie jemand, der Melonen gesät, aber Bohnen – verschrumpelte Bohnen! – oder Sesam geerntet hat, und zwar Sesam, aus dem sich nicht das kleinste Tröpfchen Öl pressen ließ.

In seiner Hochzeitsnacht – der Brigadeleiter, der die Ehe registriert hatte, war mit den anderen Leuten aus dem Dorf längst fortgegangen, und auch die letzten Kinder, die ihren Schabernack in der Brautkammer trieben, hatten sich endlich verzogen – schickte Wu Dawang sich voll leidenschaftlichen Verlangens an, seine Frau Zhao Ezi zu liebkosen, da stoppte sie ihn unversehens mit der Frage: »Hast du mir nicht gesagt, du bist ein Mustersoldat?«

Er erwiderte: »Bin ich doch auch! Der Kompaniechef, der Instrukteur – alle haben es gesagt.«

»Und wieso betatschst du mich dann wie ein Sittenstrolch?«

Schlagartig wurde Wu klar, dass es in seiner Ehe an etwas Entscheidendem mangelte, an der »großen Liebe« nämlich, von der immer in den Büchern die Rede ist. Er setzte sich auf und sah seine Frau an. Von dem rotlackierten Brautbett ging eine Kälte aus, die ihren Ursprung in seiner Ehe, im tiefsten Kern seiner Ehe, hatte, und dieser wohl fühlte, aber nicht rational begründen konnte. Diese Kälte legte sich schließlich über seinen ganzen Körper und vermittelte ihm das unbestimmte Gefühl, zwischen ihm und Ezi wuchere eine schmerzliche Trauer, die aus ihrer »Liebe« kam und die er als doppelt traurig empfand, weil nur er sie spürte, sie dagegen überhaupt nicht.

Er zog sich an und verließ die Brautkammer.

Sie sagte: »Wo willst du denn mitten in der Nacht hin?«

»Schlaf! Ich muss mal aufs Klo.«

Er setzte sich in den Hof und gab sich dort, einsam und allein, der Trauer über die Kälte in seiner jungen Ehe hin. Als er zum Himmel aufschaute und den Mond zwischen den Wolken bald auftauchen, bald wieder verschwinden sah, packte ihn plötzlich die Angst, der Mond könnte vom Himmel fallen.

In Wahrheit verhielt es sich so, dass Wu – und nicht seine Frau – es war, der letztlich dem quälenden Drängen seines Geschlechtstriebs nicht standhielt. Der Frühling war gekommen, überall spross und grünte es, und selbst der stille Mond schien einen einsamen Duft von frischem Gras zu verströmen. Das bald anschwellende, bald verstummende Zirpen der Grillen erfüllte den Hof, als würden lauter Bambusflöten gespielt. Als Wu dort vor seinem Drei-Zimmer-Häuschen aus ungebrannten Lehmziegeln saß und in den nächtlichen Himmel mit der silbernen Mondscheibe starrte, war es in seinem Kopf völlig leer. Oder dachte er über seine Ehe mit Ezi nach?

Nachdem der Mond untergegangen, die Sterne verblasst waren, ging er schließlich zurück zu ihr in die Brautkammer. Das Zimmer war wieder aufgeräumt, doch hing der schwache Duft des Kleisters noch in der Luft, mit dem die vielen Poster mit den beiden Schriftzeichen für »Doppeltes Glück« an die Wände geklebt worden waren. Ezi schlief nicht. Sie war zwar zugedeckt, dennoch bemerkte er ihren für Dorfmädchen so charakteristischen erdigen Körpergeruch, den er vorher noch nie wahrgenommen hatte.

Sie sagte: »Es wird gleich hell. Warum schläfst du denn nicht?«

Ohne ein Wort zog er sich aus und machte Anstalten, wieder zu ihr ins Bett zu schlüpfen. Als er die Decke zurückschlug und ihre heiße Ausdünstung ihm in die Nase stieg, glaubte er zu ersticken. Mit geblähten Nüstern hielt er den Atem an. Im Zimmer war es dunkel, nur vom Fenster her fiel ein schwacher Schein herein wie ein weißer Schleier. Vorsichtig holte er Atem, sog die durchs Fenster hereinströmende Nachtluft ein, vermischt mit dem von seiner Frau ausgehenden würzig-schweren Geruch, und kroch mit erzwungener Ruhe zu ihr unter die Decke, wo er versuchte, kraft der in dem einen Jahr bei der Armee erworbenen Willensstärke sein Verlangen nach ihr unter Kontrolle zu bringen. Dabei streifte er unabsichtlich mit der Hand ihre Schulter. Das kam ihm vor, als striche er über Seide, und bei dieser Vorstellung schickte er all seine Vorsätze zum Teufel und stürzte sich auf sie.

Ihr Körper glühte wie Feuer – auch in ihr brannten dieselben primitiven Triebe! Dennoch machte sie sich eilends von ihm los, wich zurück wie von der Tarantel gestochen und streifte seine Hand von der Schulter. In der Stille der Nacht waren sie wieder in der gleichen Pattsituation wie zuvor.

Er sagte: »Zhao Ezi, du bist meine Frau! Lass mich jetzt ran, sonst wende ich Gewalt an.«

»Na gut. Aber du musst mir drei Sachen versprechen.«

»Die wären?«

»Erstens musst du eine Uniform für mich mitbringen, wenn du nächstes Jahr auf Urlaub kommst.«

»In Ordnung, wird gemacht. Wenn nicht, kannst du mich totschlagen.«

»Zweitens musst du dir jedes Jahr zwei Belobigungen verdienen und mir das auch mitteilen. Denn so eine Freudenbotschaft ist gut für mein Ansehen hier im Dorf. Außerdem gibt's von der Brigade und von der Großbrigade noch eine Anerkennung von je zehn Yuan.«

»Kein Problem! Ich werde mich anstrengen. Und drittens?«

»Drittens«, sagte sie, »musst du jetzt vor mir niederknien und schwören, dass du dich bei der Truppe bewährst, deiner Leitung gehorchst und keine Mühe scheust, damit du zum Offizier befördert wirst und mir ein gutes Leben bieten kannst.«

»Das steht doch schon in der schriftlichen Verpflichtung, die ich deinem Vater gegeben habe.«

»Das ist mir egal. Du musst dich jetzt trotzdem hinknien und es mir noch einmal schwören. Dann kannst du meinen Körper haben.«

Da kniete er sich tatsächlich im Bett hin und legte vor seiner neu angetrauten Ehefrau folgenden Schwur ab: »Ich, Wu Dawang, möge von fünf Blitzen getroffen werden, wenn ich nach meiner Rückkehr zur Truppe nicht der Partei gehorche und bei der Arbeit mein Bestes tue. Möge der Himmel mir Kinder und Enkel versagen, wenn ich mich nicht in diesem Leben anstrenge, zum Offizier befördert zu werden, damit du, Zhao Ezi, mit mir ein gutes Leben führen kannst.«

Dachte er bei diesen Worten an seine eigene Karriere, oder dachte er an den üppigen, geschmeidigen Leib seiner jungen Frau? Wie auch immer, er kniete vor ihr und legte undeutlich und hastig, aber überaus ernsthaft, seinen feierlichen Schwur ab. Als er fertig war, sah er sie eindringlich an und fragte leise: »Reicht dir das?«

Sie erwiderte: »Ich glaube dir, Wu Dawang.«

Da nahm er ihren frisch angetrauten Körper in seine Arme, den Körper, der ihm ohnehin zustand, den sie jedoch unbedingt zuerst für die Sicherung ihres Lebensunterhalts und ihrer Zukunft glaubte aufsparen zu müssen.

Dies war der Beginn seines Geschlechtslebens.

Und das Ende seiner Liebe.

Zwar trieb er es an den folgenden Tagen voll wilder Erregung jede Nacht mit ihr bis zur völligen Erschöpfung, doch kurz bevor er den Höhepunkt erreichte, holte sie ihn jedes Mal auf den Boden der Tatsachen zurück: »Dawang, vergiss nicht, du musst unbedingt dein Bestes geben, wenn du wieder bei der Truppe bist!« Ihre Ermahnungen waren sicher gut gemeint, aber in dieser Situation, während des Geschlechtsaktes, wirkten sie wie ein Guss kaltes Wasser auf seinen glühenden Körper, so dass sein heißes Verlangen nach ihr ebenso schnell wieder in sich zusammenfiel, wie es aufgeflammt war. Ihre Liebe war wie ein feuchtes Blatt Papier, das bei der leisesten Berührung, ja vom bloßen Hinsehen zerriss. Einer Frage nach ihrem Sinn hätte diese »Liebe« kaum standgehalten.

7

Vielleicht war es gerade diese brüchige Liebe und Ehe mit Zhao Ezi, so wenig reißfest wie eine feuchte Heiratsurkunde, die jetzt zur stabilen Grundlage seiner Liebesbeziehung mit Liu Lian wurde. Und vielleicht entdeckte er gerade deshalb das helle Licht der Liebe für sich und ließ sich – etwas verspätet, dafür aber umso bereitwilliger – von dem besagten Sumpf der Sexualität verschlingen, nachdem er unter Liu Lians Moskitonetz geschlüpft war? Für ihn war der Sex mit ihr der Gipfel des Liebesglücks, die Verkörperung der Liebe und des Lebens schlechthin. Fast zwei Monate lang tauchten sie bei Tag und bei Nacht ein in den tiefen See der Wollust und der Liebe, auf dessen Oberfläche sich lauter kleine Wellen kräuselten und blendende Lichtreflexe funkelnd zersprangen. Jede Welle, selbst jeder aufspritzende Tropfen, war für die beiden Verliebten voller Poesie und voll malerischem Reiz. Leider nur waren sie sich nicht bewusst, dass unter der glitzernden Oberfläche dieses Sees die tückischen, alles zerstörenden Unterströmungen und Strudel des Sexus lauerten.

Liu Lian hatte schon vor geraumer Zeit Wu Dawangs Kompaniechef und Instrukteur angerufen und mitgeteilt, dass ihre Kritik gefruchtet habe und Wu nunmehr seine Aufgaben sehr umsichtig und zu ihrer vollen Zufriedenheit erfülle. Bei dieser Gelegenheit hatte sie erwähnt, sie fürchte sich nachts ein wenig in dem großen Haus – ob nicht Wu Dawang bis zur Rückkehr des Divisionskommandeurs aus Peking von der Pflicht entbunden werden könne, abends zum Schlafen in seine Kaserne zurückzukehren, damit sie nicht ganz so allein wäre? Geschmeichelt über ihr Lob, hatten die beiden ohne weiteres zugestimmt. Wenn Wu nicht gut arbeite, hatten sie ihr versichert, dann fiele das schließlich auf die ganze Kompanie zurück. Bei einer Nachlässigkeit oder Schlamperei seinerseits solle sie nicht zögern, ihn sofort zur Rechenschaft zu ziehen, ebenso wie sie selbst – den Kompaniechef und den Instrukteur – sowie die Parteileitung der Wachkompanie.

Alles ging so einfach und glatt über die Bühne, und die Liebe war so wunderbar und herrlich, dass Liu Lian und Wu Dawang ganz vergaßen, welches Spiel hier gespielt wurde, obwohl sie doch selbst die Hauptakteure waren. Einmal in ihrer Rolle, setzten sie die Komödie sozusagen mit dem realen Leben gleich; das Schauspielern war nun ihr eigentliches Leben, so wie es ja auch bei richtigen Darstellern vorkommen soll.

Wu kümmerte sich nach wie vor um das Gemüse hinter dem Haus und die Blumen im Vorgarten. Während das jedoch früher die Arbeit war, für die man ihn angestellt hatte, war es nunmehr ein veritables Schauspiel, das er für die Passanten aufführte: Wer an Haus Nr. 1 vorüberging, egal ob Offizier oder Soldat, sollte den Eindruck bekommen, alles sei dort so wie eh und je, Liu Lian die Gattin des Divisionskommandeurs und Wu Dawang sein Koch und seine Ordonnanz. Die tiefgreifenden Veränderungen, die sich hinter dieser Fassade vollzogen hatten, kannten nur die beiden selbst.

Früher hatte Wu stets darauf achten müssen, dass er über seiner Gärtnerei nicht vergaß, rechtzeitig in die Küche zu gehen und die Mahlzeiten zuzubereiten. Jetzt aber hatte er genug Muße für die Gemüsebeete, denn wenn die Essenszeit nahte, gab Liu Lian ihm von der Tür aus ein Zeichen. Allerdings nicht, um ihn daran zu erinnern, dass er jetzt für sie kochen müsse, sondern um ihn neben sich zu haben, wenn sie für ihn am Herd stand. Solche grundlegenden Veränderungen gab es noch viele.

Als sie ihm das erste Mal das Frühstück servierte, war es wie eine Wiederholung jener Szene, da er ihr das Frühstück ans Bett gebracht hatte. Erschöpft von den Strapazen der Nacht, hatte er bis in den hellen Morgen fest geschlafen und war dann plötzlich aus seinem Traum hochgefahren, um erschrocken festzustellen, dass der Platz neben ihm leer war, obwohl Liu Lian wenige Stunden zuvor an seiner Seite eingeschlafen war. Eilig setzte er sich auf. Da erst sah er sie. Sie hatte neben dem Bett gesessen und ihn mit einem ganz verlorenen Gesichtsausdruck im Schlaf beobachtet.

Er sagte: »Ich habe dir noch gar kein Frühstück gemacht, Große Schwester!«

Ihre Augen leuchteten auf, als habe sein Erwachen sie mit einem Schlag aus ihrer Einsamkeit erlöst. Sie streichelte ihm zärtlich über die Wange und erwiderte: »Jetzt dienst zur Abwechslung einmal nicht du dem Volke, sondern ich!«

Dann nahm sie die Schüssel mit der von ihr eigenhändig zubereiteten Eierflockensuppe in die Hand und flößte sie ihm löffelweise ein, nunmehr wirklich wie eine ältere Schwester, die ihr Brüderchen füttert. Den letzten Rest allerdings trank sie selbst aus der Schüssel, um ihn dann von ihren Lippen in seinen Mund rinnen zu lassen. Danach, um ihr seine Aufrichtigkeit und Dankbarkeit sowie seine – ihm noch unbewusste – Liebe zu zeigen, holte er mit den Augen ihre Erlaubnis ein, sie ausziehen zu dürfen, ganz langsam, Stück für Stück, bis sie endlich schön und glatt wie eine Jadesäule vor dem Bett stand und ihr starker, reiner Frauenduft das ganze Zimmer erfüllte.

Sie lebten zwar schon geraume Zeit wie Mann und Frau und hatten wer weiß wie oft miteinander geschlafen, doch war dies das erste Mal, dass er ihren Jadeleib mit Muße bewunderte wie ein Kenner ein Bild. Durch die einen Spalt breit aufgezogene Gardine fiel nur ein dünnes Strahlenbündel ins Zimmer. Das genügte jedoch, um ihm zu zeigen, wie schön sie war, wie prachtvoll ihr Haar, ihr rosiger Teint, ihr mondheller, makelloser Leib und ihre prallen Brüste, straff wie die eines jungen Mädchens und nicht einer zweiunddreißigjährigen Frau. Ihr Bauch wies keinerlei Verfärbungen auf, wie andere Frauen sie oft haben. Sanft strich er über die glatte Haut unterhalb ihrer Brüste. Sie schimmerte so weiß, als wäre sie mit einer Schicht Osmanthusblüten-Puder bedeckt, und verströmte einen Geruch, der ihn an frisch gemolkene Milch denken ließ. Dann wanderte seine Hand zu jener geheimnisvollen, verborgenen Stelle, die ihn am meisten anzog, jenem herrlichen Ort der Schönheit tief im Wald am Ende eines von Blüten gesäumten Pfades, wo Bächlein rauschen und Blumen blühen und Sonne und Mond um die Wette scheinen. Gerade jetzt war auch das Lichtbündel vom Fenster her unversehens an jene Stelle gewandert, die sonst in tiefes Dunkel gehüllt war, und beschien von der Seite her wie ein glänzender Gürtel zwischen ihren Schenkeln diesen Ort der Blumen und der Kräuter, die plötzlich golden aufleuchteten und betäubend dufteten.

So stand sie vor dem Bett und ließ ohne allzu viel Scheu seine Zärtlichkeiten und seine Musterung über sich ergehen wie eine lebende Statue, an die der Bildhauer letzte Hand anlegt. Ihre zitternden Hände, die sie anfangs seitlich herunterhängen ließ, dann aber immer wieder hochriss, um sein Gesicht und seine Haare zu liebkosen, gehorchten schon längst nicht mehr ihrem Willen, und auch ihre Knie wurden plötzlich weich, als könnten sie jeden Moment nachgeben. Wenn es nach ihr gegangen wäre, hätte er stundenlang fortfahren können, sie zu streicheln und die verborgenen Regionen ihres Körpers zu ergründen. Doch wurde ihr mit einem Mal so schwindlig, zitterten ihre Arme und Beine so heftig, dass es sie förmlich schüttelte. Je mehr er sie mit seinen Blicken und Händen streichelte, desto stärker wurde dieses Gefühl der Benommenheit. Als seine Finger auf ihrem langen Marsch nach unten von den Brüsten ganz langsam zu jenem versteckten Garten an ihrer Leibesmitte vorstießen, traten ihr unwillkürlich Tränen der Freude in die Augen, die jeden Moment herabzuperlen drohten. Sie schluchzte auf. Die Heftigkeit, mit der sich ihre Spannung entlud – ein tosender Fluss, der sich durch ein Leck im Staudamm Bahn bricht –, erschreckte ihn, so dass er seine eifrige Erkundungstätigkeit unterbrach und die bis dahin schier unermüdlichen Hände ruhen ließ.

»Große Schwester, was hast du denn?«

»Xiao Wu, mir ist so schwindlig.«

Erschrocken sagte er: »Zieh dich schnell an. Ich rufe im Lazarett an, dass die jemanden herschicken.«

»Nicht nötig! Leg mich aufs Bett und mach weiter! Küss mich und streichle mich, wie es dir gefällt! Ich bin jetzt nicht die Gattin deines Kommandeurs – ich bin deine Frau, Wu Dawang! Mach mit mir, was du willst.«

Da nahm er die willenlose Frau in seine Arme und legte sie wie ein müdes Kleinkind behutsam auf das Bett. Jetzt begnügte er sich nicht mehr damit, sie mit den Augen zu verschlingen und zu liebkosen, sondern ging dazu über, sie beginnend mit Haar und Stirn, Nasenrücken, Lippen und Kinn mit zunehmender Heftigkeit überall zu küssen. Manche Stellen streiften seine Lippen nur flüchtig wie die Libelle das Wasser, andere dagegen erregten ihn so sehr, dass er sich nicht losreißen konnte und immer wieder dorthin zurückkehrte, um sie erneut mit seinen heißen Küssen zu bedecken. An diesen Stellen schien sein Mund Wurzeln schlagen zu wollen, so gut gefiel es ihm dort. Und er riss sich erst dann widerstrebend los, wenn ihre Hände in seinem Haar ihn zur Ordnung riefen.

Durch diese wilden Küsse und unersättlichen Liebkosungen wurde die vordem so klare Beziehung zwischen ihnen verworren und kompliziert. Eine schnurgerade, ebene Straße hatte die beiden gewissermaßen in einen Urwald geführt, wo der Weg begann, sich zu winden, und manchmal sogar ganz verschwand, so dass das Weitergehen schwierig wurde. Als seine Lippen auf ihrer Erkundungstour an ihrem Mund anlangten, lösten sich endlich die Tränen der Freude und des Schmerzes aus ihren Augen und benetzten das leuchtend rote Frotteetuch auf dem Kopfkissen und das grüne Laken unter ihr. Und als er wie ein hungriger Säugling abwechselnd an ihren Brüsten saugte, wurde ihr Weinen immer lauter, immer drängender, immer heftiger. Dazwischen lallte sie unverständliche Wörter, die sich anhörten wie das ungeduldige Zwitschern hungriger Lerchen im Nest in Erwartung der Fütterung durch die Mutter. Endlich erfasste ihr Schluchzen den ganzen zitternden Leib und verwandelte ihn in eine stampfende Maschine, die unter seinen Küssen bebte und zuckte. Trotz ihres Stöhnens und ihrer spitzen Schreie machte er keinerlei Anstalten aufzuhören.

Dabei lag ihr selbst nichts ferner, als ihn zum Verschnaufen aufzufordern.

Die Luft im Zimmer war zum Ersticken. In ihr mischten sich die Gerüche von Schweiß und Speichel und anderen Körpersäften, was die Erregung der beiden nur noch weiter steigerte. Hinzu kamen ihre durchdringenden Lustschreie und sein heiseres Keuchen, während er ihren Körper mit Küssen bedeckte und ableckte und wie ein durchgegangenes Pferd auf der Rennbahn seinen Lüsten freien Lauf ließ. Als er seine Zunge in voller Länge und mit ganzer Kraft in jenen Blumengarten zwischen ihren Schenkeln stieß, löste sie – noch ehe er dazu kam, dessen Geheimnissen mit seiner Zungenspitze auf den Grund zu gehen – plötzlich die Hände von seinem Kopf, den sie die ganze Zeit umkrampft hielt. Ihre Arme hingen wie zwei schlaffe Seile zu beiden Seiten des Bettes herunter, und die wollüstigen Schreie waren abrupt verstummt.

Als hätte jemand den Strom abgeschaltet, hörten auch seine wilden Liebkosungen sofort auf.

Er hob den Kopf und sah sie an. Ihr Gesicht war leichenblass, ihr Körper wachsgelb, und sie gab keinen Laut von sich. Es war, als wäre sie tot.

Sie war ohnmächtig geworden, so viel war ihm klar, vor Erregung ohnmächtig. An seiner liebestollen Zärtlichkeit, die unverhofft über sie hereingebrochen war wie ein Gewittersturm und ihr die höchsten Wonnen verschafft hatte, drohte sie nun zu ersticken.

Plötzlich war es totenstill im Zimmer. In seiner Panik rüttelte er ihren bewegungslosen Körper und rief dabei immer wieder ihren Namen. Der Angstschweiß brach ihm aus und tropfte auf ihren nackten Leib und das zerwühlte Bett. Es dauerte jedoch nicht lange, bis er zur Realität zurückfand. Alles, was er über Erste Hilfe gelernt und oft geübt hatte, fiel ihm schlagartig wieder ein. Er zwang sich zur Ruhe und zog in fliegender Eile seine Unterhose an. Dann öffnete er zunächst das Fenster und die Tür, breitete an der Tür das als Bettdecke dienende Badelaken auf dem Fußboden aus und legte die bewusstlose Liu Lian wie einen großen weißen Fisch darauf.

Der Durchzug zwischen Tür und Fenster kühlte im Nu das Zimmer. Das Wetter war unterdessen umgeschlagen, die Sonne schien nicht mehr. Eine dunkle Wolkenwand war am Himmel aufgezogen und spendete dem Haus Nr. 1 wie ein riesiger Schirm Schatten und Kühle. Liu Lian lag regungslos auf dem Handtuch, bewacht von dem ebenso regungslosen Wu Dawang. Die Zeit verrann unmerklich wie ein Rinnsal im Sand. Mehrmals war er drauf und dran, sie unterhalb der Nase zu zwicken oder sie künstlich zu beatmen, doch am Ende blieb er untätig neben ihr sitzen.

Jetzt meldete sich zur Unzeit sein kleinbäuerliches Bewusstsein zurück. Er musste an seine Frau Ezi denken und wie sie ihm geschrieben hatte, dass sie während der Erntearbeit auf dem Feld das Kind an einen Baum gebunden hatte und dieses an einer Heuschrecke fast erstickt war. Dabei überkamen ihn mit einem Mal unbändiger Neid und Hass auf die Stadt, die Kultur, die Schönheit und die Liebe, die ihm sämtlich vorenthalten blieben. Während er mit leeren Augen Liu Lian anstarrte, schoss ihm ein furchtbarer Gedanke durch den Kopf: Wie schön wäre es, wenn sie wirklich tot wäre! Diese Vorstellung ließ ihn irgendwie gar nicht wieder los. Den Blick starr auf ihren zarten weißen Hals geheftet, der noch von keinerlei Fältchen verunstaltet war, fühlte er plötzlich den unwiderstehlichen Drang, seine kräftigen Hände um ihn zu legen …

Zum Glück kam sie in diesem Moment wieder zu sich.

Sie drehte den Kopf zur Seite und ließ ihren Blick über das Zimmer und den neben ihr hockenden Wu Dawang schweifen. Augenblicklich schien sie zu begreifen, was vorgefallen war. Sie setzte sich mit Mühe auf und sagte etwas völlig Unerwartetes: »Es hat sich gelohnt! Ich habe nicht umsonst gelebt. Von mir aus könnte ich jetzt sterben.«

Ihre Worte ließen ihn erschauern. Hatte sie etwa erraten, welch fürchterlicher, wahnwitziger Gedanke ihm eben gekommen war? Um seine Verwirrung zu bemänteln, schmiegte er sich an sie, ergriff ihre Hand und sagte: »Große Schwester, geht es dir wieder besser? Du hast mir einen gehörigen Schreck eingejagt! Ich allein bin schuld, dass du ohnmächtig geworden bist.«

Sie sah ihn jedoch voller Dankbarkeit an, und abermals standen ihr Tränen in den Augen. Dann streichelte sie sein Gesicht und sagte: »Bring mir bitte meine Anziehsachen.«

Er holte sie und half ihr beim Ankleiden. Dann saßen sie geschwisterlich nebeneinander auf dem Fußboden, hielten sich zärtlich bei den Händen und redeten.

Sie sagte: »Wie schön wäre es, wenn du mein Mann wärst!«

»Was? Alle Frauen der Welt sind neidisch auf dich, weil du den Kommandeur geheiratet hast!«

»Das mag ja sein.« Sie sah über ihn hinweg ins Weite, dann drehte sie sich abrupt wieder zu ihm um, blickte ihm eindringlich in die Augen und fuhr fort: »Weißt du, warum seine erste Frau sich von ihm scheiden ließ?«

Ohne etwas zu erwidern, schaute er ihr verblüfft ins Gesicht, das sich mittlerweile wieder zu röten begann wie eine reifende Frucht.

»Der Kommandeur ist der Kommandeur, aber ein Mann ist er nicht!«

Wu Dawang wusste nicht, wie er darauf reagieren sollte, und blickte sie nur mit wachsendem Erstaunen an.

Sie jedoch ließ es bei diesen Worten bewenden und seufzte nur tief, als denke sie an etwas unendlich Trauriges. Mit diesem Seufzer schien ihre Trauer aber auch schon verflogen zu sein, denn sie wechselte das Thema. Sie schaute ihm in die Augen und fragte: »Du willst Offizier werden, stimmt's?«

»Hm. Das will doch jeder Soldat.«

Sie ließ nicht locker: »Und warum?« Sogleich setzte sie hinzu: »Sag jetzt nicht, weil du dem Volke dienen willst. Ich will wissen, was du wirklich denkst.«

Er druckste herum: »Aber dann bist du bestimmt böse auf mich.«

»Ich werde nicht böse sein. Ich weiß schon, du willst deine Frau aus eurem Dorf in die Stadt nachholen.« Mit einem nachsichtigen Lächeln fuhr sie fort: »Ich verstehe dich doch! Keine Angst, ich werde dir helfen. Im Moment gibt's in der Division eine Sperre für Beförderungen, aber sobald die aufgehoben ist, sorge ich dafür, dass du Offizier wirst. Dann kriegst du auch den Zuzug für deine Familie.« Bei den letzten Worten hatte sie wieder Tränen in den Augen. Anscheinend wollte sie noch etwas sagen, ließ es dann aber doch bleiben. Sie stand auf, holte ihren Kamm und begann sich zu kämmen. »Was möchtest du essen, Xiao Wu?«, fragte sie.

»Große Schwester, ich koche, was du essen willst!«

Sie lachte. »Du bist mein Mann, ich bin deine Frau, ich koche, worauf du Appetit hast.«

Es war inzwischen Mittagszeit. Hand in Hand gingen sie die Treppe hinunter und richteten gemeinsam die Mahlzeit, ganz im Sinne der einschlägigen revolutionären Losungen: Einer holte die Teller und schnitt das Gemüse, der andere bereitete es zu und brachte die Schüsseln – so *teilten sie sich in die Arbeit, halfen einander, gingen gemeinsam ans Werk* und *arbeiteten Hand in Hand,* wie die Partei es ihnen immer wieder eingeschärft hatte, bis am Ende vier Gerichte und eine Suppe auf dem Tisch standen.

Als sie in die Küche gekommen waren und jene Tafel vom Esstisch mit der Aufschrift »Dem Volke dienen!« erblickt hatten, genügte ein Blick, und sie waren wie auf Kommando losgeplatzt.

Er hatte begonnen: »›Dem Volke dienen!‹ – nimm Platz und lass dich verwöhnen.«

Sie konterte mit einem weiteren der Worte des Vorsitzenden Mao: »›Man muss die Selbstsucht bekämpfen und den Revisionismus kritisieren!‹ – du hast die Ruhe nötiger als ich, setz dich hin und entspann dich!«

»›Wir sind aus den verschiedensten Gegenden des Landes hergekommen und haben uns um des gemeinsamen revolutionären Zieles willen versammelt‹ – komm, lass uns gemeinsam kochen.«

»›Das Volk, und nur das Volk, ist die Triebkraft der Geschichte‹ – ja, kochen wir zusammen. Wollen mal sehen, bei wem es besser schmeckt!«

Dann hatten sie sich, wie gesagt, einträchtig an die Zubereitung ihres Mahles gemacht, das aus zwei Gemüse- und zwei Fleischgängen bestand. Von ihr kamen Rührei mit Gurkenstreifchen und Paprikafleisch, von ihm Hühnergeschnetzeltes und sautierte Auberginen.

Als sie wechselseitig davon kosteten, fand jeder die eigenen Gerichte am schmackhaftesten. Sie sagte: »Ich komme aus dem Süden – klar schmecken meine Gerichte besser!«

Aber er entgegnete: »Und ich war mal Zweiter im Kochwettbewerb! Sonst hätte mich der Divisionskommandeur ja auch nie in sein Haus geholt. Was ich koche, schmeckt eindeutig besser.«

Geheimnisvoll lächelnd gab sie nach: »Wie heißt es? Der Bescheidene kommt voran, der Stolze fällt zurück … Also gut, deine Gerichte sind schmackhafter. Aber lass mich jetzt noch eine Suppe kochen. Mal sehen, was du dazu sagst.« Sprach's, und bereitete eine Suppe aus getrockneten Krabben und Wachskürbis.

Er kostete: »›Die Augen der Volksmassen sind scharf‹ – deine Suppe ist tatsächlich hervorragend! So einen würzigen Geschmack hätte ich nicht hingekriegt.«

Zum Essen dann setzten sie sich einander gegenüber, nicht ohne mit Füßen und Beinen unter dem Tisch die Berührung zu suchen, während sie einander die Bissen in den Mund schoben. So wurde die Mahlzeit zu einem fröhlichen Spiel mit viel Gelächter und lustigen Sprüchen.

Plötzlich schlug Liu Lian sich vor die Stirn, als fiele ihr gerade etwas ein. »Hast du schon mal Maotai-Schnaps getrunken?«, fragte sie ihn.

Er antwortete: »Einmal habe ich erlebt, wie der Kommandeur und sein Stellvertreter und der Politkommissar Maotai getrunken haben. Das war hier, im Haus. Da haben sie unseren erfolgreichen Test mit der Wasserstoffbombe gefeiert. Ich weiß noch, ich hatte ganz groß aufgetischt – acht warme Gänge und vier kalte Gerichte! Dazu haben sie sich dann den Maotai-Schnaps gegönnt.«

Da rief sie: »Komm, jetzt trinken wir auch Maotai, haben ja auch was zu feiern.«

»Was denn?«

»Dass ich nicht umsonst gelebt habe!«

Dann holte sie aus dem Oberstock eine Flasche von dem teuren Schnaps und zwei Gläser. Die goss sie randvoll, reichte ihm das eine und erhob das andere, um mit ihm anzustoßen.

Er aber tat nicht dergleichen, sondern forderte: »Dann musst du mir aber auch erzählen, wie es zu deiner Hochzeit mit dem Divisionskommandeur gekommen ist.«

Sie stutzte. »Das interessiert dich, ja? Na schön, trink erst mal, dann kannst du mich fragen, wonach du willst.«

»Wirklich?«

»Wirklich!«

Da trank er. Dann sagte er: »Große Schwester, du kommst also aus dem Süden. Woher genau?«

Auch Liu Lian leerte ihr Glas. »Aus Yangzhou«, antwortete sie. »Bist du da mal gewesen? Bei euch im Norden heißt es ja immer, Suzhou und Hangzhou sind das Paradies auf Erden, dabei ist es in Yangzhou viel schöner! Und die Mädchen dort sind auch viel hübscher. Als der stellvertretende Oberbefehlshaber, Marschall Lin Biao, eine Konkubine brauchte, hat man nicht etwa ein Mädchen aus Suzhou oder Hangzhou ausgewählt, sondern zwei aus Yangzhou!«

Sie goss die Gläser wieder voll und schob ihm seins hin. »Was willst du noch wissen?«

»Und du? Bist du auch vom Kommandeur ausgewählt worden?«

Sie kippte den Schnaps hinunter und antwortete: »Natürlich. Er hat das Lazarett inspiziert und sich sogleich für mich entschieden.« Nach ihrem strahlenden Lächeln zu urteilen, schien sie richtig stolz darauf zu sein, dass der Divisionskommandeur sie auserwählt hatte. Merkwürdigerweise glitzerten dabei aber in ihren Augen Tränen, die wie leuchtende Jadeperlen in ihr Glas fielen.

Er erschrak: »Was hast du, Große Schwester?«

»Ich bin so froh, dass der Kommandeur mich geheiratet hat.«

»Wusstest du nicht, dass er so viel älter war?«

»Doch.«

»Und hast ihn dennoch geheiratet?«

»Warum denn nicht? Er ist der Divisionskommandeur!«

»Warum hast du gesagt, er ist der Kommandeur, aber er ist kein Mann?«

»Frag mich nicht nach Sachen, die dich nichts angehen.«

»Aber ich bin dein Mann! Warum darf ich nicht danach fragen?«

»Du bist die Ordonnanz des Divisonskommandeurs, und ich bin seine Frau. Hast du das vergessen?«

Da sah er sie starr an, knallte sein Glas auf den Tisch und sagte, plötzlich ganz ernst: »Große Schwester, als du eben gemeint hast, du bist froh, seine Frau zu sein, da hätte ich dich erwürgen können.«

Sie trank ein weiteres Glas Schnaps, dann sagte sie »Tu's doch! Sterben wir eben zusammen«, und kippte das nächste Glas. Halb berauscht, plierte sie ihn an: »Du weißt es vielleicht nicht, aber auch ich war eine Aktivistin beim Studium der Werke des Vorsitzenden Mao! War Beste vom ganzen Lazarett beim Auswendiglernen der »Worte des Vorsitzenden Mao«! Einmal hab ich hundert hintereinander vor dem Kommandeur aufgesagt, sogar mit allen Satzzeichen, ohne einen einzigen Fehler! Da ist der Divisionskommandeur auf die kleine Liu Lian aufmerksam geworden, und dann wurde sie Offizierin, und dann hat sie ihn geheiratet. Und zwar aus freien Stücken – wirklich! Er hat überhaupt keinen Druck auf mich ausgeübt. Doch was ich nicht wusste: Er ist Divisionskommandeur, aber kein Mann. Deshalb hat sich seine erste Frau von ihm scheiden lassen. Ich wollte das auch, aber ich hatte noch nicht einmal ausgeredet, da fiel er vor mir auf die Knie – stell dir bloß vor, ein Mann in seinem Alter, ein so hoher Offizier! Als er im Krieg gegen die Japaner zur Neuen Vierten Armee ging, war er noch keine zwanzig. Viermal wurde er damals verwundet! Und danach, im Befreiungskrieg, traf ihn ein Schuss direkt zwischen die Beine. Bis heute hat er noch zwei Kugeln im Körper, eine im Rücken, eine im Bein. Seine Auszeichnungen und Orden füllen mehrere Schubladen, die würden nicht einmal alle in einen großen Korb hineinpassen. Ich frage dich, Wu Dawang, konnte ich mich von so einem Mann scheiden lassen, einem alten Mann, dessen Haare im Dienst der Revolution weiß geworden sind, einem Mann, der vor mir kniet und wie ein Kind weint?«

Sie sagte: »Komm, wir beide trinken jetzt noch einen! Wenn du ex trinkst, sage ich hundert »Worte des Vorsitzenden Mao« für dich auf, wenn nicht, musst du es für mich tun.«

Er erwiderte: »Sing lieber ein Lied auf »Worte des Vorsitzenden Mao« für mich.«

»In Ordnung.«

Er leerte sein Glas, und sie sang »Die Sonne am Morgen gegen acht oder neun«. Die nächsten beiden Schnäpse wurden mit »Die sieben Gesetze des Langen Marsches« und »Das Lied vom Vertrauen auf die eigene Kraft« belohnt. Ein Schnaps, ein Lied, so ging es immer weiter. Keiner von beiden hätte zu sagen vermocht, wie viele Gläser an diesem Nachmittag geleert, wie viele Lieder gesungen wurden. Am Ende schliefen sie sturzbetrunken ein. Als sie wieder erwachten, hatte sich die Dämmerung schon auf Haus Nr. 1 gesenkt, und die letzten Strahlen der Abendsonne fielen durch das Fenster zum Gemüsegarten auf das Durcheinander in der Küche – keine leichte Aufgabe, diesen Saustall wieder aufzuräumen. Denn auf dem Tisch türmten sich Geschirr, leere Flaschen und Gläser, Kleidungsstücke waren achtlos über die Stühle geworfen, zwei der Essstäbchen, die sie benutzt hatten, waren unter den Tisch gefallen, zwei weitere irgendwie hinter der Küchentür gelandet.

Die beiden aber, splitternackt und eng umschlungen auf dem Betonfußboden der Küche ausgestreckt, erinnerten an zwei Schweinehälften beim Schlachter, zumal auf ihnen die Tafel mit der Aufschrift »Dem Volke dienen!« lag wie ein Preisschild (wer weiß, wie sie dahin gelangt war).

8

Ist das Leben ein Spiel? Ist das Spiel an die Stelle des Lebens getreten? Oder könnte es sein, dass das Spiel Teil des Lebens, das Leben Teil des Spiels ist und letztlich beide auf das Gleiche hinauslaufen? Ist die Gesellschaft eine Bühne, weil jeder Mensch in ihr seine eigene Rolle spielt? Oder muss der Mensch seine Rolle spielen, weil die Gesellschaft eine Bühne ist? Muss Liebe unvermeidlich in hemmungslosen Sex münden, weil sie etwas so Wunderbares ist? Oder sind es, umgekehrt, die Wonnen des Sex, die erst die wahre Liebe erschaffen? Nun, dem Fluss kann es egal sein, wo er entspringt, und das Wasser braucht nicht zu wissen, dass der Fluss nur entstand, weil es vorhanden war. Oft ist es sinnlos, Ursache und Wirkung allzu sehr zu hinterfragen. Sie sind einfach da, und ebenso grundlos, wie sie gekommen sind, verschwinden sie auch wieder. Nicht anders verhielt es sich in vieler Hinsicht mit der Liebe zwischen Wu Dawang und Liu Lian.

Wenn Wu zum Beispiel im Gemüsegarten hinter dem Haus zugange war und sie ihm von der Küchentür oder vom Beetrand aus zusah und vielleicht ein verliebtes Schmetterlingspärchen angeflattert kam, das er überhaupt nicht beachtete, sie aber lange mit den Augen verfolgte, errötete sie mit einem Mal, holte ohne ein Wort zu sagen die bewusste Tafel vom Esstisch, wartete – die Tafel hinter dem Rücken versteckt –, bis er die Reihe fertig gehackt oder bewässert hatte und sich die nächste vornahm, legte dann die Tafel heimlich ans Ende der Reihe und ging zum Haus zurück.

Er rief ihr hinterher: »Warum gehst du weg?«

»Ich will was trinken, hab solchen Durst.«

In dem Glauben, es verhielte sich tatsächlich so, machte er weiter – bis ihn vom Ende der Reihe her die Aufforderung »Dem Volke dienen!« grüßte. Er sah sich nach allen Seiten um, warf die Hacke beiseite, ergriff die Tafel und lief ins Haus. Ohne Zeit mit Gesicht- und Händewaschen zu verschwenden, stürmte er die Treppe hinauf, nachdem er schnell noch die Tafel wieder an ihren angestammten Platz zurückgestellt hatte. Und richtig: Spärlichst bekleidet, wartete sie, erfüllt von heißem Verlangen, im Schlafzimmer auf ihn. Ohne viele Worte vergewisserten sie sich, dass beide dasselbe wollten, und kamen sogleich zur Sache.

War sie mit ihm zufrieden, erklärte sie danach: »Heute koche ich! Du kannst dir was wünschen.« Im anderen Fall sagte sie vielleicht: »Du hast Strafe verdient – wasch mir diese Bluse hier!«

Kochte Liu Lian zur Belohnung für den erlebten Genuss für ihn, ließ Wu Dawang es sich genau so selbstverständlich schmecken wie der Kommandeur, wenn Wu als sein Koch und seine Ordonnanz für ihn das Essen zubereitete. Ebenso akzeptierte er es aber auch klaglos, wenn er zur Strafe für einen nicht so geglückten Beischlaf ihr die Wäsche waschen, die Ohren ausputzen oder die Nägel schneiden musste. Denn schließlich hatte er seinen Liebesdienst nicht gut genug versehen und egoistischerweise zu sehr an sich selbst gedacht – klar, dass da eine Strafe fällig war! Die Liebe war kein Spiel, andererseits – wie sollte das gehen? Ohne Spiel keine Liebe! Spielerisch wie die Schmetterlinge und Bienen im Garten flatterte die Liebe zwischen Wu Dawang und Liu Lian hin und her, ließ sich nieder, flog wieder fort, ließ sich wieder nieder …

Einmal, Wu war gerade beim Zerkleinern des Gemüses für die nächste Mahlzeit, tauchte plötzlich die Tafel »Dem Volke dienen!« buchstäblich unter seinem Hackmesser auf. Er ließ das Messer fallen, und im nächsten Augenblick liebkosten sich die beiden auf dem Bett im Oberstock. War es die Schärfe des Paprikas, die noch an seinen Fingern haftete? Das Ergebnis jedenfalls war umwerfend gut. Hinterher ging Liu Lian in die Küche, zerschnitt die Eierfrüchte und Gurken, die Wu in der Eile noch nicht kleingeschnitten hatte, kochte und servierte ihm das Essen. Aber das war noch nicht alles: In ihrer Dankbarkeit übernahm sie drei Tage lang den gesamten Küchendienst, inklusive Abwaschen.

Der Holztafel schienen Beine gewachsen zu sein, denn jedes Mal, wenn Liu Lian an Wu Dawang dachte, tauchte sie wie aus dem Nichts vor ihm auf. Arbeitete er an der Blumenrabatte, sah er die Tafel plötzlich inmitten der Blütenpracht, band er die Weinranken hoch, stieß er mit dem Kopf oder der Schulter an die Tafel, sobald er sich umdrehte. Manchmal, wenn er das Kasernengelände verließ, um auf dem Markt Fisch oder Fleisch zu kaufen, und unterwegs irgendetwas seine Phantasie erregte, brauchte er nur heimzukehren und fast über die Holztafel zu stolpern, um seine Phantasien sogleich ausleben zu können.

Natürlich dachte er manchmal nicht an Liu Lian, sondern an seine Frau und seinen Sohn. Erblickte er in solchen Momenten wieder die Tafel, hätte er eigentlich jeden Gedanken an Liu Lian verdrängen müssen, doch das tat er mitnichten. In dem Augenblick nämlich, da sein Blick auf die Tafel fiel, war der Gedanke an Frau und

Kind wie weggeblasen, und Liu Lians verführerische Gestalt erschien vor seinem inneren Auge. Das erregte ihn so heftig, dass er unverzüglich zu ihr eilen musste, wo immer sie sich gerade aufhielt. Ort und Zeit spielten in dieser Hinsicht ohnehin keine Rolle für die beiden Liebenden im Anwesen Nr. 1. Wohnzimmer, Küche, Bad, Bibliothek, das Kartenzimmer des Divisionskommandeurs, ja sogar der nächtliche Garten unter dem Weinspalier – alle waren schon Schauplatz ihres leidenschaftlichen Liebesspiels gewesen.

Während dieser kurzen Zeit von nicht einmal zwei Monaten waren sie Herren ihrer Instinkte, gleichzeitig aber auch deren Sklaven. Ihre erotischen Spiele waren nahezu einziger Lebensinhalt, einziger Lebenszweck für die beiden geworden. Für sie war Sex ganz einfach, aber auch äußerst schwierig, wertlos und kostbar zugleich, ein Licht, das der Menschheit seit Jahrtausenden leuchtet, und zugleich eine Last, die sie seit Jahrtausenden herabzieht. So oberflächlich jeder einzelne Geschlechtsakt war, so umsichtig gingen sie dabei zu Werke. Wirklich denkwürdig und unvergesslich wurde ihre Liebesgeschichte jedoch erst in der auf diesen reichlichen Monat folgenden Woche, der letzten vor der Rückkehr des Divisionskommandeurs.

In dieser Woche sollte die Division zu einer Feldübung ausrücken.

Vor der Kaserne jeder einzelnen Kompanie stand abfahrbereit ein mit Brennholz, Kohle und Lebensmitteln beladener Lastwagen. An die Stelle der Gedichte, Aufsätze und Belobigungsschreiben, die vorher die diversen Wandzeitungen gefüllt hatten, waren jetzt solche Aussprüche des Vorsitzenden Mao getreten wie »Trefft Vorbereitungen auf den Kriegsfall und auf Naturkatastrophen – alles für das Volk!« oder »Grabt tiefe Tunnel, legt überall Getreidevorräte an, weist Hegemonie zurück!«, ferner Schlagworte und Losungen wie »Nieder mit dem amerikanischen Imperialismus, dem sowjetischen Revisionismus und der Reaktion!« und »Wir werden im Dritten Weltkrieg den Sieg davontragen!«. Hinzu kamen die verschiedensten Aufforderungen zum Wettbewerb zwischen den einzelnen Einheiten. Da forderte etwa das Erste Bataillon das Zweite Bataillon heraus, oder die Dritte Kompanie nahm in einem offenen Brief an die Zweite Kompanie deren Kampfansage an, und so weiter. Es wimmelte nur so von allen möglichen Spruchweisheiten, eine so aufrüttelnd wie die andere. Kurz, überall herrschte kämpferische revolutionäre Aufbruchstimmung.

In der Abgeschiedenheit von Haus Nr. 1 hatte Wu Dawang über seinem regen Liebesleben vergessen, dass er ja auch noch Soldat war und in einer Kaserne lebte. Die allen Armeeangehörigen eigene Einstellung, dass »ein Streichholz ausreicht, um die ganze Kaserne in Brand zu setzen«, war ihm inzwischen nicht mehr ganz so vertraut.

Nachdem er tagelang keinen Fuß mehr vors Haus gesetzt hatte, musste er nun doch in die Stadt fahren, um Öl, Salz, Sojasoße und dergleichen einzukaufen. Er trat mit seinem Fahrrad genau in dem Moment vor dem Anwesen des Divisionskommandeurs auf die Straße, als die drei Bataillone und acht Kompanien, die zur Division gehörten, sich marschbereit im Laufschritt Richtung Exerzierplatz in Bewegung setzten. Plötzlich fiel ihm wieder ein, dass er eigentlich auch dazugehörte.

Aufgeregt fragte er den Wachtposten: »Was geht denn hier vor?«

»Feldübung! Weißt du das etwa nicht?«

Ohne die Frage des Postens zu beantworten, fuhr Wu eilends zur Kaserne seiner Kompanie. Dort stellte er fest, dass die Kameraden bereits am Abend vorher ausgerückt waren. Nur ein paar Mann waren zum Etappendienst – Betreuung des Schweinestalls und der Gemüsebeete – zurückgelassen worden. Als er sich nach den anderen erkundigte, erfuhr er, dass sie als Vorauskommando Quartier für die Teilnehmer am Manöver machten. Der Kompaniechef und der Instrukteur hätten jedoch in der Stabsstelle eine Nachricht für ihn hinterlassen.

In dem Brief stand nur ein Satz: »Deine Aufgabe besteht darin, stets eingedenk zu sein, dass der Dienst im Haus des Divisionskommandeurs Dienst am Volke ist!« Das war wie eine kalte Dusche. Er fühlte sich nachgerade von seinen Kameraden, vom ganzen Kollektiv ausgestoßen, und das fand er überhaupt nicht spaßig.

Der Sommer hatte inzwischen seinen Höhepunkt überschritten. Es war zwar immer noch warm und trocken, aber nicht mehr so unerträglich heiß – der Herbst lag schon in der Luft. Wu Dawang steckte den Brief in die Tasche, radelte missmutig in die Stadt, kaufte ein Huhn, einen Fisch, Erdnussöl, kaltgepresstes Sesamöl, Glutamat und Pfeffer, verstaute seine Einkäufe auf dem Gepäckträger und fuhr zum Schluss noch beim Postamt vorbei, um dreißig Yuan an seine Frau zu schicken.

Sonst hatte er ihr immer am Monatsende sieben oder acht Yuan als Beitrag zum Unterhalt der Familie geschickt, diesmal aber zog er seine Sendung vor und erhöhte außerdem die Summe beträchtlich. Ja, diese Geldsendung – sie war kein Ruhmesblatt, vielmehr ein großer schwarzer Fleck in seiner Biographie, viel schändlicher noch als sein Verhältnis mit der Frau des Kommandeurs. Man brauchte nur einmal nachzurechnen: Beim Eintritt in die Armee mit Vollendung des zweiundzwanzigsten Lebensjahrs betrug die monatliche Unterhaltsbeihilfe für einen jungen Rekruten im ersten Jahr lediglich sechs Yuan, im zweiten Jahr stieg sie auf sieben und im dritten Jahr auf acht Yuan.

Nach fünf Jahren war die Höchstgrenze von zehn Yuan pro Monat erreicht. Wenn Wu also sieben oder acht Yuan nach Hause schickte, so entsprach das praktisch seinem gesamten Monatsverdienst, denn für sich selbst verbrauchte er nur mal einen oder zwei Yuan für Zahnpasta oder Seife und dergleichen. Wie er unter diesen Umständen dreißig Yuan zusammengespart haben wollte, blieb sein Geheimnis – »top secret« wie die Staatsgeheimnisse, die in Akten mit warnend rot gedrucktem Briefkopf standen.

Woher also kam das Geld? Bei jedem Einkauf für den Haushalt des Divisionskommandeurs rechnete er die vollen Yuan gewissenhaft ab; das Kleingeld jedoch wanderte in seine eigene Tasche. Er war sich bewusst, dass dies Unterschlagung war, so geringfügig die Beträge auch sein mochten. Deswegen schlug er bei manchen Einkäufen einen oder zwei Fen auf den tatsächlichen Preis auf, damit seine schriftliche Abrechnung wieder stimmte. Und das tat sie stets, so dass der Kommandeur und Liu Lian ihn schon oft gelobt hatten.

Nachdem er das mit List und Tücke gehortete Geld an seine Frau geschickt hatte, konnte er seine mal stärkeren, mal schwächeren Schuldgefühle ihr gegenüber verdrängen und hatte kein so schlechtes Gewissen mehr. Nun durfte er sich wieder ohne Skrupel den perversen Wonnen mit Liu Lian hingeben, konnte weiter vergnügt in diesem Fluss der Liebe baden, um die Bedürfnisse und Sehnsüchte zu befriedigen, die der Mensch nun einmal hat.

Als er aus dem Postamt trat, erblickte er eine Marschkolonne Revolutionärer Kämpfer, die Fahnen schwenkend und Spruchbänder mit sich führend unter dem nur leicht bewölkten Himmel die Straße entlang paradierten und dazu Slogans skandierten, die alle mit »Nieder mit …« begannen. Wu Dawang, der mit Liu Lian einen ganzen Monat gewissermaßen im Untergrund verbracht hatte wie seinerzeit die illegalen Kämpfer im Bürgerkrieg, kam der Anblick der Revolution auf der Straße irgendwie fremd und erschreckend vor. Lange Zeit beobachtete er das Geschehen vom Straßenrand aus, als wollte er herausbekommen, ob diese Revolutionäre etwas mit seiner Beziehung zu der Frau des Kommandeurs zu tun hatten oder nicht. Erst als der Demonstrationszug mit lautem Getöse in der Ferne verschwunden war, schwang er sich wieder aufs Fahrrad und fuhr zu seiner Kaserne in der Vorstadt zurück.

Die Truppen waren mit ihren Fahrzeugen inzwischen längst zur Feldübung abgerückt. Auf dem riesigen Kasernengelände herrschte ungewohnte Ruhe, die nur von dem Getrappel der Wachsoldaten bei der Ablösung unterbrochen wurde. Allerdings tschilpten die Spatzen und zirpten die Zikaden wie eh und je – nur noch lauter und durchdringender, jetzt da sie als Hauptdarsteller den ganzen Himmel für sich hatten, denn die wenigen verbliebenen Soldaten mit ihren geschulterten Gewehren erinnerten eher an fahnenschwenkende Statisten.

Gerade als Wu Dawang vor dem Haus des Divisionskommandeurs ankam und vom Rad stieg, kackte ihm ein Spatz auf die Uniformmütze. Der junge Rekrut, der vor dem Anwesen auf seinem halbmeterhohen Podest Posten stand, sah es und rief: »He! Du hast Scheiße auf dem Kopf!«

Wu blieb stehen und fuhr den Soldaten an: »Weißt du Blödmann nicht, wer ich bin? Euer Kompaniechef lächelt schon von weitem, wenn er mich sieht! Euer Instrukteur salutiert sogar als Erster – und du wagst es, mich zu beleidigen?«

»Doch, ich kenne dich, du heißt Wu und bist Muster-Soldat. Aber, Gruppenführer, du hast wirklich Scheiße auf der Mütze.«

Wu Dawang nahm seine Kopfbedeckung ab, stellte fest,

dass dem tatsächlich so war, und schnipste den Spatzendreck kopfschüttelnd weg. Dann sagte er: »Ich arbeite hier in Nr. 1. Wenn ich mal was für dich tun kann, melde dich bei mir.«

Der junge Rekrut bedankte sich so überschwenglich, als wäre Wu der Hausherr selbst, was diesen wiederum sehr erfreute. In der Tat hatte sich bereits seit seinem ersten Zusammensein mit Liu Lian an ihm eine unmerkliche Veränderung vollzogen: Er hatte unbewusst begonnen, sich wie der Herr im Hause zu fühlen, quasi als Gatte von Liu Lian. Schon mehrmals hatte er sich bei dem Wunsch ertappt, vor anderen mit seiner Liebesbeziehung zu prahlen. Nur seine revolutionäre Disziplin sowie die Überlegung, dass er etwas so Unwahrscheinliches kaum glaubhaft machen konnte und zudem nicht auszuschließen war, dass seine Zuhörer es weitererzählen und damit unnötigen Ärger verursachen könnten, hatten ihn letztlich jedes Mal davon abgehalten. Es war besser zu schweigen, als wäre überhaupt nichts passiert.

Kaum hatte Wu sein Fahrrad in den Hof geschoben, gab er unwillkürlich seine Selbstüberschätzung doch preis, und zwar Liu Lian gegenüber. Das sollte eine ganze Kette von Ereignissen nach sich ziehen, die sich beiden tief ins Gedächtnis eingruben und die sie ihr Leben lang nicht vergessen sollten.

Als er sein Rad an der Hintertür abgestellt hatte und die Einkäufe ablud, kam Liu Lian von der anderen Seite her durch das Esszimmer in die Küche. Auch sie hatte eingekauft, Zahnpasta, Seife und andere Toilettenartikel. Sie stand an der Tür zum Esszimmer und war nach einem Blick auf die Tafel »Dem Volke dienen!« im Begriff, etwas zu sagen, da zog plötzlich Wu Dawang seine verschwitzte Drillichjacke aus, hielt sie ihr hin und sagte: »Hier, wasch das mal für mich.«

Sprachlos sah sie ihn an: »Was hast du gesagt?«

»Es ist bullenheiß. Wasch mir meine Uniform.«

Seine Sprechweise sowie seine Körperhaltung und sein Gesichtsausdruck bei diesen Worten waren die eines Soldaten auf Heimaturlaub, der mit einem Karren gerade geernteten Weizens vom Feld nach Hause kommt, am Hoftor das Hemd auszieht, es seiner Frau zum Waschen in die Hand drückt und sich dann in Erwartung seiner Mahlzeit an den Esstisch setzt. Hier hatte es Wu Dawang freilich nicht mit seiner Ehefrau, sondern mit der Gattin des Divisionskommandeurs zu tun.

Liu Lian war so verblüfft, dass sie ihn zuerst anstarrte, als sähe sie ihn zum ersten Mal. Ihre Stirn bewölkte sich. Sie sagte nichts, machte jedoch erst recht keine Anstalten, ihm die verschwitzte Uniformjacke abzunehmen. Dann setzte sie ein spöttisches Lächeln auf, zeigte mit dem Finger auf die Tafel mit der Aufschrift »Dem Volke dienen!« und verschwand mit ihren Einkäufen.

So banal der Vorgang war, löste er doch die erwähnten unvergesslichen Ereignisse im Liebesleben der beiden aus. Von der Küche aus konnte Wu gerade noch die besagte Tafel sehen. Die Schriftzeichen waren nicht mehr so leuchtend rot wie einst, vielleicht durch die Küchendünste, und auch die fünf Sterne, die Getreidegarben und das Gewehr waren schon etwas verblasst (was dem Ernst der historischen Situation durchaus angemessen war). Die unmerklich abblätternde Botschaft der Tafel verfehlte dennoch ihre Wirkung nicht: Wie eine Alarmglocke erinnerte sie Wu Dawang daran, welche Rolle ihm hier im Haus Nr. 1 zukam: dass er ein unbedeutender kleiner Soldat vom Dorf war und dies auch immer bleiben würde.

Er ließ die Hand mit der verschwitzten Jacke langsam sinken und kauerte sich auf den Fußboden. Niemand hätte zu sagen vermocht, was er in diesem Moment dachte, welche ideologischen oder bewusstseinsmäßigen Kämpfe sich in seinem Kopf abspielten. Er hockte einfach mit aschfahlem Gesicht da wie ein Ball, aus dem die Luft heraus ist, vor seinen Füßen die Jacke, und starrte durch die hintere Küchentür ins Weite. Jenseits der Beete im Gemüsegarten des Divisionskommandeurs standen einige Pappelbäume, deren Knorren wie weit aufgerissene Augen wirkten, die niemals schliefen. Wu Dawang blickte in das größte Pappelauge, das unverwandt zu ihm herüberschaute, ohne zu blinzeln. Trotz der Entfernung war es deutlich zu erkennen, sogar die gewölbte Rinde über dem »Auge«, die an Wimpern erinnerte. Endlich wandte er sich wieder zu der Tafel mit dem Schriftzug »Dem Volke dienen!« um, verharrte noch einen Moment, sprang wie von einer übernatürlichen Macht geleitet plötzlich auf, rannte ins Bad und, als er Liu Lian dort nicht antraf, die Treppe zum Oberstock hinauf. Dort sah er sie im Waschraum stehen, wo sie sich mit einem runden Schwämmchen den gerade gekauften Puder ins Gesicht tupfte. Ohne zu überlegen, stürmte er hinein, packte sie und trug sie trotz heftiger Gegenwehr ins Schlafzimmer. Dabei riss sie unabsichtlich den Wandspiegel neben der Tür herunter, auf den er – ebenso unabsichtlich – trat. Das Glas zersprang in tausend Stücke, und auf den so philosophischen Worten in Gelb auf rotem Grund »Gibt es keine Volksarmee, dann gibt es nichts für das Volk« hinterließ Wu mit seinem schmutzigen Schuh einen großen Abdruck wie ein riesiges Künstler-Signum auf einem Rollbild.

Im Zimmer war es auf einmal totenstill.

Wu setzte Liu Lian ab. Beide betrachteten erschrocken die geschändeten »Worte des Vorsitzenden Mao« auf dem Fußboden. Dann blickten sie einander lange und prüfend an.

Sie sagte: »Und was wirst du jetzt machen?«

»Du hast den Spiegel mit dem Arm heruntergerissen.«

Den Blick auf seinen Fußabdruck geheftet, erwiderte sie: »Ich brauche bloß in der Sicherheitsabteilung anzurufen, und es ist aus mit dir!«

»Das würdest du tun?«

Sie sah ihm ins schreckensbleiche Gesicht und lächelte abgründig: »Vielleicht. Vielleicht auch nicht.«

Im Nu änderte er seine Taktik: »Aber, Große Schwester, du hast doch gesagt, ich soll raufkommen! Wenn nicht, wäre das doch jetzt gar nicht passiert, oder?«

Sie musterte ihn ungläubig wie eine Mutter ihren missratenen Sohn, der es gewagt hat, sie zu ohrfeigen. Als ihr dann aufging, worauf er mit seinen Worten hinauswollte, erbleichte sie; sogar ihre vollen roten Lippen verfärbten sich bläulich. Sein Vorwurf war nicht nur herzlos, sondern stellte ihre moralische Integrität von Grund auf in Frage, war nicht weniger als eine beispiellose Herabwürdigung.

Ihr Blick wurde hart und kalt wie Stangeneis. Sie fragte: »Xiao Wu, was hast du da gerade gesagt?«

»Ich habe gesagt, du hast gesagt, ich soll heraufkommen.«

»Wann hätte ich das gesagt?«

»Du hast eben in der Küche auf die Tafel ›Dem Volke dienen!‹ gezeigt.«

Sie stutzte. Doch dann fiel ihr wieder ein, dass sie das tatsächlich getan hatte. Mit einem Mal konnte sie sich das Lachen kaum verbeißen, und ihre eben noch so verkniffenen Gesichtszüge entspannten sich vor Erleichterung. Wer hätte geahnt, dass ihre Geste derart dramatische Folgen haben würde! Eigentlich hatte sie ihn damit lediglich in seine Schranken weisen wollen, und er hatte darin eine Aufforderung zum Dienst an ihrem Körper gesehen! Natürlich konnte sie nicht wissen, was Wu Dawang da unten im Erdgeschoss durch den Kopf gegangen war, wie sich sein Gesichtsausdruck verändert hatte, und dass in ihm der lange schon angestaute Groll über den Rangunterschied zwischen ihnen brodelte. Sie sah nur sein offenes, ehrliches, biederes Gesicht und hatte das Gefühl, etwas wiedergutmachen zu müssen. Also ergriff sie seine Hände und führte sie zu ihren Brüsten, um ihn auf diese Weise über den ungerechtfertigten Verdacht hinwegzutrösten. Und nicht nur dies – sie streichelte ihm mit ihren zarten Fingern über den Handrücken. Das war die vertraute Geste, mit der sie ihn im Bett wortlos zu verdoppelter Leidenschaft anzustacheln pflegte. Doch bei ihm öffnete diese Ermutigung gleichsam ein Ventil für seinen unerklärlichen Hass und Groll. Daher beließ er seine Hände auf ihren prallen Brüsten und duldete die sanfte Liebkosung ihrer Finger nur. Auf einmal hatte er Tränen in den Augen wie ein kleiner Junge. Er biss sich auf die Lippen und schlug plötzlich alle Vorbehalte in den Wind, nahm sie auf seine Arme und trug sie über Scherben und »Worte des Vorsitzenden Mao« hinweg zum Bett. Dort warf er sie hin wie einen Sack Mehl und riss ihr die Kleider vom Leib.

Klaglos erduldete sie seine Rohheit und ging, als auch er seine Sachen von sich geworfen hatte, bereitwillig auf alles ein, was er mit ihr vorhatte. Sie lag auf dem Rücken, die gespreizten Beine hochgereckt, während er – vor dem Bett stehend – brutal in sie eindrang und sie wie besessen zu pimpern begann. Jeder Stoß war ein Akt der Vergeltung, mit dem er seinen Rachedurst stillte. Und die Lust, die ihn dabei erfüllte, befriedigte jenes Verlangen, sie zu unterwerfen, das er ganz tief in seinem Herzen versteckt hatte wie ein Soldat, der noch nicht einmal gelernt hat zu schießen, seine absurden Phantasien vom Oberbefehl über ein vieltausendköpfiges Heer. Er hatte erwartet, sie würde einen derart brutalen Geschlechtsakt als in höchstem Maße demütigend empfinden, doch brachten gerade diese Stellung und diese Brutalität ihr – und auch ihm – ungekannte Wonnen. Auf dem Höhepunkt kamen diesmal nicht, wie sonst, Seufzer und Schreie der Lust aus ihrem Munde, vielmehr brach sie plötzlich in hemmungsloses Schluchzen aus, ein blutvolles Schluchzen, gellend, mit dunklen, heiseren Untertönen, das nichts, aber auch gar nichts zu tun hatte mit ihrer gewöhnlichen Sprechstimme, dem weichen Singsang der Südchinesinnen.

Und er? Zunächst war er erschrocken über ihren heftigen Ausbruch, doch dann überkam ihn die Freude des kleinen Mannes, der den Sieg in der großen Entscheidungsschlacht errungen hat: Endlich war es ihm gelungen, sie zu unterwerfen! Der flehentliche Hilferuf, den er aus ihrem Schluchzen heraushörte, verschaffte ihm eine Befriedigung, die er bisher nicht gekannt hatte. Jetzt ließ er sich vollends gehen, noch wilder stieß er zu, noch brutaler, noch entfesselter, rücksichtsloser, bis auch er den Höhepunkt erreicht hatte und schweißüberströmt, zu Tode erschöpft, schlapp und zerschlagen zu Boden sank und sein plötzlich arbeitslos gewordenes Gemächt schutzlos dem durch das Fenster einfallenden Licht ausgesetzt war.

Sie hatte irgendwann aufgehört zu schluchzen und sich ein Kissen zwischen die Beine geschoben, war aber sonst ebenso nackt wie er. So lagen sie da, sie auf dem Bett, er auf dem Fußboden, daneben wie absichtlich weggeworfen die zertrampelten »Worte des Vorsitzenden Mao« und die Spiegelscherben. Ohne sie anzusehen, streckte er sich aus und schaute nach oben, zur Decke. Auch sie sah ihn nicht an, sondern schaute ebenfalls zur Decke, genauso reglos wie er. Die Ernüchterung nach dem Geschlechtsakt hielt beide in ihrem Bann. Ein plötzliches Gefühl der Unbehaustheit breitete sich in ihren Köpfen aus wie eine unsichtbare Todesdrohung, die von überall her in diesem Zimmer auf sie eindrang und sie zu ersticken drohte, eine schwebende Leere, lastend, doch ohne Druck.

Inzwischen ging es auf Mittag zu. Im Sonnenlicht, das durch das Fenster fiel, tanzten goldene Stäubchen in der Luft und schienen wie lauter Mücken leise zu summen. Das Tschilpen der Spatzen und das Gurren der Turteltauben brachen sich gleichsam an den Fenstergittern, während die ermüdeten Zikaden sich nur noch sporadisch zu einem abgerissenen, heiseren Zirpen aufrafften, wie kleine Kinder, die über ihrem Spiel vergessen, dass sie ja eigentlich weinen wollten, bis es ihnen plötzlich wieder einfällt und sie in der doppelten Lautstärke losplärren. Völlig erschöpft lagen Liu Lian und Wu Dawang einfach da und ließen die Zeit verrinnen.

Irgendwann fragte sie: »Wie spät ist es?«

Er antwortete, ebenfalls ohne den Kopf zu ihr umzudrehen: »Keine Ahnung. Hast du Hunger?«

»Nein. Xiao Wu, wir sind ja wie die Tiere!«

»Na und? Wen geht das was an?«

»Wo hast du das eigentlich gelernt?«

»Was?«

»Das eben.«

»Ich hatte so viel Wut im Bauch, die wollte ich rauslassen. Und da hab ich das eben so gemacht.«

»Auf wen warst du wütend?«

»Weiß nicht.«

»Auf mich?«

»Nein. Ich glaube nicht.«

»Ich bin auch wütend.«

»Und auf wen bist du wütend?«

»Kann's auch nicht sagen. Jedenfalls bin ich ziemlich wütend.«

Dann sagten beide nichts mehr. Nach einem Weilchen setzte sie sich auf, zog sich etwas über und legte sich wieder hin. Sie sagte: »Die Kaserne ist leer. Am liebsten würde ich die Tür hinter uns zuschließen, damit wir beide nackt hier zusammen sein können, solange wir leben.«

»Aber du hast dich gerade angezogen!«

»Tja …«

»Wann kommt der Kommandeur zurück?«

»Keine Bange, sobald er wieder da ist, sorge ich dafür, dass deine Probleme gelöst werden.«

Er sagte: »Solange wir leben – das geht nicht. Aber bis dein Mann zurück ist, könnten wir beide im Haus bleiben. Wir würden nicht rausgehen, hier drinnen essen, scheißen – alles. Und beide nackt! Doch wenn der Kommandeur wieder da ist, will ich nicht mehr hier arbeiten. Ich will in die Kompanie zurück, so oder so, egal ob meine Probleme gelöst sind oder nicht. Jedenfalls will ich nicht mehr Koch und Ordonnanz sein.«

»Warum denn nicht?«

»Ich könnte ihm nicht mehr in die Augen sehen – nach allem, was passiert ist. Und lebensmüde bin ich auch nicht.«

Dann schwiegen beide lange Zeit. Ihm kam es wie eine kleine Ewigkeit vor.

Als sie endlich wieder zu sprechen anfing, hatten ihre Worte nichts mit dem zu tun, was er erwartet hatte – zum Beispiel Vorkehrungen für die Rückkunft des Divisionskommandeurs, Instruktionen für ihn, wie er sich verhalten solle, damit ihr Verhältnis nicht herauskäme, solche Sachen. Vielmehr fragte sie ihn: »Was hast du aus der Stadt mitgebracht?«

Er antwortete, dass er die üblichen Lebensmittel und Gewürze eingekauft habe.

»Wie lange reichen die?«

»Mindestens einen Monat.«

Plötzlich setzte sie sich auf und ordnete ihr wirres Haar. Dann verließ sie das Bett. Sie betrachtete den nackten Körper des Mannes, der noch immer neben dem Bett auf dem Rücken lag. Sie bückte sich, zupfte wie ein kleines Kind an seinem schlaffen Schniepel und ging lachend die Treppe hinunter.

Er hatte keine Ahnung, was sie dort vorhatte, aber als er an ihren Schritten hörte, dass sie das Haus verließ, erhob er sich eilig und lief zum Fenster. Er beobachtete, wie sie mit einem Vorhängeschloss in der Hand einen Augenblick draußen vor dem Hoftor stand, sich vergewisserte, dass auf der Straße weder Soldaten noch irgendwelche Leute aus den anderen Offiziersvillen unterwegs waren und der gesamte Wohnkomplex leer und verlassen dalag; wie sie dann wieder hereinkam, die beiden Flügel des Blechtors schloss, die Hände zwischen den Stangen nach draußen steckte und das Vorhängeschloss von außen zudrückte, so dass es aussah, als wären alle Bewohner von Haus Nr. 1 fort; und wie sie endlich auch noch die Vorder- und die Hintertür von innen zusperrte.

Von außen konnte man jetzt nicht mehr erkennen, ob sich drinnen jemand aufhielt oder nicht. Die »Kabale« war perfekt; in ihrem Schutz konnten sich die beiden nun ganz den Freuden ihrer (Kabale und) Liebe hingeben. Wu Dawang trat vom Fenster zurück, kleidete sich an und wartete, dass sie zurückkäme. Als sie im Oberstock erschien, war zwar er ordentlich angezogen, sie dagegen war erneut splitternackt. Sie standen einander gegenüber, sie auf der Schwelle des Schlafzimmers, er drinnen, und blickten einander an.

»Ich habe das Tor und die Haustür zugeschlossen«, sagte sie.

»Wir haben nicht mehr viel Reis.«

»Ich hab's gesehen. Aber im Schrank ist noch ein halber Sack Mehl.«

»Dann wird es reichen.«

»Zieh dich doch aus! Wieso bist du überhaupt angezogen? Schau mich an!«

Er legte seine Kleidung wieder ab und verstaute sie kurzerhand in ihrem Kleiderschrank, als würde sie bis auf weiteres – oder für alle Zeiten? – nicht mehr gebraucht. Nackt, hinter verschlossenen Türen, getrennt vom Rest der Menschheit, fühlten sich die beiden wie in einer anderen Welt. Ein ungekanntes Gefühl der Schwerelosigkeit überkam sie und machte sie über die Maßen froh. Sie umarmten einander. Zärtlich streichelte sie ihn überall wie eine Mutter ihren Säugling, während er sie abküsste, als wäre sie eine lebende Statue. Beide gaben sich ganz ihrer Lust hin, ungehemmt und tabulos. Wenn sie müde waren, ruhten sie sich ein wenig aus. Dann saß sie vielleicht auf seinem Schoß, oder er legte seine müden Beine auf ihre Schenkel, mal saßen sie auf dem Fußboden, mal lagen sie auf den Fliesen. Einmal bettete er seinen Kopf in ihren Schoß und kitzelte mit seinen gerade erst wieder kurz geschorenen Haarstoppeln jene zarte Region, die sonst nie das Licht des Tages erblickte. Das war ein so köstliches Prickeln, noch dazu wenn er den Kopf ein wenig bewegte, dass sie vor Vergnügen hell auflachte, erst schwächer, dann lauter, dann wieder schwächer. Dieses Lachen, das Lachen einer reifen Frau, reizte erneut seine Männlichkeit, so dass er mit frischer Energie ans Werk gehen wollte. Sie jedoch entzog sich ihm, als wäre sie wieder ein junges Mädchen. Am Ende der Verfolgungsjagd packte er sie und zog sie nach allen Regeln der Kunst durch, »pflügte die Wolken und säte den Regen« und beackerte ihren Körper unermüdlich wie ein junger Schafhirt, der auf einer Bergwiese nach Herzenslust herumtollt.

Das Bett war für die beiden Liebenden uninteressant geworden: Sie flüchtete vor ihm, er verfolgte sie, und wo immer er sie einfing, war ihre Lagerstatt. Der Oberstock, das Erdgeschoss, drinnen, draußen, der Waschraum, die Toilette, zusammengerückte Bänke und durchgesessene Sessel, sogar die Treppe (eine Stufe, ein Stoß) – kein Ort, der nicht Zeuge ihrer Glückseligkeit und ihrer höchsten Lüste geworden wäre.

9 Liu Lian und Wu Dawang verbrachten drei Tage und drei Nächte in paradiesischer Nacktheit. Sie waren gewissermaßen zum Ursprung der Menschheit zurückgekehrt und hatten die damit verbundenen Freuden voll ausgekostet. Wer jedoch einen solchen Höhepunkt erreicht hat, befindet sich früher oder später in einem Zustand völliger Erschöpfung – nicht allein körperlicher, sondern auch geistiger und seelischer Erschöpfung.

Die Lage des Anwesens Nr. 1 innerhalb der Gebäudegruppe der Offiziersvillen war ideal für zwei Menschen, die sich ganz von ihren Trieben leiten lassen wollten.

Gegenüber der Villa, auf der anderen Straßenseite, war die Rückwand des Divisions-Klubhauses, dessen Türen jedoch meist verschlossen waren, und zwar nicht nur jetzt, da die Kaserne wegen der Feldübung wie ausgestorben dalag. Die Gongs und Trommeln und Blechblasinstrumente sowie jene Instrumente, die nur zu ganz besonderen Anlässen (als da sind: Verkündung einer Höchsten Anweisung des Vorsitzenden Mao oder eine wichtige Konferenz in der Hauptstadt oder sonst ein aufrüttelndes und begeisterndes Ereignis irgendwo im weiten Vaterland) hervorgeholt wurden, wie zum Beispiel die Tuba mit ihrem riesigen Schalltrichter; die wer weiß woher stammende seltsame Querflöte, an der alles aus Messing war, nichts aus Bambus; oder die knallrote Kesselpauke mit ihrem gewaltigen Bauch – sie alle standen oder lagen den größten Teil der Zeit wie scheintot im totenstillen Klubhaus. Selbst wenn doch irgendwann einmal jemand dort rumorte und anfing zu trommeln, drangen durch die dicken Ziegelmauern nur gedämpfte Töne ins Haus des Divisionskommandeurs. Umgekehrt waren natürlich im Klubhaus die Geräusche, die Wu Dawang und Liu Lian im Hause verursachten, ebenfalls nicht zu vernehmen.

Hinter dem Haus und dem Gemüsegarten, jenseits des Pappelwäldchens, befand sich die Stabsstelle der Fernmeldekompanie, von der niemals ein Laut zu hören war. Es versteht sich von selbst, dass auch die Soldaten, die dort während der Übung den Etappendienst versahen, unmöglich mitbekommen konnten, was im Anwesen des Kommandeurs passierte.

Nach Osten zu war gleich am Haus der Blumengarten. Von diesem bis zum großen Tor zur Straße erstreckte sich eine mehr als dreißig Meter lange Brache, oder vielmehr eine aufgegebene Baustelle. Hier hatte nämlich der frühere Divisionskommandeur einen separaten Offiziersklub bauen lassen wollen, wo sich die hohen Militärs nach dem Essen gesellig zum Zeitunglesen, Schach- oder Tischtennisspielen und so weiter zusammenfinden sollten. Darüber hinaus hätten sie es nicht weit gehabt, wenn eine Beratung angesetzt war, da in dem Klub auch ein Konferenzsaal vorgesehen war. Als dann aber der jetzige Divisionskommandeur vom Stellvertreter zum regulären Kommandeur befördert worden war, hatte er mit ein paar anderen Offizieren die Baustelle – bisher gab es nur das Fundament – besichtigt und sich über den Stand der Dinge informiert. Danach hatte er befunden: »Der Vorsitzende Mao hat gesagt, ›harte Arbeit ist wie eine Traglast, die vor uns liegt. Werden wir es wagen, sie zu schultern?

Manche Menschen scheuen vor schweren Lasten zurück und schieben sie anderen zu, während sie für sich die kleinere Last wählen. Das ist keine gute Einstellung! Andere Genossen verhalten sich nicht so – sie überlassen anderen den Genuss und nehmen selbst die schweren Lasten auf sich, sind die Ersten, wenn es darum geht, Not und Entbehrungen zu ertragen, und die Letzten, wenn es um Behaglichkeit und Komfort geht. Nur solche Genossen sind gute Genossen. Von diesem kommunistischen Geist müssen wir alle lernen‹.« Nach diesem Zitat aus den »Worten des Vorsitzenden Mao« verließ der Divisionskommandeur den Ort des Geschehens, kehrte in sein Haus zurück und genoss den Abendtee, den ihm seine Gattin Liu Lian kredenzte. Jenes Bauvorhaben aber war damit gestorben; die Arbeiten wurden unverzüglich eingestellt. Das bereits gegossene Fundament war bald von Unkraut und Büschen überwuchert. Der Posten daneben – außerhalb der Umfassungsmauer des Anwesens – war auf diese Weise bald fünfzig Meter vom Haus entfernt, weit genug, um nichts zu hören, was darin vor sich ging, es sei denn die Bewohner hätten aus voller Lunge geschrien.

Westlich von Haus Nr. 1 grenzte das Anwesen des Divisions-Politkommissars an das seines Vorgesetzten. Der Zufall wollte es, dass der Politkommissar die Truppe bei der Feldübung begleitete und seine Frau die Gelegenheit genutzt hatte, mit der Ordonnanz in die Provinzhauptstadt zu fahren und ihren Eltern einen längst überfälligen Besuch abzustatten. Haus Nr. 2 war also ebenfalls verschlossen, in diesem Fall allerdings nicht nur zum Schein.

Man hätte meinen können, die Vorsehung selbst hätte es so eingerichtet, dass Liu Lian und Wu Dawang sich in der Abgeschiedenheit von Haus Nr. 1 ungestört ihrer Freikörperkultur widmen konnten. Ihrerseits taten sie ihr Bestes, um die Gunst der Stunde maximal zu nutzen, setzten tage- und nächtelang keinen Fuß vor die Tür und widmeten sich, nackt, wie sie waren, ausschließlich ihren Liebesspielen. Dazwischen aßen sie höchstens eine Kleinigkeit, wenn sie hungrig waren, oder schliefen ein wenig, um wieder zu Kräften zu kommen. Am Ende war es ihr Körper, der sie dann doch im Stich ließ: Sie waren viel zu erschöpft, als dass sie die bei jenem denkwürdigen Akt vor Beginn ihrer Nacktorgie erlebten Liebesfreuden auch nur ein einziges Mal hätten wiederholen können. Es half nichts, dass sie sich wieder auf den Rücken legte und die hochgereckten Beine spreizte, damit er vor dem Bett stehend in sie eindringen konnte – die wilde Gier und die Brutalität von damals waren einfach nicht mehr da. Sie probierten jedes erdenkliche Mittel, dachten sich alle möglichen Stellungen und Tricks aus – umsonst!

Jedes Zusammensein war nun von dieser Niederlage überschattet. Erschöpft und apathisch lagen sie auf dem Bett und versuchten vergeblich zu schlafen.

Sie sagte: »Was ist los mit dir?«

»Ich bin todmüde.«

»Du bist nicht müde, dir fehlt einfach der Reiz des Neuen.«

»Am liebsten würde ich mich jetzt anziehen und ein bisschen vors Haus gehen. Oder mich um die Gemüsebeete kümmern. Danach kann ich mich ja wieder ausziehen.«

»Kein Problem! Zieh dich nur an! Von mir aus kannst du dann gleich angezogen bleiben.«

Wu Dawang erhob sich, trat an Liu Lians rotbraunen Schrank und holte seine Kleidung heraus. Da passierte ihm ein Missgeschick, das weit folgenschwerer war als ein paar Tage zuvor das Malheur mit dem heruntergerissenen Spiegel, als er mit seinen schmutzigen Schuhen auf die »Worte des Vorsitzenden Mao« getreten war. Was jetzt geschah, war nichts weniger als ein Akt der Sabotage an der Epoche, an der Geschichte, an der Gesellschaft, an der Politik von Partei und Regierung! Als er seine Uniform aus dem Schrank nahm, blieb diese nämlich hängen, und zwar an einer Gipsstatuette von Mao Zedong, die herausfiel und auf dem gefliesten Fußboden in viele Stücke zersprang. Im Nu war alles voller Gipsscherben. Der Kopf des Vorsitzenden rollte wie ein Pingpongball unter den Tisch, und unterwegs brach zu allem Überfluss auch noch die einst schneeweiße, nun aber mit Staub besudelte Nase ab. An eine Sojabohne erinnernd, lag sie jetzt mitten im Zimmer auf dem Fußboden.

Gipsstaub breitete sich im ganzen Raum aus.

Wu Dawang stand wie versteinert da, das Gesicht leichenblass.

Liu Lian war mit einem Schreckensschrei aus dem Bett hochgefahren. Plötzlich stürzte sie zu dem Tisch, auf dem das Telefon stand, nahm den Hörer ab und rief: »Hallo! Ist dort die Zentrale? Ich hätte gern gewusst, ob der Leiter der Sicherheitsabteilung mit ins Manöver gefahren ist.«

Wu Dawang erstarrte. Zwar konnte er die Antwort nicht hören, doch war ihm augenblicklich der Ernst der Lage klar. Diese verdammte Hure!, dachte er, ließ die Uniform fallen, riss ihr den Hörer aus der Hand und knallte ihn auf die Gabel. »Was tust du da?«, schrie er.

Ohne etwas zu erwidern oder auf seinen Wutausbruch zu reagieren, versuchte sie den Hörer wieder an sich zu bringen. Um dies zu verhindern, stellte er sich (notabene: immer noch nackt) schützend vor den Tisch mit dem Telefon. Während sie stumm und verbissen ihre ganze Kraft aufbot, um an ihm vorbei an den Hörer zu gelangen, sagte er über ihren Kopf hinweg etwas Unverständliches. Er packte sie an den Armen und schob sie unsanft fort von dem Apparat, doch sie leistete hartnäckig Widerstand. Man hätte meinen können, zwei Feinde kämpften erbittert gegeneinander. Wu hatte nicht gewusst, dass sie so stark war. Kaum hatte er sie weggedrängt, da hatte sie sich aalglatt schon wieder losgemacht und erneut auf das Telefon gestürzt. Schließlich wusste er sich nicht anders zu helfen, als sie mit seinen Armen zu fesseln wie einen großen Vogel, der sich verzweifelt bemüht fortzufliegen. Er schleppte sie zum Bett und schmiss sie in seiner Rage wie einen Sack Müll hin, nicht ohne die Gipsbrocken vor seinen Füßen aus dem Weg zu kicken. »Ich werd's dir schon zeigen! Ruf du ruhig die Sicherheit an! Nur zu!«, wiederholte er ein ums andere Mal. Dabei hörte er nicht auf, die Gipsscherben zu zertrampeln, bis sie nur noch Pulver waren. Schließlich setzte er seinen nackten Fuß auf den Pingpongball-Gipskopf des Vorsitzenden Mao, biss die Zähne zusammen und zermalmte ihn, indem er den Fuß mit aller Kraft hin und her bewegte. Währenddessen knirschte er durch die Zähne: »Verpfeif mich doch, du Miststück! Mach schon!«

Als alle Bruchstücke der Mao-Figur nur mehr weißes Pulver waren und es nichts mehr zu zertreten gab, ging ihm plötzlich auf, dass während seines ganzen langen Wutausbruchs kein einziger Laut von Liu Lian gekommen war, die nackt auf der Bettkante saß und wie gebannt zuschaute. Verwundert sah er sie an: Von der Erschütterung über den politischen Zwischenfall war nichts übriggeblieben; wie sie es unmittelbar vor dem Geschlechtsakt zu tun pflegte, schaute sie vielmehr unverwandt auf sein Gemächt. Als ob sie eine erlesene Kostbarkeit bewunderte oder einem lange gehüteten Geheimnis auf der Spur wäre, saß sie mit geröteten Wangen und funkelnden Augen reglos da, den Blick starr auf seine Leibesmitte geheftet.

Ihrem Blick folgend, sah er an sich herunter.

Jetzt erst wurde ihm bewusst, dass ihr Nackt-Ringkampf, das verbissene gegenseitige Schieben und Zerren und Reiben, sie beide in einen Erregungszustand versetzt hatte, wie sie ihn schon seit Tagen nicht mehr kannten. Seine Wut auf Liu Lian verflog jedoch nicht etwa beim Anblick der gewaltigen Erektion zwischen seinen Beinen, deren Entstehen er überhaupt nicht bemerkt hatte. Vielmehr steigerten sich sein blinder Hass und seine Entrüstung noch mehr, als er feststellen musste, dass sie im Gegensatz zu ihm so ruhig blieb und ihn so ungeniert musterte, als amüsiere sie sich über die possierlichen Verrenkungen eines wütenden Äffchens auf dem Affenfelsen im Zoo. All der Hass, den er die ganze Zeit in sich hineingefressen hatte, kam angesichts ihrer Ruhe und der aufreizenden rosigen Frische ihres Gesichts wieder in ihm hoch. Am Ende griff er abermals zu dem besten, dem einzigen Mittel, das ihm in dieser Situation zu Gebote stand, um seinen Hass herauszulassen: jenem berserkerhaften Sex. Wie ein wildes Tier ein wehrloses Vögelchen warf er sie um, presste ihr Gesicht und ihren Oberkörper auf die Matratze, während ihre Füße noch auf dem Fußboden standen, und nahm sie brutal von hinten.

Wie beim letzten Mal begann sie unter ihm abermals vor Lust heftig zu schluchzen.

Nachdem das Schluchzen verebbt war, drehte sie sich lächelnd um, ging in die Knie und umfasste sein Glied mit den Lippen. Dann blickte sie mit noch tränenfeuchten Augen zu ihm auf und sagte: »Die Gipsfigur, die habe ich unter deine Uniform gelegt. Ich wusste, sie würde kaputtgehen, wenn du deine Sachen herausnimmst. Ich hab das mit Absicht gemacht.«

Eigentlich wäre es nur recht und billig gewesen, wenn er jetzt böse oder sogar handgreiflich geworden wäre, schließlich hatte sie ihn zum Narren gehalten. Doch er tat nichts dergleichen, blickte nur lange in ihr lasziv lächelndes Gesicht und küsste sie hierhin und dorthin. Schließlich flüsterte er zärtlich: »Und ich hätte dich eben beinahe als Hure beschimpft! Bist du mir noch böse?«

Sie schüttelte den Kopf, alles andere als zornig; nur Liebe und Dankbarkeit sprachen aus ihrem Blick.

Es hatte leicht geregnet, aber jetzt strahlte die Sonne wieder vom wolkenlos blauen Himmel herab, so dass das Zimmer in mildes, fast schon herbstliches Licht getaucht war. Die nackte Liu Lian saß aufrecht auf der Bettkante, lächelnd, mit einem friedlichen, gelassenen Gesichtsausdruck wie ein Bodhisattwa. Doch hinter ihrem Lächeln ahnte man eine mädchenhafte Schüchternheit und zugleich die unschuldige Freude über den Erfolg ihrer kleinen List. Ihr ohnehin jugendfrisches ovales Antlitz, schön wie kostbarer Achat, wirkte jetzt noch jünger, schimmerte geradezu golden oder silbern. Ihr schelmischer Ernst und die neckende, aufreizende Miene eines jungen Mädchens erinnerten an die halb hinter schneeweißem Gewölk versteckte Morgensonne. Der Gedanke an eine weiße, rot angestrahlte Wolke am klaren Himmel verlieh der bei all ihrer würdigen Gelassenheit doch nur allzu vertrauten, splitternackten Liu Lian eine Größe und heilige Reinheit, die Wu Dawang verstummen ließ. Wie ein staunendes Kind vor der Statue einer nackten Göttin stand er vor ihr.

Eine Viertelstunde lang war es im Zimmer so still, dass man eine Stecknadel hätte fallen hören. Die Welt schien den beiden abhanden gekommen zu sein, so wie sie ihr. Der Schweiß von ihrem anstrengenden Liebesakt war noch nicht getrocknet. Wie er von ihren Leibern perlte, machte er in der Stille ein fast unmerkliches Geräusch, ähnlich dem Rascheln der Blätter des Lorbeerbaums. Ihre schneeige Ausdünstung und sein erdiger Schweißgeruch hatten sich in dem tagelang nicht gelüfteten Schlafzimmer zu einem gelblich-weißen, salzigen Bukett vermischt, das – zusammen mit dem von den Möbeln und Wänden ausgehenden Modergeruch – den beiden diese Viertelstunde uralt und doch neu, vergänglich und doch beständig erscheinen ließ.

Während sie einander stumm ansahen, kamen ihr plötzlich ohne ersichtlichen Grund die Tränen. Da musste auch er weinen. Es schien, als habe ihr brutaler Geschlechtsakt die große Liebe geweckt, die unbeachtet tief in ihren abgestumpften Herzen verborgen war, und sie hätten zugleich im tiefsten Innern längst erkannt, dass diese Liebe unvermeidlich in Trennung und Abschied enden würde. Wie es gemeinhin zu sein pflegt, kam der Schmerz über sie, noch ehe sie ihr Glück voll ausgekostet hatten. Ganz nah beieinander, sie sitzend, er stehend, weinten sie bitterlich. Keiner sagte etwas, und keiner bewegte sich, als fürchteten beide, dieser magische Moment würde beim ersten Wort oder der ersten Regung unwiederbringlich vorbei sein. Nach einem Weilchen kniete er sich vor ihr hin und legte wie ein kleiner Junge, der großen Kummer hat, seinen Kopf in ihren Schoß, so dass seine Tränen an ihren Beinen herab auf den Fußboden rannen. Sie fuhr ihm mit ihren zarten Fingern abwesend durch das Stoppelhaar, während ihre Tränen ihm auf Kopf, Stirn und Wangen fielen und sich mit den seinen mischten.

Schließlich drehte sie sanft sein Gesicht zu sich, sah ihm in die Augen, gab ihm einen Kuss und fragte unvermittelt: »Xiao Wu, möchtest du mich heiraten?«

»Ja.«

»Ich dich auch, aber es ist unmöglich.«

Er hob den Kopf und blickte sie ruhig an, die Frage nach dem Grund in den Augen.

Sie antwortete: »Hast du vergessen, dass mein Mann dein Divisionskommandeur ist?«

Das sagte sie so beiläufig, als wäre die Rede von irgendeinem verlegten Gegenstand. Wie jemand, der plötzlich an etwas erinnert worden ist, hörte er dennoch bei diesen Worten auf zu weinen, ganz langsam, wie ein Papierdrachen, der sich von der Schnur gerissen hat und mit dem Wind außer Sichtweite segelt. Zugleich wurde sein Blick, eben noch melancholisch und weich, unmerklich härter.

Verlegen, als hätte er auf der Straße irrtümlich einen wildfremden Menschen angesprochen, fragte er: »Und du willst ihn natürlich nicht verlassen, oder?«

»Doch! Aber ginge das denn?«

»Wieso nicht?«

»Er ist der Divisionskommandeur!«

»Seine erste Frau hat sich ja auch scheiden lassen.«

»Weil sie dumm war.«

»Kannst du dich nicht von ihm trennen?«

»Mag sein. Jedenfalls werde ich mich nicht von ihm scheiden lassen. Mir reicht es, dass du mich gern heiraten würdest. So oder so, ich werde mein Wort halten und meinen Mann dazu bringen, dass er dich befördert und deine Frau und dein Sohn aus eurem Dorf da oben im Gebirge hierher in die Stadt nachkommen können. Verlange von mir, was du willst, stelle mir deine Bedingungen, ich sorge dafür, dass du zufrieden sein wirst.«

Über diesem Gespräch waren ihre Tränen vollends versiegt, ohne dass sie hätten sagen können, wann dies geschehen war, wann die Wogen der Liebe in ihnen allmählich abgeklungen waren, wann aus etwas Großem und Heiligem etwas ganz Profanes geworden war, vergleichbar einem kostbaren, blütenweißen Tuch, das als Putzlappen endet, oder einem Blatt Büttenpapier, das für flüchtige Kritzeleien statt einer schönen Zeichnung vergeudet worden ist. Die Reinheit des Blattes war bereits von schwarzen Kritzeln bis zur Unkenntlichkeit entstellt.

Wu Dawang war keineswegs allzu überrascht oder gar ungläubig, als er Liu Lians Worte hörte, wusste er doch nur zu gut, dass dies der Lauf der Dinge war. Dennoch hatte er in seiner Phantasie manchmal insgeheim Vorstellungen von einer schönen Zukunft zu zweit nachgehangen und die Realität ausgeblendet.

Nach der tränenseligen Szene von eben hatte keiner von ihnen mehr Grund zu argwöhnen, dass die Liebe des anderen nicht doch eher vorgetäuscht als aufrichtig war – doch die Realität riss sie unnachsichtig aus ihren romantischen Träumen und holte sie auf den Boden der Tatsachen zurück. Beide waren jetzt wieder ganz sachlich. Diese Nüchternheit war natürlich nicht so rührend und liebenswert wie ihre Tränen eben, dafür aber lebensnah und weniger missverständlich.

Wu versuchte, trotz dieser neuen Sachlichkeit den Zauber jenes magischen Augenblicks zu retten, da sie beide noch voller Erwartungen für die Zukunft ihrer Liebe waren. Seine wahren Gefühle verbergend, wie manche unreifen Schuljungen es tun, stand er auf, setzte sich wieder auf den Stuhl am Tisch, blickte – die nicht mehr so heilige, aber nach wie vor verführerische – Liu Lian liebevoll an und sagte, nicht ohne eine gewisse Sturheit: »Große Schwester, egal, wie du zu mir stehst, egal, ob du dich scheiden lässt oder nicht, ob ich befördert werde oder nicht, und ob ich meine Familie in die Stadt nachholen kann oder nicht – ich werde dir mein Leben lang dankbar sein und dich nie vergessen.«

Dieser Herzenserguss zeitigte allerdings nicht den erhofften Erfolg. Liu Lian hörte sich Wu Dawangs Worte an und schaute ihm mit ernster Miene prüfend ins Gesicht. Nach kurzem Schweigen erwiderte sie lächelnd: »Xiao Wu, du kleiner Süßholzraspler! Fängst an, dich bei deiner Großen Schwester einzuschmeicheln!«

Er riss erschrocken die Augen auf (etwas zu weit): »Du glaubst mir wohl nicht?«

»Genau! Das kannst du nämlich deiner Großmutter erzählen!«, fuhr sie in demselben neckenden Tonfall fort.

Seine Unruhe nahm zu. Wie sollte er ihr beweisen, dass er es ernst meinte? Ratlos schaute er sich um, zuletzt fiel sein Blick auf die traurigen Überreste der von ihm erst zerbrochenen und dann zu Pulver zertretenen Statuette des Vorsitzenden Mao auf dem Fußboden. Er sagte: »Wenn du mir nicht glaubst, kannst du mich jederzeit bei der Sicherheitsabteilung anzeigen und denen erzählen, dass ich nicht nur die Figur des Vorsitzenden Mao kaputtgemacht, sondern anschließend auch noch absichtlich auf den Brocken herumgetrampelt habe. Dann werde ich erschossen oder kriege mindestens lebenslänglich.«

Liu Lian musterte amüsiert den vor Aufregung schwitzenden Wu, der abermals mit den Füßen die Überreste der Statuette malträtierte, um zu zeigen, dass er es ernst meinte. Als er aufblickte, war ihr Gesicht jedoch ebenso ernst und entschlossen wie seins.

»Xiao Wu«, sagte sie, »du behauptest, du wirst mich nie vergessen. Glaubst du denn, ich würde dich jemals vergessen?«

»Du bist die Frau des Divisionskommandeurs. Wenn du mich vergisst, kann ich nichts daran ändern.«

»Willst du, dass ich schwöre?«

»Was würde das nützen? Das wäre auch nur in den Wind gesprochen.«

Plötzlich sprang sie auf, den Blick auf das Mao-Porträt geheftet, das über dem Tisch an der Wand klebte. Im nächsten Moment hatte sie das Poster heruntergerissen und zerknüllt. Dann warf sie die Fetzen auf die Erde und trampelte darauf herum. »Glaubst du mir jetzt? Wenn nicht, zeig mich an! Wir beide, zwei Aktivisten beim

Studium der Werke des Vorsitzenden Mao, haben uns an seinem Bild versündigt. Egal, wer wen anzeigt, wir sind alle beide Aktive Konterrevolutionäre! Bloß hast du aus Versehen die Figur des Vorsitzenden Mao kaputtgemacht, ich aber habe sein Porträt absichtlich zerrissen. Also bin ich ein großes Konterrevolutionäres Element, du nur ein kleines. Glaubst du mir jetzt, dass ich dich nie vergessen werde?«

Während dieser heftig hervorgestoßenen Worte beobachtete sie sein Gesicht. Wu Dawang war leichenblass geworden. Offensichtlich war er nicht nur von der Aufrichtigkeit ihrer Liebe überzeugt, sondern erschüttert, dass sie sich mit ihrer theatralischen Geste selbst zum »großen Konterrevolutionären Element« gemacht hatte. Um ihr zu zeigen, dass er sie noch mehr liebte als sie ihn, fetzte er nun die hinter dem Waschschüssel-Gestell an der Wand klebenden »Worte des Vorsitzenden Mao« herunter, zerknüllte sie in der Hand und zerriss sie.

Er setzte seinen Fuß auf die Fetzen und erklärte: »Ich bin ein besonders gefährliches Konterrevolutionäres Element! Ich muss nicht nur einmal erschossen werden, sondern zweimal!«

Liu Lian sah sich suchend im Zimmer um. Auf dem Schreibtisch lag ein Band der »Ausgewählten Werke« von Mao Zedong. Sie ergriff die heilige Schrift, riss den roten Umschlag herunter und warf ihn auf den Fußboden. Dann machte sie sich daran, die Seiten aus dem kostbaren Buch der Bücher herauszureißen. Zum Schluss zerknüllte sie das Frontispiz mit dem Konterfei des Großen Vorsitzenden und trampelte darauf herum. Ohne Wu Dawang aus den Augen zu lassen, fragte sie: »Wer ist jetzt reaktionärer – du oder ich?«

Er antwortete nicht gleich, sondern ging, nachdem er sich im Schlafzimmer noch einmal vergeblich umgesehen hatte, in den kleinen Flur davor und nahm das dort hängende gerahmte Bild ab. Es zeigte den Vorsitzenden Mao zusammen mit Lin Biao, unter dem Farbfoto natürlich ein Ausspruch des »Großen Steuermanns«. Er schmetterte das Bild auf den Fußboden, so dass das Glas in tausend Stücke sprang, bückte sich und kratzte den beiden großen Männern die Augen aus. Nun war das Bild von vier schwarzen Löchern verunstaltet. Er richtete sich auf und sagte zu Liu Lian, die von der Tür aus alles beobachtet hatte: »Große Schwester, meinst du immer noch, du kannst mich übertreffen?«

Sie kam aus dem Zimmer, schnappte nur »Oh ja!« und verschwand in dem Arbeitszimmer ihres Gatten (dem Raum mit den vielen Karten). Keuchend schleppte sie eine fast lebensgroße, vergoldete Büste des Vorsitzenden Mao heraus und setzte sie vor Wu auf den Fußboden. Plötzlich hatte sie auch einen zierlichen Hammer in der Hand, mit dem sie der Büste die Nase abschlug. »Na, bin ich besser?«, fragte sie.

Statt einer Antwort ging er ins Erdgeschoss, kramte irgendwo eine Mao-Plakette hervor, dazu einen Nagel, und schlug vor ihren Augen dem Vorsitzenden den Nagel durch die Nasenwurzel. Dann sah er sie in stummem Triumph an.

Seinem Beispiel folgend, verlegte auch sie jetzt ihr Betätigungsfeld ins Erdgeschoss und drückte zwei Reißnägel in die Augen des Mao-Porträts, mit dem das Medizinschränkchen verziert war.

Er griff sich eine mit einem Zitat aus den »Worten des Vorsitzenden Mao« geschmückte Blechschüssel und übermalte mit einem Schreibpinsel die roten Schriftzeichen. Statt »Egoismus bekämpfen, Revisionismus kritisieren!« stand jetzt dort in dicken schwarzen Tusche-Zeichen »Nur an sich selbst denken!«.

Sie nahm ihm den Pinsel ab und beschmierte ihrerseits die »Worte des Vorsitzenden Mao« sowie sein Porträt auf zwei emaillierten Teebechern aus Armeebeständen. Dann warf sie die Becher in das Porzellanbecken, in dem sie sich den Unterleib zu säubern pflegte.

Als die beiden schließlich im Wohnzimmer an dem gesamten Mobiliar, allen Bildern und sämtlichen Gebrauchsgegenständen, die etwas mit Mao Zedong und anderen Großen Revolutionären zu tun hatten, ihr Mütchen gekühlt hatten und Liu Lian auch beim dritten oder vierten Kontrollgang nichts mehr entdeckte, das sich kaputtmachen, verunstalten oder besudeln ließ, lief sie plötzlich in die Küche und zerschlug alle Reisschüsseln, auf denen Worte des »Großen Steuermanns« aufgedruckt waren.

Wu Dawang revanchierte sich, indem er den neuen Aluminiumtopf demolierte, der ebenfalls mit einem Mao-Zitat geschmückt war.

Liu Lian stellte die ganze Küche auf den Kopf und durchsuchte alle Schubladen und Schränke, damit ihr ja keine Mao-Devotionalien entgingen, doch da war nichts mehr. Einen Moment stand sie unschlüssig inmitten des Durcheinanders, dann lief sie ins Esszimmer, ergriff jene Holztafel mit der Aufschrift »Dem Volke dienen!«, die so oft Zeuge ihrer Liebe gewesen war, und stand im Begriff, sie auf dem Estrich zu zerschmettern, da fiel ihr Wu Dawang in den Arm. Er nahm ihr die Tafel aus der Hand und stellte sie sorgsam wieder an ihren angestammten Platz auf dem Esstisch.

»Xiao Wu, ich soll sie also nicht kaputtmachen?«

»Richtig! Ich will sie behalten.«

»Wofür?«

»Für nichts. Will sie einfach behalten.«

»Dann musst du jetzt aber auch zugeben, dass ich die

größte Konterrevolutionärin der Welt bin! Die aller-aller-allergrößte ›kindliche Agentin, die sich in die Partei eingeschlichen hat‹! Eine ›Zeitbombe mit ungeheurer Zerstörungskraft, die sich in den Reihen der Revolutionären Armee verbirgt‹! Du musst zugeben, Wu Dawang, dass ich – Liu Lian – dich hundertmal mehr liebe als du mich!«

»Und wenn ich mich weigere?«

»Dann mach ich die Tafel kaputt.«

»Also gut. Ich gebe es zu.«

»Du musst dreimal wiederholen, was ich gesagt habe. Dann gilt es erst.«

Folgsam sagte er dreimal hintereinander: »Du bist die größte Konterrevolutionärin der Welt, du bist die allerallergrößte ›kindliche Agentin, die sich je in die Partei eingeschlichen hat‹, du bist die größte ›Zeitbombe innerhalb der Revolutionären Armee mit einer ungeheuren Zerstörungskraft‹, zehnmal größer als eine Wasserstoffbombe oder eine Atombombe.« Als er damit fertig war, wiederholte er auch die übrigen Worte dreimal: »Große Schwester, du liebst mich – Xiao Wu – hundertmal, tausendmal, zehntausendmal mehr als ich dich.«

Danach blickte er sie ruhig an.

Auch sie sah ihn an, still und reglos. Beide hatten wieder Tränen in den Augen.

Trübes Abendlicht umfloss sie wie brackiges Wasser, ebenso schmutzig wie sie selbst, doch der Wind, der durch den Türspalt hereinblies, strich kühl und erfrischend über ihre Körper. Nach dem Höllenlärm ihrer Zerstörungsorgie herrschte jetzt tiefe, geheimnisvolle Stille im Haus. Draußen kehrten ein paar verspätete Vögel in ihre Nester zurück und sangen ein letztes Lied, hell und melodisch wie der Gesang junger Mädchen auf dem Feld. Schweigend, die Augen voller Tränen, standen Liu Lian und Wu

Dawang inmitten dieser Stille und dieses betörenden Gesangs und sahen einander selbstvergessen an.

Die Zeit schien stillzustehen. Nach langen Minuten, so unendlich lang wie die vier Bände der »Ausgewählten Werke des Vorsitzenden Mao«, regte Liu Lian sich wieder. Sie fuhr sich über die Augen und sagte: »Mein Liebster, ich habe Hunger.«

Auch er wischte sich die Tränen ab und sagte: »Meine Liebste, ich mach dir gleich was zu essen.«

Aber sie entgegnete: »Mein liebster Mann, ich habe Durst.«

»Meine liebste Frau, ich hole dir was zu trinken.«

»Mir ist auch ein bisschen kalt.«

»Willst du dich anziehen?«

»Niemals! Und wenn ich erfriere!«

»Was machen wir denn da?«

Ohne zu antworten, ergriff sie die Tafel mit der Aufschrift »Dem Volke dienen!« und drückte sie an sich.

Da nahm er sie auf seine Arme, als wäre sie ein todmüdes kleines Kind oder sein Schwesterchen, und trug sie langsam hinauf ins Schlafzimmer. Unter seinen Füßen knirschten die Scherben und Trümmer, und seine Schritte klangen auf den Treppenstufen wie kraftloses Trommeln auf einer uralten Pauke.

10 Liu Lian und Wu Dawang hätten sich nicht träumen lassen, dass ihnen aus dem Chaos ringsumher solch unerschöpfliche Kräfte zuwachsen würden, ebenso überraschend wie üppige Blumen auf einer Müllhalde. Nach ihrem Liebesakt auf dem trümmerübersäten Fußboden, hemmungslos leidenschaftlich wie nie zuvor, überkam sie gleich einem plötzlichen Wolkenbruch die Erschöpfung, die auf die höchsten Wonnen der Liebe folgt, so dass sie inmitten all des heiligen Schutts augenblicklich einschliefen. Später weckte sie der Hunger. Wu Dawang war zwar noch etwas wacklig auf den Beinen, besann sich aber immerhin auf seine Pflicht, mit ganzer Kraft dem Volke zu dienen, und schickte sich an, eine Mahlzeit zu bereiten. Da stellte er fest, dass kein Gemüse mehr im Hause war, er also welches aus dem Garten holen musste. Nun war er doch gezwungen, sein feierliches Gelöbnis zu brechen, sieben Tage und sieben Nächte das Haus nicht zu verlassen, ein weiterer Tabubruch – nach der Zerstörung der Mao-Devotionalien –, den er nur deshalb in etwas milderem Licht sah, weil dies die letzte der sieben Nächte war und das Morgengrauen ohnehin nicht mehr allzu lange auf sich warten lassen würde. Er war schon im Begriff, sich leise seine Hose aus dem Schlafzimmer zu holen, ließ es dann aber bleiben, um die fest schlafende

Liu Lian nicht aufzuwecken. Nackt, wie er war, öffnete er vorsichtig die Hintertür zum Gemüsegarten.

Das Licht des Mondes traf ihn wie eine riesige Glasscheibe, die auf ihm zersplitterte. Wie tiefblau der Nachthimmel war, von keiner Wolke getrübt!

Als er aus der Küche trat und den gelb-rot schimmernden Mond erblickte, der dort oben ohne irgendeine Art von Befestigung frei schwebte, hatte er plötzlich das Gefühl, er würde jeden Moment auf ihn herabstürzen und ihn unter sich begraben. Diese Angst überkam ihn nicht zum ersten Mal. Das erste Mal war beim Tod seines Vaters gewesen, das zweite Mal in seiner Hochzeitsnacht, als er die Sinnlosigkeit seiner Ehe dunkel zu erahnen begann. Jetzt hatte er dieses Gefühl zum dritten Mal. Welches einschneidende Ereignis in seinem Leben mochte es diesmal ankündigen?

Beim Anblick der von ihm eigenhändig gepflanzten Kohlstauden musste Wu Dawang daran denken, wie Liu Lian jene vom Divisionskommandeur aus der Porzellanstadt Jingdezhen besorgte, mit dem Konterfei und einem »Wort des Vorsitzenden Mao« geschmückte Revolutionäre Gemüseplatte so entschlossen auf den Estrich geschmettert hatte, dass sie im Fallen nicht einmal mehr ins Trudeln geraten, sondern sofort in tausend Stücke zerborsten war.

Jetzt wurde sich Wu Dawang seiner Müdigkeit und Erschöpfung erst richtig bewusst; seine Beine waren weich wie zwei Knoblauchzöpfe. Dennoch war er in dieser Mondnacht unendlich erleichtert und froh. Wie eine Schatzkammer bis zum Rande mit Gold und Silber gefüllt ist, so sehr war er von dieser Freude erfüllt. Liu Lian hatte es gewagt, die Augen des Vorsitzenden Mao auf seinem Porträt mit Nägeln zu durchbohren, und sie hatte mit ihrem Hammer der vergoldeten Mao-Büste Nase, Ohren und Zähne abgeschlagen! Dadurch hatte sie gezeigt, wie ernst es ihr mit der Liebe zu ihm, Wu Dawang, wirklich war.

Kein Zweifel konnte mehr an ihrer Liebe sein, wenngleich er sich natürlich im Klaren darüber war, dass dies noch nicht bedeutete, sie würde niemals von ihm lassen. Verglichen mit seiner faden Ehe war diese (nicht ganz rückhaltlose) Liebe für einen Hinterwäldler wie ihn allemal genug; mehr hätte er wahrlich nicht verlangen können! Liu Lian, eine Offizierin auf Bataillonsebene und Gattin des Divisionskommandeurs, eine wunderschöne Frau aus der berühmten Stadt Yangzhou, mit dieser melodiösen weichen Sprechstimme begabt, dazu noch, wie er selbst, vielfach ausgezeichnete Mustersoldatin und Aktivistin beim Studium der »Werke des Vorsitzenden Mao« – diese Liu Lian hatte nicht nur während der Abwesenheit des Kommandeurs zwei Monate lang mit ihm wie mit ihrem Mann gelebt, sondern noch dazu sieben Tage und (fast) sieben Nächte nackt mit ihm im Haus verbracht, ohne auch nur ein einziges Mal den Fuß vor die Tür zu setzen! Sie hatte ihm gezeigt, welche Herrlichkeiten im Körper aller Frauen der Welt verborgen sind, durch sie hatte er eine Leidenschaft und ein Glücksgefühl kennengelernt, von denen er sonst sein Leben lang nicht einmal zu träumen gewagt hätte. Und außerdem hatte sie versprochen, alles in Bewegung zu setzen, damit er zum Offizier befördert würde und Frau und Sohn aus jenem Elendsnest, wo nicht einmal Unkraut richtig wachsen wollte, zu sich in das erträumte Paradies kommen lassen könnte, in die Stadt.

Seine Frau nachzuholen erschien ihm zwar jetzt nicht mehr so dringlich wie einst, aber wenn er an das niedliche Söhnchen dachte, das er mit Zhao Ezi gezeugt hatte, hätte er die beiden doch lieber heute als morgen bei sich gehabt. Um dieses Privileg zu genießen und selbst die heißersehnte Offiziersuniform aus grünem Drillich – mit den vier Taschen – anziehen zu können, musste er unbedingt befördert werden.

Um der Wahrheit die Ehre zu geben: Noch zwei Monate zuvor hatte Wu den Offiziersrang deshalb so ungeduldig herbeigewünscht, weil er sein Versprechen gegenüber der Familie Zhao einlösen wollte. Jetzt aber, nach diesen acht Wochen, hatte sein Streben nach Beförderung damit nicht mehr allzu viel zu tun. Ohne sich restlos über seine Motive klar zu sein, wollte er jetzt in erster Linie in der Armee Karriere machen, um auf diese Weise in Liu Lians Nähe bleiben zu können.

Was sein Verhältnis mit Liu Lian betraf, so waren seine Erwartungen jetzt restlos erfüllt. In diesem Moment empfand er nichts als unendlich tiefe Zufriedenheit, wenngleich er kaum glauben konnte, dass ihm ein solches Glück zuteil geworden war, dass er und die Frau des Divisionskommandeurs, zu der er einst kaum aufzublicken gewagt hatte, ohne zu erröten, wirklich und wahrhaftig wie die Urmenschen in ihrer Höhle splitterfasernackt sieben Tage und sieben Nächte hinter verschlossenen Türen miteinander verbracht hatten.

Seine während dieser sieben Tage und sieben Nächte fast schon erstorbene Naturverbundenheit erwachte zu neuem Leben. Dass er in den Garten gekommen war, um Gemüse für das Frühstück zu holen, auf das Liu Lian im Oberstock wartete, hatte er völlig vergessen, so sehr schlug ihn die stille Schönheit des nächtlichen Gartens in ihren Bann. Er konnte ja nicht ahnen, dass seine Befürchtung, der Mond würde herunterfallen, tatsächlich eine verhängnisvolle Wende in seiner großen Liebe angekündigt hatte. Dass am Ende dieser Nacht auch die Liebe zwischen ihm und Liu Lian ein abruptes Ende finden würde. Dass unbemerkt von ihm der frostklirrende Winter schon längst auf den Sommer und Herbst gefolgt war und diese im Hinterhalt lauernde Kälte, einer Schlange gleich, die im März aus langem Winterschlaf erwacht, sein ganzes weiteres Leben verändern würde.

Eine neue Seite im Buch des Schicksals sollte schon sehr bald aufgeschlagen werden. Die festlichen Sätze des Liebes-Konzerts waren bereits alle gespielt – bald würde auch das Finale vorbei sein. Und wenn die letzten Töne verklungen wären, würde Wu Dawang das Haus Nr. 1 verlassen: seinen geliebten Gemüsegarten, die Blumenbeete, das Weinspalier und die Küche mitsamt deren verbliebenem Inventar – Geschirr, Töpfe, Kellen, Essstäbchen und andere Gegenstände, die alle nichts mit Politik zu tun hatten (sprich: nicht mit »Worten des Vorsitzenden Mao«, Porträts großer Persönlichkeiten oder revolutionären Slogans geschmückt waren). Vor allem aber würde er Liu Lian verlassen, die Frau, von der sein Denken und Fühlen ganz ausgefüllt war, Liu Lian, die in jedem Tropfen seines Bluts, in jeder Zelle seines Körpers einen wichtigen Platz einnahm. Noch ahnte er nicht, welche existentiellen Veränderungen die Trennung von ihr bewirken würde, noch konnte er die Zeichen nicht deuten, die auf den Seelenschmerz hinwiesen, den er tief in seinem Inneren vergraben müsste, noch wusste er nichts von der abrupten Veränderung in seinem Leben, dieser Wende um hundertachtzig Grad, die sich hier abzuzeichnen begann, noch blieb ihm die bittere Wahrheit all solcher wohlfeilen Sprüche verborgen wie »Auf Freud' folgt Leid« oder »Bei großem Glück ist große Gefahr« oder »Kurze Lust, langes Weh«. Kurzum, noch war Wu Dawang absolut ahnungslos.

Während er sinnend am Rand eines Gemüsebeets hockte, hatte er überhaupt nicht bemerkt, dass Liu Lian in einem rosa Slip und ihrem weißen Büstenhalter hinter ihm aufgetaucht war. Sie wartete einen Augenblick und ging dann auf leisen Sohlen wieder ins Haus zurück. Gleich darauf kam sie mit einer Strohmatte, einem Paket Keksen und zwei Bechern heißem Wasser wieder in den Garten, diesmal aber nicht leise, sondern beschwingten Schrittes, so dass er abrupt aus seinen Träumereien über die Natur und die Nacht gerissen wurde. Als er sich umdrehte und sah, wie sie am Beetrand zwei Becher und das Paket Kekse abstellte, wurde er sich seiner Pflichtvergessenheit bewusst – sie hatte ja die ganze Zeit gewartet, dass er mit dem Frühstück käme!

Kleinlaut sprang er auf und rief leise: »Große Schwester, ich hatte total vergessen, was ich hier draußen wollte! Sag mir, was ich zur Strafe tun soll. Es ist einfach zu schön hier – der Mond und die laue Nacht …«

Liu Lian erwiderte darauf nichts. Sie schien auch gar nicht ärgerlich, sondern wirkte ruhig und gelassen, als wäre überhaupt nichts gewesen. Im Übrigen hatte sie Wus Abwesenheit ausgenutzt, um ihr Äußeres wieder in Ordnung zu bringen, hatte geduscht, sich frisiert und den kostbaren parfümierten Puder aufgetragen, den sich damals nur die allerwenigsten Frauen aus Shanghai besorgen konnten. So, wie sie jetzt aus dem Hause trat, schien sie sich innerlich bereits von jenen denkwürdigen sieben Tagen und sieben Nächten verabschiedet zu haben. Die Tage und Wochen, da sie und Wu wie gleichberechtigte Eheleute gelebt und geliebt hatten, näherten sich offensichtlich ihrem Ende – nun war sie wieder die Gattin des Divisionskommandeurs, das hübsche Mädchen aus Yangzhou, die begehrenswerteste Frau der ganzen Kaserne, ja der ganzen Stadt. Zwar trug sie nur Slip und Büstenhalter, doch das allein machte sie zu einem anderen Menschen, in dem Wu Dawang kaum noch die Frau erkannte, die es sieben Nächte lang splitternackt auf das heftigste mit ihm getrieben hatte. Ihre erworbene Vornehmheit und ihr angeborener Charme waren aufs Neue miteinander verschmolzen und zu einem nicht wegzudenkenden Teil ihrer Persönlichkeit geworden.

Seit sie in den Garten gekommen war, hatte Liu Lian noch kein Wort gesagt. Jetzt ging sie zu dem Kohlbeet, rupfte rasch ein paar Pflanzen aus und breitete mitten in dem Beet auf der so entstandenen freien Fläche die Strohmatte aus. Nachdem sie Becher und Kekse in die Mitte gestellt hatte, blickte sie auf und sagte: »Xiao Wu, komm und iss ein paar Kekse. Ich muss mit dir reden.«

Er war überrascht über die unmerkliche Veränderung an ihr, zum Beispiel ihren gelassenen Tonfall (weniger über den leuchtend rosa Slip und den bestickten Büstenhalter). Es musste etwas vorgefallen sein, aber was? Ihm war plötzlich bange ums Herz. Dabei hätte er nicht sagen können, ob es Angst vor ihr war oder vor dem, was sie ihm eröffnen würde. Er schaute auf sie herunter – sie hatte sich schon auf der Matte niedergelassen – und registrierte, wie weiß ihr Körper im Mondlicht schimmerte, wie schwarz glänzend das Haar ihr auf die Schultern fiel, wie ihr Gesicht wegen der straff anliegenden feuchten Haare größer als sonst erschien, wie jene rührenden, an reife Äpfel erinnernden Wangen sich deutlicher zu runden schienen als sonst und wie das Weiß ihres Büstenhalters mit dem des Mondlichts verschmolz, während der rosa Slip jetzt noch verführerischer leuchtete. Die geheimnisvolle Verlockung, die von diesem Anblick ausging, ließ die eben noch gefühlte Distanz zwischen ihm und ihr schwinden, so dass er – mehr oder minder – in der Gattin des Divisionskommandeurs wieder jene Frau zu sehen begann, die sich ihm rückhaltlos wie eine Ehefrau hingegeben hatte: seine etliche Jahre ältere Große Schwester Liu. Erleichtert fragte er: »Soll ich mir auch etwas anziehen?«

»Nicht nötig.«

»Aber du …«

»Soll ich mich wieder ausziehen? Ich tu's, wenn du es willst.«

Das hatte er eigentlich sagen wollen, doch er sprach es nicht aus. Denn gerade mit diesem Slip und diesem Büstenhalter war sie im diffusen Licht dieser stillen Mondnacht so unbeschreiblich reizvoll, dass er völlig hingerissen war. Zumal sie auch noch jenen süßen Osmanthusblütenduft verströmte. Er nahm ihr gegenüber auf der Matte Platz und schlug die Beine übereinander wie ein kleiner Junge, damit sein Gemächt verdeckt war. Sie lächelte, als wäre sie wirklich seine ältere Schwester, nachsichtig, auch ein wenig traurig, und reichte ihm eine Handvoll Kekse. »Hier, iss ein bisschen. Jetzt bin doch ich es, die dich bedienen muss!«

Sie aßen und tranken schweigend in dem milchig-silbernen Licht, das der Mond über die Kaserne und diesen Gemüsegarten hinter Haus Nr. 1 ergoss. Das Zirpen der Grillen war verstummt, und in der plötzlichen Stille glaubten sie undeutlich zu hören, wie der schwankende Schatten des Pappelbaums neben ihnen raschelnd wie ein an den Hüften herabgleitender Seidenstoff kühl über ihre Körper strich.

Als sie mit ihrer Mahlzeit fertig waren, wischte sie die Krümel von der Matte, stellte die leeren Becher daneben zwischen die Kohlköpfe und blickte einen Moment zum Himmel auf. Schließlich sagte sie: »So ein heller Mond! Den Wievielten haben wir eigentlich?«

»Keine Ahnung. Wahrscheinlich schon Mitte des Monats.«

Sie streckte sich auf der Matte aus, so dass ihr Gesicht dem Mond zugewandt war, und sagte: »Xiao Wu, hast du Heimweh?«

Er setzte sich neben sie. Dann antwortete er, ganz untadeliger Soldat: »Ein Armeeangehöriger und Heimweh?«

Sie zog ihn zu sich herunter, damit auch er in den unermesslich weiten Himmel über ihnen blicken konnte.

»Du hast wirklich keine Sehnsucht nach deiner Frau und deinem Sohn?«, fragte sie.

Er zögerte einen Moment, dann zog er ihren Kopf an seine Brust. »Große Schwester«, sagte er, »mir kommt es vor, als ob du etwas auf dem Herzen hast.«

Da flüsterte sie: »Vielleicht bin ich schwanger.«

Er hatte ihre Worte wohl gehört, in diesem Moment aber noch nicht ihre Bedeutung (und erst recht nicht ihren tieferen Sinn) verstanden. Er stutzte und fragte: »Was hast du gesagt?«

War Liu Lian überrascht, dass er so ungerührt blieb? Oder scheute sie sich, ihre erschütternde Ankündigung noch einmal zu wiederholen? Sie warf ihm von der Seite her einen Blick zu, sagte aber nichts, sondern fuhr fort, angelegentlich den mondhellen Himmel und die ziehenden Wolken zu betrachten. Sie schien jedoch nicht verstimmt zu sein – im Gegenteil, aus ihrer Miene sprach eine für ihn schwer zu deutende Freude.

Rund um sie her setzte jetzt wieder das ohrenbetäubende Zirpen der Grillen ein, das so heftig auf die Kohlblätter herniederprasselte, dass sie sich wegzuducken schienen. Wie aus dem Nichts war ein schwacher Wind aufgekommen, der, gefangen in dem an drei Seiten von Mauern, an einer Seite von Bäumen umgebenen Garten, gemächlich auf der Stelle kreiste und Lauch, Stangenbohnen, Tomaten, Gurken und den noch nicht ganz ausgereiften Kohl sachte fächelte, so dass die Pflanzen unentschlossen die Köpfe zu wiegen schienen. Links neben den beiden befand sich das Tomatenbeet, wo die reifen Früchte, groß wie Auberginen und in der Dunkelheit schwarzrot schimmernd, am Rankgerüst hingen und ihren säuerlich-süßen Duft verströmten. Gleich daneben waren die Beete mit Zwiebeln und Lauch, die Wu während der vergangenen sieben Tage und sieben Nächte so schmählich vernachlässigt hatte. Ich muss die Zwiebeln und den Lauch schnellstens ernten, ging es ihm durch den Kopf, als er den intensiven Geruch wahrnahm, sonst sind sie ungenießbar.

Im selben Moment, da ihn der Zwiebelgeruch an seine Pflichten erinnerte, ging Wu Dawang schlagartig auf, was Liu Lian eben gesagt hatte. Er fuhr von der Matte hoch, so heftig, dass er Liu Lians weißen Büstenhalter um ein Haar heruntergestreift hätte.

»Große Schwester«, wiederholte er, »was hast du da eben gesagt?«

»Nichts.«

»Doch, du hast was gesagt. Du hast gesagt, du bist anscheinend schwanger.«

»Genau: anscheinend! Eigentlich sieht es gar nicht danach aus, Saures oder Scharfes – keinerlei Reaktion! Sonst habe ich allerdings jeden Monat um diese Zeit meine Tage; diesmal merke ich überhaupt nichts. Das Ausbleiben der Regel kann bedeuten, ich bin schwanger, aber vielleicht haben wir es auch nur zu wild getrieben. Zu oft. Könnte doch sein, dass die Regel sich ein paar Tage verspätet.«

Sie setzte sich auf und rutschte neben Wu Dawang, wechselte aber gleich darauf noch einmal ihre Position, so dass sie einander von ganz nahe in die Augen blickten und ihre Füße sich berührten. Wie ein mutwilliges Kind kitzelte sie mit dem großen Zeh seinen Spann, woraufhin er seinerseits mit seinem großen Zeh ihren wohlgepolsterten Fußrücken berührte. Die Alarmglocken, die eben noch geschrillt hatten, waren verstummt; jetzt waren sie wieder bereit für den Ausnahmezustand ihrer Liebe. Jedoch – als

Wus tiefes Glücksgefühl gerade zurückkehren wollte, stellte sie ihm eine noch kompliziertere praktische Frage.

Sie streckte sich von neuem auf der Matte aus und sagte: »Xiao Wu, leg dich hier neben mich. Ich will dich was fragen. Und du musst auf jeden Fall ehrlich antworten! Gerade wegen deiner Ehrlichkeit hat dich der Kommandeur ja zu seiner Ordonnanz gemacht.«

»Stell deine Frage, Große Schwester.«

»Leg dich erst hin.«

Er gehorchte. Angesichts ihrer Ruhe und Sachlichkeit war auch er nicht mehr so besorgt und ängstlich. Als er jetzt ihre weiche Schulter streifte, ging eine unmerkliche – physische und psychische – Veränderung in ihm vor. Er empfand die Berührung seiner harten Schulter mit ihrer kühlen, glatten Haut wie einen erfrischenden Wasserstrahl, und er roch den süßen Duft ihres Körperpuders, der ihn an den Geruch der gerade zu dieser Jahreszeit reifenden Zuckermelonen und Äpfel erinnerte. Seltsam, so lange hatte sie neben ihm gesessen oder gelegen, und doch hatte der Geruch nach Zwiebel diesen so vertrauten Duft, den er liebte, übertüncht! Vielleicht hatte inzwischen der Morgentau das Parfüm des Puders noch intensiver gemacht, indem er damit auch die Kohlblätter und die Ackerkrume imprägnierte, so dass nun alles um sie herum diesen betörenden Duft verströmte.

Er legte sich auf sie und flüsterte, fast beschwörend: »Große Schwester, ich will dich!«

»Lass mich bitte, ich muss erst etwas mit dir besprechen.«

Da wälzte er sich zur Seite und schmiegte wie ein trauriger kleiner Junge seinen Kopf an ihren weichen Busen, aber so, dass sein rechtes Ohr auf ihrer rechten Brustwarze zu liegen kam.

Sie schob seinen Kopf sanft auf ihren Bauch und sagte

liebevoll: »Xiao Wu, wenn ich wirklich schwanger bin – macht dir das Angst?«

»Nein.«

»Fürchtest du nicht, der Kommandeur erfährt alles?«

»Im Gegenteil! Er soll es ruhig erfahren.«

»Aber was würde dann mit dir?«

»Er kann mich schließlich nicht gleich erschießen lassen. Ich komme für ein paar Jahre ins Gefängnis, und wenn ich wieder draußen bin, heiraten wir.«

»Heiraten?«, fragte sie. »Wieso heiraten?«

»Wenn er es erfährt, wird er doch nichts mehr von dir wissen wollen. Und dann können wir beide heiraten.«

Ohne darauf einzugehen, ob der Divisionskommandeur sie weiter als seine Gattin behalten würde, wenn er von ihren Sexspielen erführe, oder ob sie dann nicht doch ihre gesellschaftliche Stellung und ihre Privilegien verlieren würde, griff Liu Lian seine letzten Worte auf und stellte ihm die alles entscheidende Frage: »Würdest du dich denn von deiner Frau scheiden lassen?«

»Ja. Meine einzige Bedingung ist, sie kann mit deiner Hilfe in die Stadt ziehen und bekommt eine Arbeit mit einem regelmäßigen Lohn, damit unser Sohn in der Stadt auf die Schule gehen kann.«

Sie setzte sich auf und sagte: »Und wenn das nicht klappt?«

Auch er hatte sich aufgesetzt. »Du schaffst das schon. Ich habe mich dazu verpflichtet, hab es sogar geschworen. Du schaffst das bestimmt!«

»Ich meine nur, was wäre, falls es doch nicht klappt?«

»Was heißt falls? Für dich ist das doch kein Problem! Du musst mir bloß helfen, sie hierher nachzuholen. Wenn sie auch Monatsbinden benutzen kann wie die Stadtfrauen, habe ich mein Versprechen eingelöst und brauche kein schlechtes Gewissen zu haben. Dann mache ich, was du willst – lasse mich scheiden, heirate dich. Oder heirate dich auch nicht, falls du findest, dass ich nicht zu dir passe – ich weiß ja, dass ich nicht zu dir passe, deswegen habe ich auch nie gewagt, an eine Heirat mit dir zu denken. Wenn du mich nicht heiraten, mich aber trotzdem nicht loswerden willst, lass ich mich auf alle Fälle scheiden und bleibe unverheiratet, auch meine geschiedene Frau würde ich dann nicht mehr besuchen. Und jedes Mal, wenn du mich brauchst, lässt du es mich einfach wissen, entweder mit der Tafel ›Dem Volke dienen!‹ oder mit einem Anruf. Dann werde ich sofort vor dir – vielmehr: neben deinem Bett – auftauchen.«

Er sah sie erwartungsvoll an wie ein Kind, das der Lehrerin gerade seine Hausaufgaben abgeliefert hat.

Auch sie hatte sich zu ihm umgewandt und musterte ihn prüfend, ob er ihr womöglich etwas vorspiele. Das Mondlicht, das auf sein Gesicht fiel, zeigte ihr, dass er es ernst meinte. Da berührte sie mit ihrer Stirn die seine, küsste ihn, löste ihren Büstenhalter, zog den Slip aus und drapierte beides über die Kohlköpfe neben der Matte. Sie blickte ernst und traurig auf seinen nackten Körper und sein Gesicht (das etwas feucht war).

Schließlich sagte sie eindringlich, als verkünde sie etwas Unabänderliches: »Xiao Wu, der Lehrgang des Kommandeurs ist früher zu Ende als geplant, er kommt schon morgen zurück. Dies ist unsere letzte gemeinsame Nacht. Du warst zwei Monate lang gut zu mir, hast mir treu gedient. Jetzt haben wir nicht mehr viel Zeit, es wird bald hell – ich will heute Nacht tun, was du willst. Mach mit mir, was du mit deiner Frau machen würdest, sag mir, was ich für dich tun soll. Lass mich dich in dieser Nacht verwöhnen, lass mich gut zu dir sein. Ich will dir jeden Wunsch erfüllen, damit du mich und meinen Körper dein Leben lang nicht vergisst.«

Das alles sagte sie in einem monotonen, ausdruckslosen Tonfall, der ihre Aufrichtigkeit und ihren Schmerz bemänteln sollte. Wu empfand ihn dennoch geradezu körperlich mit.

Der Mond war inzwischen weiter nach Osten gewandert (Wie weit – hundert Meter? Oder hundert Kilometer?), und die Kühle des Morgens senkte sich unmerklich auf den Gemüsegarten. Selbst auf Liu Lians rosigem Körper lag ein schwacher blassgrüner Schimmer. Von dem kühlen Wind hatte sie Gänsehaut an Schultern und Armen. Jetzt erst bemerkte Wu Dawang, wie kalt es geworden war. Die Kälte rührte freilich nur zum geringeren Teil von der frischen Morgenluft her; was ihn erschauern ließ, war vielmehr die Nachricht von der bevorstehenden Rückkehr des Divisionskommandeurs.

Liu Lian hatte sich neben ihm ausgestreckt, entspannt und gelöst und willfährig. Wu Dawang sah sie an, als betrachte er ein lebensgroßes Aktgemälde. Der mondbeschienene Gemüsegarten im Hintergrund, so lebensnah und echt er auch sein mochte, verschwamm vor seinen Augen, als hätte der Maler ihn absichtlich verwischt, um den liegenden Akt plastischer hervortreten zu lassen und die Poesie des Bildes zu verstärken. Wie Liu Lian dort im Halbdunkel lag, ging ihr Atem bereits schneller, vielleicht in Erwartung des nahenden Liebesgewitters, doch Wu blieb reglos neben ihr sitzen. Wie ein Kind, das Angst hat, im Gewühl von der Mutter getrennt zu werden, hielt er ihre Hand umklammert. Plötzlich kamen ihm die Tränen, er hätte selbst nicht sagen können, warum. Es war das erste Mal in diesem – gewiss nicht welterschütternden, mit Sicherheit jedoch nicht alltäglichen – Liebesdrama, dass er als Erster zu weinen begann. Selbstverständlich hatte er von Anfang an gewusst, wie das Stück enden würde, mit der Rückkehr des Divisionskommandeurs nämlich. Dann wäre alles ganz schnell zu Ende, und der Vorhang würde fallen. Dennoch traf ihn die Nachricht, dass das schon am nächsten Tag geschehen sollte, wie ein Blitz aus heiterem Himmel. Verständlich, dass er damit nicht so schnell fertig wurde.

»Hat denn der Kommandeur angerufen?«, fragte er.

»Du hast wohl hier im Garten das Klingeln gar nicht gehört?«

Er hatte das Telefon tatsächlich nicht gehört – warum sollte er auch? Viel wichtiger erschien ihm jetzt, dass er sich bisher überhaupt keine Gedanken darüber gemacht hatte, wie oft das Telefon während der Abwesenheit des Divisionskommandeurs geläutet, was Liu Lian mit ihrem Mann besprochen und wie sie ihm ihre Liebesaffäre verheimlicht hatte. Nichts fragen, nichts hören und nichts sagen, was mir nicht zukommt – diesem Motto hatte er sich stets verpflichtet gefühlt; und so stark war die Macht der Gewohnheit, dass er sich auch für diese Dinge, die ihn schließlich unmittelbar betrafen, nicht interessiert hatte. Was ihm in diesem ganzen großen Drama eine Gelassenheit verlieh, die ihm über viele beunruhigende Ängste und Bedenken hinweggeholfen hatte. Jetzt aber konnte er den Problemen nicht länger ausweichen. Er musste sich unbedingt noch vor der Ankunft des Kommandeurs entscheiden, wie es weitergehen sollte.

»Große Schwester, ich möchte nach Hause fahren«, sagte er.

»Wann?«

»Morgen. Ehe der Kommandeur zurück ist.«

Sie setzte sich auf, nahm ihn in die Arme und bettete ihren Kopf an seine Schulter. »Du hast wohl Angst?«, fragte sie. »Ich bin doch da! Ich richte alles so ein, dass es aussieht, als wäre überhaupt nichts passiert.« Während sie ihm beruhigend zuredete, überlegte sie es sich jedoch anders und fuhr fort, ehe er darauf reagiert hatte: »Aber gut – du kannst auch nach Hause fahren, deine Frau und deinen Sohn besuchen, das wäre vielleicht gar nicht schlecht. Bleib ruhig ein bisschen länger dort. Ich kümmere mich darum, dass du Urlaub bekommst. Am besten kommst du nicht wieder hierher, ehe deine Kompanie dir einen Brief oder ein Telegramm schickt.«

Sie blickten einander an. Dann sanken sie, eng aneinandergeschmiegt, auf die Strohmatte, ergaben sich in ein unerbittliches Schicksal, gegen das sie ohnehin nichts ausrichten konnten, was auch immer es mit ihnen vorhatte.

11 Wu Dawang fuhr auf Urlaub in sein Heimatdorf in West-Henan.

Während der anderthalb Monate, die er dort verbrachte, kam er sich vor wie im Gefängnis. Er hatte keine Ahnung, was nach der Rückkehr des Divsionskommandeurs aus Peking vorgefallen und wie es Liu Lian ergangen war. Ebenso wenig wusste er, wie sein Kompaniechef und der Instrukteur sowie seine Kameraden sein Verschwinden aufgenommen hatten, als sie von der Feldübung zurückkehrten.

Liu Lian hatte seine Reise perfekt organisiert. Als er um zehn Uhr früh auf dem Bahnhof eintraf, erwartete ihn schon, wie von ihr veranlasst, ein speziell mit der Beschaffung von Schlafwagenplätzen für ranghohe Offiziere betrauter Vertreter des Armee-Verbindungsbüros und drückte ihm ein Billett für ein Zweite-Klasse-Schlafwagenabteil in die Hand, damals eine ähnliche Rarität wie heute vielleicht bestimmte High-Tech-Geräte. Außerdem hielt er ihm einen Sonderpassierschein für Armeeangehörige erst unter die Nase und steckte ihn anschließend in einen Briefumschlag, den er Wu Dawang mit der eindringlichen Ermahnung übergab, ihn ja nicht zu verlieren. Am besten solle er ihn ständig bei sich führen, sogar wenn er auf die Toilette ginge.

Dann verschwand der hagere Offizier wieder in seinem Büro und ließ Wu Dawang allein in dem riesigen Wartesaal zurück. Das war der Moment, da er sich bewusst wurde, wie hilflos er jetzt, ganz allein auf sich gestellt, den Problemen des Lebens und der Liebe ausgeliefert war.

Unter dem Zwang der Konvention konnte Liu Lian ihn natürlich nicht zum Bahnhof begleiten, sondern brachte ihn nur bis zum Tor des Anwesens, vor dem ein von der Verwaltung geschickter Jeep auf ihn wartete. Bei ihrem Abschied im Wohnzimmer – der Fahrer des Jeeps hatte schon mehrmals ungeduldig gehupt – drückte sie ihm zwanzig nagelneue Zehn-Yuan-Scheine in die Hand. »Hier sind zweihundert Yuan«, sagte sie. »Davon kaufst du unterwegs zwei schöne Anzüge für deine Frau und Spielzeug und was zu naschen für deinen Sohn.«

Wu schüttelte den Kopf und gab ihr das Geld zurück. Da tat sie es in die lederne Aktentasche, die sie für ihn besorgt hatte.

Draußen hupte der Fahrer abermals.

Wu Dawang konnte die Tränen nicht länger zurückhalten. Liu Lian lächelte ihn an, so kläglich wie die kümmerlichen Blümchen, die auf den Felsen in seiner Heimat wuchsen. Er nahm ihre Hände in die seinen und sagte: »Große Schwester, werde ich dich denn noch einmal wiedersehen?«

Sie zog langsam ihre Hände zurück. »Du musst jetzt gehen«, flüsterte sie. »Der Fahrer wird ungeduldig.«

Da drehte er sich um und ging. Er wünschte sich sehr, dass sie ihn bis ans Auto brachte, doch was er sagte, war: »Bleib hier, du brauchst nicht mit hinauszukommen.« Das tat sie dann auch nicht, aber als der Jeep losfuhr, sah er gerade noch, dass sie vors Haus getreten war und, vor dem Weinspalier stehend, ihm hinterherwinkte, immer noch traurig lächelnd. Dieses Lächeln, jämmerlich und doch wunderschön wie gelbe Wucherblümchen, die schon vor der Wintersonnenwende verwelkt sind, prägte sich ihm unauslöschlich ein.

In jenem Moment ahnte er noch nicht, dass die Erinnerung an Liu Lians Lächeln ihn sein Leben lang begleiten würde. Doch schon von dem Augenblick an, da ihn im Wartesaal des Bahnhofs jene verzweiflungsvolle Verlassenheit überkam, war es dieses klägliche Lächeln, das ihn tröstete und ihn die nächsten sechs Wochen durchhalten ließ.

Die umwälzenden Ereignisse, die sich in der Kaserne während dieser Zeit abspielten, gingen an Wu Dawang in seinem Gebirgsdorf im abgelegenen West-Henan völlig vorüber. Es war nämlich so, dass die ruhmbedeckte Division, in der er fünf Jahre lang Dienst getan hatte, sang- und klanglos aus der Organisationsstruktur der Armee verschwand wie der sprichwörtliche Tropfen Wasser im Meer. Dass dadurch das Schicksal zahlloser Menschen verändert wurde und dass diese Veränderungen, Brüche und Verluste direkt oder indirekt auch etwas mit der Liebe zwischen ihm und Liu Lian zu tun hatten, wusste er damals noch nicht. Auch wäre es übertrieben, zu behaupten, diese Liebe hätte im Leben der Offiziere und Soldaten dieser Division unzählige Tragödien verursacht, doch können wir mit Fug und Recht feststellen, dass ohne das Liebesdrama zwischen Liu Lian und Wu Dawang das Leben vieler Personen einen anderen Verlauf genommen hätte und zu einem anderen Zeitpunkt, an einem anderen Ort und unter anderen Umständen zu Ende gegangen wäre. Wu ahnte nicht, dass während des von banger Sorge erfüllten Heimaturlaubs in seiner Einheit, der er sich auf tausendfache Weise verbunden fühlte, infolge seiner Geschichte eine genau geplante Verschwörung im Gange war, und zwar in Gestalt einer offenen und ehrlichen, rückhaltlosen, mutigen und gerechten kollektiven Amnesie.

Diese Verdrängungsaktion sollte zum Epilog oder, wenn man so will, zum Prolog einer noch zu schaffenden Sammlung von Geschichten aus dieser Kaserne werden.

Das Vergessen stand mithin im Zentrum der letzten Aufgabe, der sich die Division vor ihrem Verschwinden aus der Organisationsstruktur der Armee – das heißt vor ihrer Abschaffung – zu widmen hatte. Wu Dawang aber weilte in Gedanken voller Sehnsucht in seiner Kaserne wie ein Todkranker, der sich an das Leben klammert. Am direktesten äußerte sich seine verzehrende Nostalgie darin, dass er sein dörfliches Zuhause vor lauter innerer Unruhe kaum noch ertrug. Diese Ungeduld und Unruhe, in die seine Sehnsucht nach Liu Lian umgeschlagen war, ließen ihm jeden Tag im Dorf wie ein Jahr erscheinen. Nicht das langweilige und einsame Leben war daran schuld, vielmehr überkam ihn diese Unrast vor allem abends, nach Sonnenuntergang. Er konnte seiner Ehefrau nicht mehr wie früher gegenübertreten, und auch im Bett mit ihr war ihm jene Unbefangenheit, die sonst für bäuerliche Ehen so typisch ist, abhanden gekommen.

Ja, seine Ehefrau! Keine Frage, Zhao Ezi war nach wie vor seine Gattin. Allerdings hatten ihre Gefühlsarmut und Verschlossenheit, ihre Dummheit und ihr mitunter geradezu groteskes Verhalten schon von Anfang an ein harmonisches und erfülltes Sexualleben der beiden Eheleute erschwert. Nachdem Wu Dawang ihr sein Drei-Punkte-Versprechen gegeben und zugesagt hatte, sie in die Stadt nachzuholen, sobald er zum Offizier befördert worden sei, hatte sie sich immerhin bemüht, im Bett mit ihm Schritt zu halten, obwohl sie in Bezug auf Liebe und Sex erstaunlich desinteressiert und ungeschickt war und es fertigbrachte, auf dem Höhepunkt irgendwelche Dinge zu sagen oder zu tun, die anderen nie in den Sinn gekommen wären. Seit jenem ersten Beischlaf war zwar ihre Scheu vor derlei Aktivitäten keineswegs geschwunden – noch nie hatte sie ihrem Mann irgendwelche Avancen gemacht oder ihn gar um sexuelle Befriedigung gebeten –, doch wenn er »etwas von ihr wollte«, ging sie im Allgemeinen darauf ein und passte sich halbwegs auch ausgefalleneren Wünschen seinerseits an. Besonders seit Wu während seiner späteren Heimaturlaube von Fortschritten – Auszeichnungen, Prämien und dergleichen – berichten konnte und seine Beförderung immer näher zu rücken schien, hielt sie dem sexuellen Ansturm mit einem (tugendhaften!) Lächeln stand. Mehr noch, sie war sogar mit ganzer Seele dabei: Ihr Körper war die Belohnung dafür, dass er sich so anstrengte voranzukommen; sollte er sich ruhig hemmungslos bei ihr austoben wie ein richtiger Mann! Dann hätte er wenigstens genug Antrieb, um nach seiner Rückkehr zur Truppe weiter an seiner Karriere zu basteln.

Das auffälligste Zeichen für diesen Sinneswandel war eine weitere Veränderung an ihr. Nach dem Akt bedeckte sie sich nun nicht mehr, und war es heiß, legte sie ohne weiteres ihre Kleidung ab und ging nackt, die Brüste mit den Händen abstützend, im Haus hin und her, ohne sich von der Gegenwart ihres Mannes stören zu lassen. Wu Dawang hatte übrigens in all den Jahren seit ihrer Heirat insgesamt kaum mehr als zwei, drei Monate mit ihr zusammengelebt, etwa genauso lange also wie mit Liu Lian – allerdings war das ein Unterschied wie Tag und Nacht! Während die eine den Sex als Belohnung für eine von ihm zu erbringende Gegenleistung betrachtete, war er für die andere ein Gleichklang der Seelen ohne irgendwelche Hintergedanken dieser Art. Bei seiner Frau ging es eher um eine instinkthafte Handlung, bei Liu Lian war der Sex mit ihm eine Regression und Sublimierung lange unterdrückter Triebe, die plötzlich aus ihr hervorbrachen.

Jetzt aber war diese Sublimierung unversehens Vergangenheit. Nur noch die Erinnerung daran war ihm geblieben.

Dies war auch der Grund, warum er in den reichlich vier Wochen, die er schon zu Hause war, noch kein einziges Mal mit seiner Frau geschlafen hatte. Er spürte keinerlei fleischliche Begierden. Dabei war sie noch immer die schlichte, ungekünstelte Frau, die er geheiratet hatte, und wenn sie sich in Bezug auf Aussehen und geistigen Horizont auch nicht mit Liu Lian messen konnte, war sie immerhin um einiges jünger als jene und hatte als Frau viele Qualitäten, die Liu Lian – bei all ihren sonstigen Vorzügen – doch abgingen.

Zum Beispiel wäre es Ezi nie in den Sinn gekommen, Wu Dawang in die Küche zu schicken. Sie hätte es als schallende Ohrfeige empfunden, wenn ihr Mann für die Familie gekocht hätte. Dasselbe galt für Geschirrspülen und Wäschewaschen – die Nachbarn würden sie ja für eine faule Schlampe halten, falls sie ihn dabei ertappten!

Die Feldarbeit aber, die war jetzt seine Sache. Der Mais musste geerntet und das Maisstroh gebündelt werden, dann war das Pflügen an der Reihe, anschließend die Weizenaussaat, und schließlich musste Mist zum Düngen eimerweise mit dem Tragjoch aufs Feld geschleppt werden. All diese Arbeiten erledigte Wu Dawang, ohne zu murren; nachts jedoch kam er seinen Pflichten weniger gewissenhaft nach.

Der Weiler Wujiagou lag an einem Berghang der Balou-Kette, die zum Funiushan-Gebirge gehört. Nur zwei Dutzend Familien, insgesamt kaum mehr als hundert Personen, lebten dort. Natürlich bewirtschafteten sie die Felder der Produktionsbrigade gemeinsam, daneben aber hatte jede Familie noch ein Stück Land zur eigenen Nutzung urbar gemacht, zum Beispiel ein Fleckchen Brachland, wo Bohnen oder Sesam gesät, oder einen Streifen Schwemmland am Bach, wo ein paar Köpfe Kohl oder eine Reihe Rüben gezogen wurden. Auf reiche Ernten konnte man zwar nicht rechnen, aber immerhin war auf diese Weise für ein wenig Abwechslung in der Ernährung gesorgt.

So arbeitete Wu Dawang Tag für Tag mit den anderen auf dem Feld. Dabei erzählte er ihnen ein wenig von der großen weiten Welt außerhalb ihres Dorfes. Abends, wenn Frau und Kind längst schliefen, saß er oftmals, in sich gekehrt und stumm, bis tief in die Nacht hinein ganz allein im Hof vor dem Haus oder am Berghang und starrte ins Leere, in die Richtung, wo er seine Kaserne vermutete.

Einmal gab ihm seine Frau mitten in der Nacht einen Rippenstoß und fragte, was mit ihm los sei.

Er stellte sich dumm und entgegnete: »Was soll denn mit mir los sein?«

»Du denkst überhaupt nicht mehr an – na ja, daran! Weil du im letzten halben Jahr bei der Truppe nicht vorangekommen bist, stimmt's? Wenn du mich willst, kannst du mich trotzdem haben. Da strengst du dich eben in Zukunft ein bisschen mehr an.«

Es war das erste Mal, seitdem sie verheiratet waren, dass Ezi die Initiative ergriff, das erste Mal überhaupt, dass sie so etwas wie Liebe oder Verlangen erkennen ließ. Doch als sie auch jetzt wieder sein Fortkommen bei der Armee im gleichen Atemzug erwähnte, wurde ihm schlagartig klar, dass seine Sehnsucht nach Sex nicht anders genutzt wurde als die Hacke, mit der man den Boden lockert. Seine Liebe zu Ezi, ohnehin wegen Liu Lian schon auf dem Nullpunkt, kühlte noch um einige Grade ab.

Er rührte sie nicht an, streichelte sie nicht einmal, setzte sich vielmehr im Bett auf und sagte zerknirscht: »Ich habe ja einen Schwur geleistet, dass ich nicht mit dir schlafe, solange ich nicht befördert werde. Nun bin ich schon fünf Jahre Soldat und immer noch nicht Offizier …«

Mit diesem ach so edelmütigen Eingeständnis seines Versagens bemäntelte er seine fehlende Bereitschaft, ihre fleischlichen Begierden zu befriedigen, die sie ihm – wenn auch sehr zurückhaltend – kundgetan hatte. Dann stand er auf, ging in den Hof und starrte in die unermesslichen Weiten des nächtlichen Himmels.

Es war wieder Vollmond, und wieder hing die große Silberscheibe dort oben. Die anderen Leute im Dorf beachteten so etwas kaum, aber Wu Dawang kamen beim Anblick des Vollmonds immer alle möglichen krausen Gedanken. Jetzt war es Liu Lian, an die er dachte (was ihm ja eigentlich gar nicht mehr zustand); er kam sich sehr einsam vor. Er verließ das Dorf und stieg auf den Gipfel des Berges, um ungestört in den Mond zu schauen und seinen Erinnerungen nachzuhängen.

Gegen Morgen tauchte plötzlich seine Frau hinter ihm auf und rief seinen Namen: »Es wird gleich hell! Willst du nicht nach Hause kommen und ein bisschen schlafen?«

Im pathetischen Ton eines jener super-vorbildlichen Helden, wie sie damals landauf, landab die Bühnen bevölkerten, antwortete er: »Ach, weißt du, ich habe an die Kameraden in meiner Kompanie gedacht. Ich glaube, das Leben dort ist einfach sinnvoller als hier zu Hause.«

Dann ging er mit ihr heim.

Vier Wochen Urlaub, das ist eigentlich keine so lange Zeit, dennoch saß Wu Dawang wie auf Kohlen. Sein Zuhause kam ihm so fremd vor, als wäre er dort nur zu Besuch. Oft wanderte sein Blick zu dem Porträt des Vorsitzenden Mao, das an der Wand hing. Wie in Trance starrte er minutenlang darauf, und niemand hätte sagen können, was er dabei dachte. Als er bei einem Nachbarn auf dem Tisch eine Mao-Büste aus Gips erblickte, konnte er sich nicht enthalten, sie liebevoll zu streicheln, als wäre es das Gesicht eines schüchternen kleinen Mädchens. Manchmal traf er Kinder auf dem Weg zur Schule, in der Hand ihr Schulbuch – die »Worte des Vorsitzenden Mao« nämlich. Dann ließ er sich von einem das Buch geben und blätterte es gedankenvoll durch, ehe er es zurückgab – alles höchst merkwürdig!

Wenn der alte Postbote, der Briefe und Zeitungen aus dem viele Kilometer entfernten Marktflecken brachte, auf seinem Rad am Dorfeingang auftauchte, wartete Wu bereits ungeduldig an der Straße. Schon von weitem rief er ihm entgegen: »Hallo! Hast du einen Brief für mich?«

»Nein.«

»Auch kein Telegramm?«

Der Postbote, inzwischen bei ihm angekommen, antwortete: »Dann hätte ich es dir längst gebracht!«

Wu Dawang sah dem davonradelnden Mann hinterher. Plötzlich rannte er los und hielt das Rad am Gepäckträger fest, so dass der Postbote um ein Haar gestürzt wäre.

»Wirklich kein Brief und kein Telegramm?«, fragte er.

Der andere schrie ihn an: »Du hast wohl den Verstand verloren! Wieso bist du überhaupt zu Hause? Bei der Armee behandeln sie doch Verrückte wie dich kostenlos!«

Da gab Wu klein bei. Ärgerlich und enttäuscht verfolgte er das postblaue Fahrrad mit den Augen, bis es schließlich nur noch ein weißer Punkt war und sich im Sonnenglast des Spätherbstes verlor. Selbst dann noch blieb er bewegungslos am Dorfeingang stehen und starrte weiter wie hypnotisiert hinter dem verschwundenen Postboten her.

Zum Schluss wurde er so mürrisch und schweigsam, dass er vor und nach der Arbeit tagelang kein einziges

Wort mit seiner Frau und seinem Sohn wechselte. Eines Tages fiel ihm beim Ausmisten des Schweinestalls im Hof eine morsche Holztafel in die Hände, auf der die schwarzen Schriftzeichen »Dem Volke dienen!« gerade noch zu erkennen waren. Allerdings fehlten die Unterschrift »Mao Zedong« und auch die fünf Sterne, die Getreideähren und das Gewehr, denn die Tafel war durch jahrelange Feuchtigkeitseinwirkung fleckig ausgeblüht. Wu Dawang stellte sie auf das Mäuerchen, mit dem die Mistgrube eingefasst war, und jedes Mal, wenn er wieder eine Schaufel voll ausgehoben hatte, warf er einen Blick darauf. Als er dann den Mist aufs Feld brachte, hängte er die Tafel an sein Tragjoch. Und auch beim Pflügen und Säen steckte sie stets am Feldrain oder hing an einem Baumast, wenn er den Sohn mitnahm.

Einmal fiel sie herunter, und der anderthalbjährige Junge trat darauf. Da gab Wu ihm eine so heftige Ohrfeige, dass auf dem Gesicht des Kleinen fünf rote Striemen zu sehen waren. Damit war der Punkt erreicht, an dem seine Frau und die anderen Leute im Dorf das Gefühl hatten, es wäre verantwortungslos Wu und seiner Familie gegenüber, seine Launen weiter einfach so hinzunehmen. Wieder einmal musste der alte Leiter der Produktionsbrigade einschreiten. Er führte ein höchst inhaltsschweres Gespräch mit Wu Dawang.

Das war einen Monat und neun Tage nach Antritt seines Heimaturlaubs. Vorher hatte Wus Frau den Brigadeleiter – ihren »Onkel« (so die allgemein übliche höfliche Anrede für einen Mann seines Alters) – aufgesucht und ihm hochverlegen von der unerklärlichen Veränderung erzählt, die sie an ihrem Mann festgestellt hatte. Sie hatte ihm berichtet, Wu sei seit Urlaubsbeginn nicht nur kein einziges Mal mit ihr zusammen gewesen, sondern habe sie nicht einmal berührt oder gestreichelt. Seit jedoch die Tafel mit der Aufschrift »Dem Volke dienen!« aufgetaucht sei, habe er sie jeden Abend am Kopfende des Bettes aufgestellt und mit ihr geschlafen, aber nicht, wie es sich für normale Menschen gehört, sondern wie … – wie ein Tier!

Der Brigadeleiter, ein Mann von über sechzig Jahren, konnte sich anscheinend vorstellen, was sie mit diesen Andeutungen meinte, und fand, dies sei ein so delikates moralisch-ethisches Problem, dass sein Einschreiten dringend geboten war. Noch am selben Tag suchte er Wu auf und kam ohne Umschweife sogleich zur Sache. Zwei Dinge waren es, die er zur Sprache brachte: »Dein Urlaub muss doch jetzt vorbei sein. Wieso fährst du nicht zu deiner Einheit zurück? Ich kenne mich nämlich ein bisschen aus, es gibt nie mehr als einen Monat Heimaturlaub bei der Armee. Du aber bist jetzt schon länger als vier Wochen zu Hause. Hast du was ausgefressen? Haben sie dich etwa rausgeschmissen?«

Als Wu nichts sagte, fuhr er fort: »Dawang, wenn sie dich nicht rausgeworfen haben, solltest du schnellstens zurückfahren. Und noch etwas: Wenn du krank sein solltest, bist du dort besser aufgehoben. Hier gibt's ja keinen Arzt und keine Medizin, außerdem hättest du gar nicht das Geld dafür. So, wie es jetzt läuft, schadest du nicht nur dir selbst, sondern auch deiner Frau und deinem Sohn.«

Das Gespräch fand im Hof bei Wu Dawang statt. Er und seine Familie wohnten in drei alten Strohhütten, in einer vierten war die Küche untergebracht. Gerade war er dabei, einen Energiespar-Kohleherd zu bauen, wie er es bei der Armee gelernt hatte. Den konnte man hauptsächlich mit Holz beheizen, was Kohle und Geld sparen würde. Der Lehm, den er für den Herd brauchte, lag schon im Hof bereit, und zuoberst auf dem Haufen steckte die Tafel mit dem Schriftzug »Dem Volke dienen!«. Um seinen Worten zusätzlichen Nachdruck zu verleihen und Wu eindeutig zu verstehen zu geben, was er aus Schicklichkeitsgründen nicht ausgesprochen hatte, versetzte der alte Brigadeleiter, als er sich zum Gehen wandte, jener morschen Holztafel einen Fußtritt, so dass sie in hohem Bogen davonflog und in tausend Stücke zerbrach.

Die Trümmer der Tafel bedeckten den Hof wie lauter welke Blätter. Von den hehren Worten »Dem Volke dienen!« war mal hier ein Bruchstück, mal dort ein Fragment zu erkennen, als handelte es sich um die Reste eines schon vor Jahrtausenden verrotteten Sarges.

Am nächsten Tag erschien der Vater von Zhao Ezi, jener alte Volkskommune-Buchhalter. Die Enttäuschung und Wut darüber, dass es ihm nicht geglückt war, wenigstens einem seiner Kinder die Zuzugsgenehmigung für die Stadt zu verschaffen, und dass ihm das in seinem fortgeschrittenen Alter – ohne irgendwelche Aufstiegschancen trotz seiner jahrelangen Tätigkeit für die Volkskommune – auch nicht mehr gelingen würde, waren von seinem merklich gealterten Gesicht deutlich abzulesen. Er verschmähte den Hocker, den Wu für ihn herbeigeholt hatte, trank auch nicht das Wasser, das seine Tochter ihm anbot, sondern baute sich im Hof vor seinem Schwiegersohn auf, fixierte ihn lange Zeit schweigend und sagte schließlich etwas äußerst Schwerwiegendes: »Ich muss wirklich blind gewesen sein, als ich dir meine Tochter zur Frau gegeben habe.«

Sprach's, zog aus einem Briefumschlag jene ordentlich gefaltete, wohlerhaltene Verpflichtung heraus und hielt sie Wu unter die Nase. Er schlug mit der flachen Hand auf die Unterschrift und stopfte sie dann Wu in die Hand. Anschließend verließ er zornbebend den Ort des Geschehens, um sich, zurück in der Kommune-Leitung, weiter mit seinen Verpflegungsrechnungen zu beschäftigen.

Die Verpflichtungserklärung trudelte vor Wu Dawangs

Füßen in den Sand, der eine ähnlich fahlgelbe Farbe hatte wie sein Gesicht in diesem Augenblick.

Am nächsten Tag packte Wu seine Sachen und kehrte zur Truppe zurück.

12 Zwei Tage und eine Nacht war Wu Dawang unterwegs. Die lange Reise per Bus und Bahn (und ein Stück weit auch auf einem klapprigen Traktor) hatte ihn eigentlich nicht sehr ermüdet, doch je mehr er sich der Kaserne näherte, desto stärker wurde sein Herzklopfen. Ohne ersichtlichen Grund war er schweißüberströmt, wie ein Taschendieb, der sich freiwillig der Polizei stellt.

Dem äußeren Anschein nach sah es in der Kaserne aus wie eh und je, als wäre nichts vorgefallen. Doch unter der glatten Oberfläche brodelte es, nur war Wu Dawang sich noch nicht bewusst, dass sich seine Division in einer beispiellosen Krise befand, als er sich mit seinem Gepäck der Kaserne näherte. Sein Gepäck, das waren jene schicke Aktentasche, die ihm Liu Lian beim Abschied geschenkt hatte, und eine unterwegs gekaufte Reisetasche aus rotem Kunstleder. In der Aktentasche hatte er seine Uniform verstaut, so sorgfältig gefaltet, als handelte es sich wirklich um Akten, und die Reisetasche war gefüllt mit allerlei Spezialitäten aus der Heimat: Walnüssen, Sonnenblumenkernen, Erdnüssen und auch einer Tüte Pinienkerne. Pinienkerne gab es in seinem Dorf nicht, aber Liu Lian knabberte sie gern, wenn sie Gieper hatte. Deshalb hatte er unterwegs in der alten Hauptstadt von West-Henan eigens ein paar Pfund der öligen, rötlich schimmernden

Kerne für sie gekauft, eine geringe Gabe zwar – er hatte nicht einmal zwanzig Yuan dafür ausgegeben –, doch immerhin ein Zeichen seiner Zuneigung.

Die Strahlen der goldenen Herbstsonne, die durch das schon welkende Laub der Straßenbäume drangen, blendeten ihn. Immer wieder musste er sich die zusammengekniffenen Augen reiben. Wu kannte den Posten am Haupttor der Kaserne nicht, doch als der anhand seiner Reisetasche und des ledernen Aktenköfferchens in ihm einen Heimkehrer aus dem Urlaub identifizierte, nahm er scherzhaft Haltung an und salutierte vor ihm. »Ich grüße dich, Kamerad!«, rief er laut und vernehmlich.

Der überraschte Wu konnte den Gruß nur mit einem Kopfnicken erwidern, weil er keine Hand frei hatte. Entschuldigend hielt er das Gepäck hoch, um zu erklären, warum er nicht salutierte.

Der Soldat meinte nur lächelnd: »Kein Problem!« Dann sagte er etwas für Wu Dawang höchst Erstaunliches: »Du kommst aus dem Urlaub, was? Warum bist du nicht gleich dageblieben? Deine Sachen hätten sie dir doch nachschicken können.«

Als hätte der Posten ihm eine unlösbare Mathematikaufgabe gestellt, starrte Wu den Mann entgeistert an. Anscheinend war ihm seine Verwirrung anzusehen, denn der Posten lächelte fröhlich, aber auch irgendwie geheimnisvoll. »Ja, weißt du denn nicht, was hier in unserer Division vor sich geht?«, fragte er. »Na, ist auch besser für dich. Da stößt's dir nicht gleich auf, als hättest du 'ne Fliege verschluckt.«

Wu hatte es die Sprache verschlagen. Schließlich raffte er sich zusammen und fragte: »Was ist denn eigentlich los?«

»Geh in deine Kompanie, da erfährst du alles!«

»Komm schon, sag mir, was passiert ist.«

»Erkundige dich bei deiner Kompanie!«, wiederholte der Posten.

Da setzte Wu Dawang sich nolens volens in Bewegung.

Kehrte eine Ordonnanz aus dem Heimaturlaub zurück, hatte sie sich als Erstes bei dem jeweiligen Vorgesetzten zu Hause zurückzumelden und die mitgebrachten Geschenke für ihn und seine Angehörigen abzuliefern, so wollte es die Gewohnheit. Erst danach ging es zurück in die Kompanie. Wu Dawang jedoch tat dies nicht. Mit zitternden Knien, wie man sich vorstellen kann, ging er an Haus Nr. 1 vorbei und warf nur einen scheuen Blick auf die Fenster des Schlafzimmers im Oberstock, wo ein paar Spatzen lustig auf der Fensterleibung herumhüpften. Das zeigte ihm, dass Liu Lian sicher nicht hinter der Scheibe stand und ausgerechnet in diesem Augenblick das Fenster öffnen würde. Vielleicht hielt sie sich auch gar nicht in jenem Zimmer auf. Und überhaupt – sie konnte ja nicht wissen, dass er zurück war! Bei seiner Abreise hatte sie ihn immer wieder ermahnt, den Urlaub ohne eine entsprechende Aufforderung unter keinen Umständen abzubrechen.

Jetzt war er dennoch gekommen.

In banger Sorge suchte er zuerst die Leitung seiner Kompanie auf.

Als er an der Kaserne anlangte, fuhr gerade ein Lastkraftwagen an ihr vorbei, ein Fahrzeug der Schwesterdivision. Auf der Ladefläche saßen auf zwei langen Bänken Soldaten in voller Montur, dazwischen waren ihre Tornister gestapelt. Ihre Gesichter hatten einen schicksalsergebenen, ernsten Ausdruck, als wären sie in einer höchst unangenehmen Mission unterwegs, die sie gleichwohl nicht ablehnen konnten. An der Bordwand auf der Wu zugewandten Seite des Lastwagens war ein Spruchband aus rotem Tuch mit einem Slogan befestigt, den er überhaupt nicht verstand:

»Alles Land unter dem Himmel ist mein Zuhause, mein Zuhause ist alles Land unter dem Himmel.«

Der Lkw fuhr im Schritttempo, aber vor dem Gebäude der Wachkompanie schaltete der Fahrer plötzlich in einen höheren Gang und beschleunigte auf das Tempo eines Radfahrers. Im selben Moment wurden vom Wagen zwei Schnapsflaschen wie Handgranaten gegen die Umfassungsmauer aus roten Ziegelsteinen geschleudert. Sie explodierten mit ohrenbetäubendem Knall. Gleich darauf riefen die Soldaten auf dem Wagen irgendwelche hasserfüllten Beschimpfungen, und dann fuhr der Wagen weiter.

Wu Dawang stand wie versteinert da.

Als hätte er vorausgesehen, was passieren würde, kam der Melder der Kompanie mit Besen und Kehrschaufel aus der Kaserne und fegte rasch die Scherben zusammen.

Wu rief ihn schon von weitem an.

Der Mann musste es gehört haben, hatte sich sogar nach ihm umgedreht, doch verschwand er in der Kaserne, ohne zu reagieren. Wu stand vor einem Rätsel. Während er noch darüber nachsann, was hinter alldem steckte, erschien der Instrukteur auf der Bildfläche. Wer weiß, warum er herausgekommen war. Er sah Wu Dawang sofort, eilte auf ihn zu und rief: »Gruppenführer Wu, ich habe dir doch gar keine Nachricht geschickt, dass du zurückkommen sollst. Wieso bist du jetzt plötzlich da?«

Dann zog er ihn ins Haus. Im Schlafsaal goss er ihm heißes Wasser ein, nötigte ihn zum Sitzen, füllte am Wasserhahn eigenhändig eine Waschschüssel für ihn und kramte sogar sein kostbares Stück Toilettenseife Marke »Schanghai« – eigentlich viel zu schade, um benutzt zu werden – heraus, damit Wu sich nach der beschwerlichen Reise säubern konnte. Angesichts dieser ungewohnten Fürsorglichkeit ließ Wus Panik von eben allmählich nach, und sein Puls hämmerte nicht mehr so rasend. Der Instrukteur wollte wissen, ob er eine gute Reise gehabt habe, und als er hörte, dass Wu Dawang noch nicht zu Mittag gegessen hatte, schickte er den Melder sogleich in die Küche, damit man schnell eine Portion gebratene Nudeln mit Ei für ihn zubereite.

Während Wu seine Nudeln aß, erzählte ihm der Instrukteur in allen Einzelheiten, was während seiner Abwesenheit geschehen war: Erstens habe die Gattin des Divisionskommandeurs persönlich die Leitung der Kompanie informiert, dass Wu aus dringenden familiären Gründen einen mehrwöchigen Urlaub brauche. Angesichts dieser besonderen Umstände habe die Leitung zugestimmt, ihn bis auf weiteres zu beurlauben, sofern nicht irgendwelche außergewöhnlichen Umstände seine Rückkehr zur Kompanie erforderten.

Zweitens habe der Divisionskommandeur auf dem von der Militärkommission des Zentralkomitees der Partei einberufenen Pekinger Symposium für hochrangige Offiziere – dabei ging es um die weitere Erhöhung der Kampfkraft der Armee und die Verbesserung der Verwaltung, vulgo *die Befestigung unserer Großen Mauer* – von sich aus dringend darum gebeten, eine schwierige Aufgabe übertragen zu bekommen, von der alle anderen lieber die Finger ließen: ein Pilotprojekt »Straffung der militärischen Strukturen«. Konkret bedeute dies, die Division sollte auf Wunsch ihres eigenen Kommandeurs in allernächster Zeit aufgelöst werden und aus der Organisationsstruktur der Volksbefreiungsarmee ein für alle Mal verschwinden.

Drittens handele es sich um eine umfassende Reorganisation, die die Verlegung einiger Bataillone und Kompanien und die Aufhebung bestimmter Regimenter mit sich bringen würde. Daher seien sämtliche Versetzungsbefehle und Beförderungslisten in der gesamten Division außer Kraft gesetzt worden. Die für Beförderungen zuständigen Dienststellen hätten bereits alle anhängigen Vorgänge auf Eis gelegt. Auch die ursprüngliche Absicht, Wu zum Offizier zu machen, sei damit wie eine Seifenblase zerplatzt. Unter Berücksichtigung der Tatsache, dass er ein Mustersoldat sei und zudem für seine Tätigkeit als Ordonnanz des Divisionskommandeurs von dessen Gattin Liu Lian in den höchsten Tönen gelobt worden sei, habe der Kommandeur die zuständigen Stellen angewiesen, in seinem Fall eine Ausnahme zu machen. Man werde ihm eine Tätigkeit in einer der altehrwürdigen Großstädte seiner Heimatprovinz zuweisen und zugleich veranlassen, dass auch seine Frau und sein Kind die Zuzugsgenehmigung bekämen. Seiner Frau würde nicht nur gestattet, mit behördlicher Erlaubnis vom Dorf in die Stadt umzusiedeln, sondern ihr würde darüber hinaus ein angemessener Arbeitsplatz vermittelt.

Viertens bestehe jetzt, da die Umstrukturierung der Truppe bereits begonnen habe, die Möglichkeit, die diesjährigen Entlassungskandidaten vorfristig nach Hause zu schicken, so auch ihn, Wu Dawang. Im Übrigen sei während seiner Abwesenheit die Ordonnanz des Divisionskommandeurs mehrmals ausgewechselt worden. Obwohl die betreffenden Soldaten sich alle Mühe gegeben hätten, den Anforderungen zu genügen, hätten sie immer wieder den Unwillen des Kommandeurs erregt. Ohne Liu Lians Fürsprache wäre die Fluktuation zweifellos noch größer gewesen. Sie habe die Bitte geäußert, Wu Dawang möge nicht mehr auf seinen Posten im Hause des Kommandeurs zurückkehren, am besten überhaupt nicht mehr dort erscheinen, falls nicht irgendwelche besonderen Umstände vorlägen. Auf diese Weise würde vermieden, den Divisionskommandeur unnötig zu reizen, denn diesen lasse der Anblick einer Ordonnanz unerklärlicherweise stets in Wut geraten.

Bei den Worten des Instrukteurs fiel Wu Dawang ein Stein vom Herzen, und die bange Sorge, die seit seiner Rückkehr in die Kaserne auf ihm lastete, löste sich in Wohlgefallen auf. Offenbar hatte sich seine Affäre mit Liu Lian doch nicht herumgesprochen, und niemand ahnte, welch großes Geheimnis sie und er in ihren Herzen verbargen.

Die nicht alltägliche Liebesgeschichte von Wu Dawang und Liu Lian sollte anscheinend mit der Reorganisation der Truppe und Wus dadurch verursachtem Abschied von dieser Kaserne ein Ende haben. Schade eigentlich, und auch ein wenig ärgerlich. Aber wenn man es recht bedenkt, wird man feststellen, dass das menschliche Leben – das Leben eines jeden von uns – aus nichts als einer Abfolge aller nur erdenklichen Wechselfälle besteht. Das ist so und wird immer so sein. Ein solches Zusammentreffen nicht vorhersehbarer Zufälle ist nicht nur ein wesentliches Merkmal vieler der Geschichten, die in den traditionellen chinesischen Opern erzählt werden – es ist sozusagen auch das Knochenmark im Skelett dieser Liebesgeschichte.

Als der Instrukteur ihn über diese vier Punkte informiert hatte, fiel Wu Dawang ein Stein vom Herzen. Er kam sich vor wie jemand, der mit Zittern und Zagen einen Einbruch verübt, aber nichts erbeutet hat, und dann auf dem Rückweg plötzlich über einen Goldbarren stolpert. Nach den Aufregungen der letzten Zeit fand er nun seine Gelassenheit wieder und konnte sich in aller Ruhe mit Gegenwart und Zukunft auseinandersetzen. Nur leider hielt diese Unaufgeregtheit nicht lange an, denn schon bald beunruhigten ihn neue, nicht weniger drängende Fragen.

Er weilte nun schon einen halben Tag wieder bei seiner Kompanie, doch den Kompaniechef hatte er merkwürdigerweise noch nicht zu Gesicht bekommen. Ihm war bekannt, dass dieser mit dem Divisionskommandeur und Liu Lian vertrauter war als der Instrukteur, weil er dem Kommandeur ebenfalls einmal als Ordonnanz gedient hatte. Als dieser sich seinerzeit von seiner ersten Frau trennte, hatte der jetzige Kompaniechef bei ihm den Dienst am Volke verrichtet. Gerade wegen dieser besonderen Beziehung lag Wu Dawang sehr viel an einer Unterredung mit dem Kompaniechef, von der er sich nähere Informationen und Hinweise erhoffte. Wie ein Mörder, der einerseits so tut, als wüsste er von nichts, andererseits aber darauf brennt, zu erfahren, was die Leute sich über seine Missetat erzählen, erklärte er nach dem nachmittäglichen Polit-Unterricht, er müsse den Kompaniechef sehen, um ihm etwas Wichtiges mitzuteilen. Der Instrukteur überlegte einen Moment, dann befahl er dem Melder, Wu bei der Suche nach dem Chef zu begleiten.

Es war ganz offensichtlich, dass der Instrukteur genau wusste, wo der Kompaniechef war und was er dort trieb, obwohl er das Gegenteil behauptete und den Melder mit Wu auf die Suche schickte.

Der junge Rekrut brachte Wu zu einem Haus ganz hinten im südlichen Teil des weitläufigen Kasernengeländes, in dem die Offiziere des Dritten Bataillons des Zweiten Regiments untergebracht waren. Vor dem Gebäude erstreckte sich ein ausgedehntes Paulownia-Wäldchen. Der Boden war bedeckt von einer dicken Schicht gelber Blätter, selbst vor dem Eingang zur Bataillonskommandostelle – ein herber, seltsam trauriger Anblick. Inmitten dieser unwirtlichen Szenerie bewachte ein Posten das Haus. Der Soldat, ein kleiner, dicker Mann, machte einen gutmütigen Eindruck. Dennoch wollte er Wu und seinen Begleiter partout nicht einlassen und sagte, die Offiziere hätten strikte Anweisung gegeben, niemanden vorzulassen. Sie sollten an der Tür warten, während er Bericht erstatte und nachsehe, ob der Chef der Wachkompanie sich im Hause aufhalte. Mit diesen Worten ging er hinein und schloss die Tür hinter sich.

Nachdem Wu mit dem Melder draußen eine kleine Ewigkeit auf seine Rückkehr gewartet hatte, trat er – inzwischen doch ein wenig ungeduldig – an ein offenstehendes Fenster. Der Anblick, der sich ihm bot, war erschütternd. Seine Affäre mit Liu Lian, fuhr es ihm durch den Kopf, war wohl doch mehr als eine ganz normale Sex- und Liebesbeziehung gewesen. Durch das Fenster sah er nämlich in das Büro des Kommandeurs des Dritten Bataillons, und zwar genau auf dessen Schreibtisch. Der war mit abgegessenen Tellern und Schüsseln übersät, dazwischen mehrere umgekippte Flaschen des scharfen Schnapses, der in dieser Gegend hergestellt wurde, und kreuz und quer verstreut fünf oder sechs Paar knallrote Essstäbchen, einige auch auf dem Fußboden. Offensichtlich hatte das Gelage schon mittags begonnen, denn die im Raum versammelten Offiziere waren mittlerweile allesamt sturzbetrunken, einige sogar jenseits von Gut und Böse. Die ganze Szene wirkte wie eine Kabarettnummer, mit der im Agitproptheater die Offiziere einer geschlagenen Armee vorgeführt werden: Sie besaufen sich hemmungslos, weil ja eh schon alles egal ist.

Der schockierte Wu erkannte unter den Anwesenden neben dem Bataillonskommandeur und seinem eigenen Kompaniechef noch den stellvertretenden Kommandeur und den Politinstrukteur des Dritten Bataillons sowie einen Stabsoffizier aus dem Hauptquartier. All diese betrunkenen Offiziere waren weder Landsleute aus der gleichen Provinz noch Kriegskameraden oder Arbeitskollegen. Etwas anderes hatte sie hier zusammengeführt: Alle waren irgendwann einmal Ordonnanz oder Leibwächter beim Divisionskommandeur gewesen oder aber Melder, als jener noch Bataillonskommandeur beziehungsweise Kompaniechef war. Wu Dawang war dies freilich nicht bekannt. Ihm war es ein Rätsel, wieso diese Offiziere mit einem Mal ihre hehren Prinzipien über Bord geworfen, sich der Fesseln ihres politischen Bewusstseins, ihrer Vernunft und ihrer Disziplin samt Uniform entledigt hatten, um nun, sternhagelvoll und derangiert, wie sie waren, das Bild des Soldaten in den Schmutz zu ziehen. Der stellvertretende Regimentskommandeur lag schnarchend auf dem Bett des Bataillonskommandeurs, und jener Stabsoffizier saß auf den Dielen, an das Fußende des Betts gelehnt, und weinte und lachte abwechselnd. Der Kommandeur des Dritten Bataillons selbst hockte unter dem Tisch, ohrfeigte sich mit beiden Händen und beschimpfte sich dabei unablässig selbst: »Ich w-werd's dir schon z-zeigen! Erzählst hier so'n – so'n Quatsch! Ich w-werd's dir schon z-zeigen!« Nur Wu Dawangs Kompaniechef und der Politinstrukteur des Zweiten Bataillons des Dritten Regiments waren noch klar im Kopf. Beide redeten auf den Bataillonskommandeur ein, er solle sich nicht jetzt schon unnötig Sorgen machen, dafür sei es doch wirklich zu früh. »Welche Einheiten bleiben und welche aufgelöst werden«, sagten sie, »das weiß doch jetzt noch kein Mensch!« Der Bataillonskommandeur aber lachte nur schallend und grölte: »Und ob man d-das w-weiß!«

In diesem Moment drehte sich der Kompaniechef zufällig zum Fenster und sah Wu Dawang. Er erstarrte, sein Gesicht wurde aschgrau. Nach einem schnellen Blick auf die über das ganze Zimmer verteilten Schnapsleichen ließ er den Bataillonskommandeur Bataillonskommandeur sein, eilte nach draußen und riss Wu vom Fenster weg. Er stellte ihn zur Rede: »Ich habe dich nicht zurückbeordert. Wieso bist du jetzt da?«

»Ich war doch anderthalb Monate zu Hause …«

»Warst du beim Kommandeur?«

»Noch nicht.«

Der Kompaniechef atmete erleichtert auf, rannte ins Haus zurück und rief irgendetwas ins Zimmer hinein. Dann kam er wieder heraus und lief rasch in Richtung seiner Kaserne, Wu Dawang und den Melder im Schlepptau. Unterwegs war er äußerst schweigsam, ganz im Gegensatz zu dem Instrukteur, der Wu ja recht ausführlich über die Lage informiert hatte. Der Kompaniechef sagte nur einen einzigen Satz zu Wu: »Was du heute gesehen und gehört hast, darf niemand erfahren. Wenn das der Divsionskommandeur zu Ohren kriegt, gibt's einen ganz großen Knall!«

Wu Dawang hatte seit seiner Rückkehr das Gefühl, als hätte er es mit einem Knoten in einem wirren Knäuel Hanfgarn zu tun: tausend lose Fadenenden, aber keins, an dem er ziehen konnte, um den Knoten zu lösen. Vereinfachung der Verwaltung, Reorganisation der Truppe – das waren Angelegenheiten von derart großer Tragweite, dass ein kleiner Soldat wie er sich selbstverständlich keinen Vers darauf machen konnte. Im Grunde beschäftigte ihn ohnehin nur eins, und das war seine Liebe zu Liu Lian, dazu die Früchte dieser Liebe, die er schon sehr bald ernten würde – seine Rückkehr ins Zivilleben, die Zuweisung einer Arbeitsstelle in der Stadt und die Genehmigung, Frau und Kind dorthin nachzuholen.

So einfach stellte sich das alles für Wu Dawang dar, nachdem er in die Kaserne zurückgekehrt war. Wirklich überraschend für ihn war, dass seine Affäre nicht tragisch endete – worauf er sich innerlich schon eingestellt hatte –, sondern sogar einen über Erwarten positiven Abschluss finden sollte. Weil er zur Unzeit wieder in der Kaserne aufgetaucht war, beschleunigte nämlich die Leitung seine

Entlassung, so dass er, gänzlich unerwartet, bereits nach einer Woche seine neue Arbeitsstelle hatte und auch alle Formalitäten für die Übersiedelung seiner Familie in die Stadt geregelt waren. Und zwar völlig ohne sein Dazutun. Selbst bei den Eintragungen in die Formulare, die er eigenhändig ausfüllen musste, halfen ihm seine Vorgesetzten, meist aber brauchte er nur einfach seine Unterschrift zu geben.

Alles geschah so rasend schnell, dass Wu gar nicht zur Besinnung kam und sich ein wenig überfahren fühlte. Während dieser Zeit kümmerte er sich herzlich wenig um die aktuelle Umstrukturierung und damit verbundene Angelegenheiten, als da waren *Verbesserung der Finanzverwaltung des Staates und der Lebenshaltung der Bevölkerung, Befestigung unserer Großen Mauer, Erhöhung der Kampfkraft unserer Armee* und so weiter und so fort. Tagsüber machte er sich aufs Neue vertraut mit der Kaserne, die ihm nach seiner mehrwöchigen Abwesenheit ziemlich fremd vorkam, traf sich mit Kameraden aus der Heimat und wusch seine Bettwäsche und Kleidung. Nachts versuchte er, seine Gefühle wieder in die Reihe zu bringen und die Gedanken an Liu Lian, dieses unbestimmte Sehnen und Verlangen, in so etwas wie eine flüchtige »Romanze« – so nannte man das daheim im Dorf – umzumünzen, um mit Hilfe dieser kitschigen Bezeichnung die für ihn jetzt unerfüllbar gewordene Sehnsucht zurückzudrängen.

Er hatte mittlerweile das undeutliche Gefühl, der gesamte Ablauf dieser Liebesgeschichte sei von Anfang an einem vorher festgelegten Plan gefolgt. Ihm kam es vor, als wären Beginn und Ende wie in einem Theaterstück von einem Regisseur inszeniert worden, während seine eigene Rolle sich darin erschöpfte, höchstens ab und zu einmal eine Andeutung seiner wahren Empfindungen nach außen dringen zu lassen und sich ansonsten dem

Regiekonzept unterzuordnen. Gut, die Liebe zwischen Liu Lian und ihm war passé, aber dass diese Liebe nicht so ganz rein und unschuldig gewesen war, wollte er nicht zugeben. Mochte es auch Selbstbetrug sein, das wunderschöne Märchen seiner Liebe sollte ihm keiner nehmen! Gerade weil es eine so glückhafte Erfahrung für ihn war, weigerte er sich, seine Geschichte in irgendeinen Zusammenhang mit den Vorgängen um ihn herum zu stellen.

Obwohl die Umstrukturierung durch eine Arbeitsgruppe des Militärbezirks unter Leitung des Korpskommandeurs persönlich längst auf den Weg gebracht worden war, konnte er nicht glauben, dass der Divisionskommandeur diese Kampagne zur »Vereinfachung der Verwaltung und Erhöhung der Kampfkraft der Truppe« dazu genutzt haben sollte, aus freien Stücken selbst dafür zu sorgen, dass die ihm unterstellte Division mit all ihren Regimentern, Bataillonen, Kompanien, Zügen und Gruppen bis hin zum letzten Soldaten wie welke Blätter im Herbst in alle Winde zerstreut würde. Er verschloss einfach seine Augen vor den Tatsachen – inzwischen hatten ja bereits drei Bataillone und vier Regimenter den Marschbefehl erhalten und waren mit Lastkraftwagen über Hunderte Kilometer zu Brudereinheiten in der entlegenen Grenzregion transportiert worden, wo vor allem ethnische Minderheiten lebten. Dabei hatte ihm das, was er selbst in den letzten zwei Tagen in der Kaserne als Beobachter von dieser Reorganisation mitbekam, den Ernst der Lage deutlich vor Augen geführt. Er hatte mit angesehen, wie die von dem Versetzungsbefehl betroffenen Truppen und ihre Offiziere schweren Herzens zu ihren Abschiedsessen zusammenkamen. Vom Alkohol benebelt, hatten manche in einem unbeobachteten Moment die Fensterscheiben ihrer Kasernen, die sie so lange vor Wind und Wetter geschützt hatten, eingeschlagen. Auch viele von den

Übungsgeräten, die ihnen jahrzehntelang treue Dienste geleistet hatten, wurden zertrümmert. Zuletzt, beim Abmarsch aus der Kaserne, lagen sie einander weinend in den Armen, als wäre dies ein Abschied für immer.

Es half aber alles nichts, sie mussten fort.

Zuerst das Erste Regiment.

Dann das Erste Bataillon des Zweiten Regiments.

Als Nächste die dem Divisionskommandeur direkt unterstellte Maschinengewehrschützenkompanie.

Die Kaserne der MG-Schützen war der der Wachkompanie benachbart. Am Vortag hatte Wu Dawang unauffällig nachmittags dort vorbeigeschaut. Zu diesem Zeitpunkt war die Kompanie, die während des Befreiungskrieges als Kollektiv zweimal mit höchsten Auszeichnungen geehrt worden war, bereits auf fünf Lastkraftwagen der Marke »Befreiung« zum Verladebahnhof gebracht worden. Zurückgelassen hatten die Soldaten in der Kaserne nur Müll und Trümmer, ein Chaos ganz ähnlich dem, das Liu Lian und er zwei Monate zuvor in der Villa des Divisionskommandeurs angerichtet hatten. Mit einem Unterschied: In ihrem Fall wurzelte diese Zerstörungswut in einer wenn auch wahnwitzigen, so doch echten Liebe, im Falle der Kompanie jedoch in der Frustration über die einschneidenden Veränderungen und die plötzliche Wende in ihrem Schicksal. Überall lagen die hölzernen Übungsgewehre herum, und der neue Bezug des zurückgelassenen Pferdes war aufgeschlitzt worden, so dass die weiße Füllung wie aus einem aufgerissenen Mund herausquoll. Am Schwarzen Brett, wo sonst die neuesten Verlautbarungen der Leitung und der Partei ausgehängt waren, sprang ein ebenso drastisches wie ehrliches Graffito ins Auge: »Ihr verdammten Mutterficker, ich will hier nicht weg!«

Auf den Papierstreifen, mit dem die Tür zum Schlafsaal

versiegelt war, hatte jemand mit roter Tinte einen Spottvers – die verballhornte Version des Lieds vom Großen Steuermann – gekritzelt:

»Das Meer zu durchpflügen, braucht man
des Steuermanns ruhige Hand.
Die braucht er auch selber beim Schiffen
zu Wasser oder an Land.
Soldaten benutzen ihr Händchen
zum Abspritzen, das ist bekannt.«

Der Autor dieser Knittelverse hatte sein Werk sogar – höchst vielsagend! – gezeichnet: »Na, so was!«

Wu Dawang war lange vor der Kaserne der MG-Schützenkompanie stehen geblieben, während die untergehende Sonne unmerklich alles ringsumher in blutiges Rot tauchte. Eine unerklärliche Untergangsstimmung erfasste ihn. Ihm war zum Weinen zumute, doch die Tränen wollten ihm nicht kommen. Schlagartig wurde ihm klar, dass es nicht der Schmerz über die Umstrukturierung der Truppe war, der ihn so traurig machte, sondern etwas ganz anderes: das strikte Verbot des Kompaniechefs und des Instrukteurs, zum Haus des Divisionskommandeurs zu gehen und Liu Lian aufzusuchen.

Er ließ die Kaserne der MG-Schützen hinter sich und kehrte zu seiner eigenen Kaserne zurück. Unterwegs stieß er auf den Verwaltungsleiter, der von ihm eine Unterschrift auf einem Formular über die Zuweisung seines zukünftigen Arbeitsplatzes brauchte.

Als das erledigt war, klopfte er Wu auf die Schulter und sagte mit geheimnisvollem Lächeln: »Gruppenführer Wu, du hast wirklich Glück, dass du bei Liu Lian so einen Stein im Brett hast! Niemand in der ganzen Division hat es so gut getroffen wie du.«

Damit ließ er Wu stehen und verschwand mit dem unterschriebenen Formular. Wu blieb lange dort am Wegrand stehen, versäumte sogar das Abendessen, weil er immer noch über die Worte des Verwaltungsleiters und dessen sauersüßes Lächeln grübeln musste.

Nach dem Zapfenstreich, als alle Offiziere und Soldaten allmählich ins Reich der Träume hinüberdämmerten, lag Wu als Einziger noch wach auf seiner Pritsche an der Ostwand des Schlafsaals seiner Gruppe und dachte über die Ereignisse der letzten Stunden nach. Merkwürdig! Tagsüber gelang es ihm ohne weiteres, die Auflösung der Division und seine Affäre mit Liu Lian gedanklich zu trennen, des Nachts jedoch brachte er beides unbewusst immer wieder in Verbindung. Er hatte dann mit einem Mal den Verdacht, er sei zum Narren gehalten worden, und fühlte sich irgendwie in seiner – ohnehin nicht allzu ausgeprägten – Selbstachtung verletzt. Gleich darauf dachte er aber an die Tage und Nächte mit Liu Lian, an all ihre Vorzüge und an ihre Liebe. (War es mütterliche oder schwesterliche Liebe, oder die Liebe einer Vorgesetzten oder sogar einer Gattin? Egal!) Der bloße Gedanke daran überdeckte sofort wieder das Gefühl der Demütigung, das er eben noch empfunden hatte, und vor seinem inneren Auge hatte er ihren verlockenden, wunderschönen, aufreizenden Körper, ihre hell schimmernde Haut und ihr unsagbar bezauberndes, verführerisches Antlitz. Während er sich auf seinem Bett wälzte und an die verrückte, wundervolle Zeit mit ihr dachte, beschlich ihn unwillkürlich Wehmut: War all dies wirklich unwiederbringlich vorbei und vergangen? Plötzlich ergriff ihn die unnennbare Sehnsucht mit solcher Gewalt, dass er kaum an sich halten konnte. Bei dem Gedanken an sein kurzes Glück mit Liu Lian, ihren umwerfenden Sex und ihre überwältigende Liebe erschien ihm auf einmal alles andere unwichtig. Sein Leben und sein Schicksal, die Entlassung aus der Armee und der Arbeitsplatz in der Stadt, die in greifbare Nähe gerückte Erfüllung des Traums seiner Frau, aus ihrem Elendsnest wegziehen und den ersehnten Status einer Städterin erhalten zu können – alles nicht der Rede wert! Wenn er sie nur noch einmal wiedersehen könnte! Dann würde diese übermächtige Erregung wie ein Tornado sofort aufs Neue von seinem ganzen Körper Besitz ergreifen. Die tragischen Vorgänge um ihn herum – Umstrukturierung, Auflösung, Abschied – waren für den Augenblick aus seinem Kopf und aus seiner Seele vollständig verschwunden. Sein ganzes Denken und Fühlen war bestimmt von dem übermächtigen Verlangen, Liu Lian wiederzusehen.

Um Mitternacht stand Wu Dawang heimlich auf, zog mit klopfendem Herzen seine Uniform an und machte sich leise auf den Weg zum Haus des Divisionskommandeurs. Er hatte jedoch kaum die Kaserne verlassen, da hörte er hinter sich jemanden brüllen: »Bist du lebensmüde!?«

Wu Dawang blieb wie angewurzelt stehen.

Es war sein Kompaniechef, der da gebrüllt hatte. Er befand sich, wie ein Schatten, ein paar Schritte hinter ihm. Wu fragte sich, ob er auf dem Rückweg von irgendwoher zufällig auf ihn gestoßen oder aber ihm hinterhergegangen war, weil er ihn womöglich schon länger überwacht hatte. Er selbst stand im Dunkeln unter einem Baum am Wegrand, während auf den Kompaniechef das Licht einer Straßenlaterne fiel. Sein Gesicht war wutverzerrt.

Nachdem sie einander einen Moment fixiert hatten, brüllte der Kompaniechef: »Ab ins Haus!«

Da ging Wu gehorsam neben ihm her in Richtung Kaserne, während sein Vorgesetzter leise, doch immer noch zornbebend, dabei auch ein bisschen wie ein älterer Bruder, auf ihn einredete: »Was bildest du dir eigentlich ein – du bist ein Bauer! Und sie? Die Frau des Divisionskommandeurs! Sei bloß froh, dass er dich nicht bestraft! Lässt deine Familie in die Stadt kommen, verschafft dir 'ne Arbeit – Menschenskind, Wu Dawang, was willst du denn noch!?«

Wu blieb stehen.

Der Kompaniechef sagte: »Geh jetzt schlafen. Ich bin der Einzige, der Bescheid weiß, sonst keiner.«

Aber Wu stand weiter stumm da und sah den Kompaniechef unverwandt an.

Der fuhr fort: »Du hast wohl vergessen, dass ich beim Divisionskommandeur Ordonnanz war, als der noch Stellvertreter war. Glaubst du vielleicht, du weißt als Einziger, warum seine erste Frau lieber einen Arbeiter geheiratet hat, als das schöne Leben mit dem Kommandeur zu genießen?«

Er hielt einen Moment inne, dann fuhr er fort: »Jetzt hör mir mal gut zu, Wu Dawang! In den nächsten Tagen wird bekanntgegeben, welche Bataillone, Regimenter und Kompanien unserer Division aufgelöst und nach Hause geschickt und welche mit anderen Einheiten zusammengelegt werden, aber im Moment weiß noch keiner etwas Genaues. Da sind in der ganzen Kaserne alle mit den Nerven fertig – bloß du gibst dich mit solchen Kinkerlitzchen ab! Findest du nicht selbst, dass das ein ganz schlechtes Licht auf dein politisches Bewusstsein wirft? Ich verstehe einfach nicht, warum der Kommandeur dich damals zu seiner Ordonnanz gemacht hat und was Liu Lian an einem so stupiden Soldaten wie dir findet!«

Wu Dawang stand wie benommen vor seinem Kompaniechef. Er musste an das Saufgelage der ehemaligen Ordonnanzen im Büro des Kommandeurs des Dritten Bataillons denken, dessen unfreiwilliger Zeuge er drei Tage zuvor gewesen war. Den Blick auf den Kompaniechef gerichtet, fragte er: »Wird die Wachkompanie auch aufgelöst?«

»Vielleicht nicht. Aber wenn du jetzt zum Divisionskommandeur gehst, könnte es sehr wohl doch sein!«

Schweigend senkte Wu den Kopf und schlich in die Kaserne.

Von da an setzte er keinen Fuß mehr vor die Tür, sondern verschlief ganze Tage auf seiner Pritsche im Schlafsaal. Man hätte denken können, er sei tot. Diese traurige Zeit dauerte zum Glück nicht lange. Am Mittag des dritten Tages erhielt Wu offiziell die Nachricht über seine Entlassung aus der Armee. Der Instrukteur überbrachte sie ihm zusammen mit dem Kompaniechef, unmittelbar nachdem sie in der Kompanie eingegangen war.

»Wu Dawang«, sagte der Instrukteur, »jetzt ist dein Ausstand fällig! Die Leitung hat deine Arbeit und den Zuzug für deine Familie geregelt. Rate mal, wohin sie dich schicken – du wirst in der größten Fabrik der Stadt arbeiten, im Traktorenwerk ›Der Osten ist rot!‹ Dein Werkdirektor, der hat mehr zu sagen als der Chef der Provinzregierung und der Korpskommandeur zusammen!«

Der Kompaniechef schaltete sich ein: »Das mit dem Ausstand vergessen wir mal. Wenn du jetzt entlassen wirst, hast du noch genug Ausgaben, da sparst du besser das Geld. Sieh lieber zu, dass du schnell deine Sachen packst, du sollst dich nämlich schon übermorgen vor Ort melden. Das bedeutet, du setzt dich heute Abend auf die Bahn, damit du morgen dort bist.«

Damit war das Gespräch beendet, wenn es denn überhaupt so genannt werden konnte, kurz und knapp und auf das Notwendigste beschränkt, wie es war. Anschließend halfen die beiden Wu beim Packen.

Ohne dass er auch nur die geringste Ahnung davon gehabt hatte, war seine Entlassung von der Leitung auf das

Sorgfältigste geplant worden; jetzt brauchte der Plan nur noch zügig in die Tat umgesetzt zu werden. Selbst an Bindfaden zum Verschnüren der Kartons, Kisten und Bündel, in denen er sein Gepäck verstaute, hatte man gedacht. So überstürzt diese Abreise zunächst erscheinen mochte – alles war bis ins kleinste Detail minutiös geregelt.

Eine halbe Stunde nach Mitternacht sollte Wus Zug gehen. Deshalb bekam er zum Abendessen ein paar Extragerichte, und hinterher wurde in aller Eile sogar noch eine Abschiedsparty für ihn angesetzt, an der die ganze Kompanie – über hundert Mann – teilnahm.

Das Fest fand im Speisesaal statt. Die Soldaten und Offiziere, alle in Uniform, saßen ordentlich aufgereiht auf ihren Hockern, sangen gemeinsam ein paar Lieder und rezitierten im Chor diverse »Worte des Vorsitzenden Mao«. Anschließend gab der Instrukteur bekannt, dass Wu Dawang vorfristig ins Zivilleben entlassen würde. Die Nachricht schlug ein wie eine Bombe. Dann verlas der Verwaltungsleiter, der persönlich zu Wus Verabschiedung erschienen war, eine selbst dem Kompaniechef und dem Instrukteur zuvor nicht bekannte Mitteilung über die Verleihung der Auszeichnung für besondere Verdienste dritter Klasse an Wu Dawang. Darin wurden Wus hohes politisch-ideologisches Bewusstsein und seine untadelige Moral gelobt und hervorgehoben, dass er ein vorbildlicher Aktivist beim Studium der Werke des Vorsitzenden Mao sei. Darüber hinaus wurde betont, bei ihm seien Wort und Tat eins. Er habe sich stets bemüht, nach dem Motto »Mit ganzem Herzen und ganzer Kraft dem Volke dienen!« zu leben und sei dafür als Einziger in der gesamten Division mit dem Ehrentitel »Vorbild beim Dienst am Volke« ausgezeichnet worden. Eben dies – die hingebungsvolle Bereitschaft, dem Volke zu dienen – sei auch der Grund, warum die örtlichen Zivilbehörden, die eigens zu diesem Zweck angereist wären, Wu Dawang für eine Arbeit in ihrer Stadt auserkoren hätten.

Abschließend riefen sowohl der Verwaltungsleiter als auch der Instrukteur alle Offiziere und Soldaten der Kompanie auf, vom Genossen Wu Dawang zu lernen. »Nur wenn ihr mit ganzem Herzen und ganzer Kraft dem Volke dient«, sagten sie, »wird das Volk euch in dankbarer Erinnerung behalten; nur so wird auch euch, wie Wu Dawang, die ganze Fürsorge und Hilfe der Leitung zuteil werden; nur so wird auch für euer weiteres Leben gesorgt und euch ein Arbeitsplatz zugewiesen, an dem ihr eure Ideale umsetzen und euch für die Sache des Sozialismus einsetzen könnt, wie jetzt Wu Dawang einen solchen Arbeitsplatz bekommt und ausnahmsweise vorfristig ins Zivilleben entlassen wird.«

Den ganzen Abend lang sagte Wu kein einziges Wort. Selbst als er vortrat, um seine Verdienstmedaille entgegenzunehmen, wirkte er eher gefasst und schicksalsergeben als erfreut. Der Instrukteur forderte ihn mehrmals zum Reden auf, aber er entgegnete, er habe nichts zu sagen. Anstelle einer Dankesrede verbeugte er sich schließlich tief vor den Kameraden und salutierte vor dem Verwaltungsleiter und dem Instrukteur als Vertretern der Leitung.

Damit war die Verabschiedung beendet.

Wu Dawang ging zurück in den Schlafsaal. Dort war der Kompaniechef gerade dabei, die Gepäckaufkleber für die Bahnfracht anzubringen. Als er Wu erblickte, klebte er den letzten Aufkleber auf einen Karton, dann sagte er mit einem bitteren Lächeln zu ihm: »Du bist nicht der Einzige, der weggeht. Auch ich werde ins Zivilleben zurückkehren. Übrigens nicht nur ich – alle Offiziere, die mal beim Divisionskommandeur Ordonnanz gewesen sind, müssen gehen. Und zwar ausschließlich deshalb, weil wir den Grundsatz, nichts zu sagen, was uns nicht zukommt, nicht beachtet haben und untereinander zu viel über die erste Gattin des Kommandeurs und über Liu Lian getratscht haben – keine Ahnung, wie er davon Wind bekommen hat.«

Wu staunte: »Bloß deswegen?«

Der Kompaniechef lächelte. »Genau weiß ich es nicht, aber ich vermute es.«

Tief in Gedanken stand Wu Dawang lange schweigend vor seinem Kompaniechef.

Als er die Kaserne verließ, war der Mond gerade aufgegangen. Er wusste nicht, welcher Tag im Mondkalender dies war, jedenfalls hatte er wieder das Gefühl, die Mondsichel, die dort oben am Himmel hing, könnte jeden Moment herunterfallen.

Wieder fuhr er mit dem Jeep der Verwaltung zum Bahnhof, aber ehe es losging, kamen noch einmal alle Offiziere und Soldaten vors Haus, um ihn endgültig zu verabschieden. Er gab allen die Hand und tauschte letzte Abschiedsworte mit den Kameraden, von denen die meisten ihn ausdrücklich beglückwünschten. »Gruppenführer«, sagte nicht nur einer zu ihm, »du kannst ganz beruhigt sein – solange unsere Kompanie nicht aufgelöst wird, werden wir uns bemühen, von dir zu lernen und ebenso vorbildlich wie du dem Volke zu dienen!« Wu Dawang sagte dazu gar nichts, drückte dem Betreffenden nur fest die Hand und verabschiedete sich schleunigst von dem nächsten Kameraden. Als er endlich alle Hände geschüttelt hatte, stieg er in den Jeep.

Er hatte sich fest vorgenommen, die Fassung nicht zu verlieren, aber im letzten Moment, als der Wagen sich schon in Bewegung gesetzt hatte, war der Abschiedsschmerz doch stärker als seine Vorsätze, und er weinte bitterlich.

13

Für Wu Dawang war alles gut ausgegangen, so gut, dass sogar der Verwaltungsleiter der Division im vertrauten Gespräch mit dem Kompaniechef und dem Instrukteur der Wachkompanie seinen Neid nicht verhehlen konnte.

Niedergeschlagen sagte er: »Bei Wu Dawang ist die Entlassung aus der Armee ja glatt über die Bühne gegangen, jetzt geht's aber um mich selber! Ich bin ja noch nicht vierzig, und man hatte mir fest zugesagt, dass ich Regimentskommandeur werde, nun habe ich inzwischen läuten gehört, ich soll in einen zivilen Beruf überwechseln. Das ist das Letzte, was ich möchte – ich will weiter in der Armee bleiben! Ich gehe wohl am besten ins Büro des Divisionskommandeurs und bitte ihn, dass er mir diesen Gefallen tut.«

Er sah die beiden traurig an; ein wenig erstaunt erwiderten sie seinen Blick.

Nach einem Moment des Schweigens lachte er auf und sagte: »Tja, jetzt ist sich jeder selbst der Nächste! Und nun bringt ihr beiden Wu Dawang mal allein zum Zug. Ich bleibe lieber hier.«

Als Wu und seine zwei Begleiter dann aufbrachen, verschwand der Verwaltungsleiter nach einem letzten Blick hinter dem davonfahrenden Auto her geradewegs in seinem Büro, während der Jeep wie ein Schnellboot, das vom Kai ablegt, mit aufgeblendeten Schweinwerfern in Richtung des Haupttores durch die dunkle Herbstnacht raste. Am Himmel über dem Kasernengelände stand schon der zunehmende Mond, in dessen fahlem Licht die Bäume kahl und traurig aussahen. Keine Nachtigall sang, keine Grille zirpte in der nächtlichen Stille. Der Zapfenstreich war längst vorbei, und in allen Kompanien herrschte eine so vorbildliche Ruhe, als wollten die Soldaten sich auf diese Weise noch ein letztes Mal bei den Offizieren lieb Kind machen, damit vielleicht doch nicht ihre eigene, sondern eine andere Kompanie aufgelöst würde.

Nur sehr wenige ahnten, dass hier, in dieser Kaserne, zu dieser Stunde, eine höchst ungewöhnliche Geschichte zu Ende ging. Zwar wussten die Hauptpersonen dieser Geschichte und diejenigen, die davon zumindest eine vage Vorstellung hatten – wie Wu Dawangs Kompaniechef und Instrukteur –, dass sie sich ihrem Abschluss näherte, doch auch sie rechneten nicht damit, dass auf das Fallen des Vorhangs über diesem Schauspiel noch ein Epilog folgen würde, mit dem sozusagen ein Hundeschwanz an das Zobelfell angeflickt wurde, eine stumme Koda, durch die das Ende der Geschichte einen noch schmerzlicheren, tragischeren und bittereren Nachgeschmack bei den Beteiligten hinterließ.

Während der Jeep die nur notdürftig beleuchtete Straße durch das Kasernengelände entlangfuhr, mit seinen Scheinwerfern die vom schummrigen Schein der Straßenlaternen kaum aufgehellte Dunkelheit durchschnitt und einen Gebäudeblock nach dem anderen hinter sich ließ, verschwanden die Straßenbäume und Strommasten rechts und links im Dunkel, als wären sie von den Autoscheinwerfern abgemäht worden. Wu Dawang saß hinten links, ihm gegenüber der Kompaniechef und der Instrukteur. Anfangs äußerten sie noch ein paar Belanglosigkeiten – »Sieh mal nach, ob du auch deine Fahrkarte hast!«, »Wenn wir auf der Hauptstraße sind, müssen wir noch einen Zahn zulegen, die Abfertigung am Gepäckschalter dauert immer besonders lange« –, dann verstummten auch sie. Der Abschiedsschmerz lastete schwer auf allen. Sogar als sie am Villenkomplex der leitenden Offiziere vorbeifuhren, kam weder von Wu noch von den beiden anderen ein einziges Wort – sie schauten nicht einmal hin. Der Jeep hatte Haus Nr. 1 schon hinter sich gelassen, da ging plötzlich das Licht im Oberstock an, im Schlafzimmer von Liu Lian. Jetzt, das Haupttor schon fast in Sichtweite, gleich würde alles endgültig vorbei sein, brach beim Anblick dieses erleuchteten Fensters in Wu Dawang der Damm, der seine so lange unterdrückte Gemütsbewegung zurückgestaut hatte. Sein fahles, betont ausdrucksloses Gesicht war auf einmal flammend rot, die Augen funkelten, und die eben noch resigniert geschürzten Lippen waren plötzlich ein entschlossener schmaler Strich. Er blickte zu dem hellen Fenster zurück, einmal und noch einmal, dann –

»Halt!«, rief er.

Der Fahrer bremste den Jeep mitten auf der Straße. »Was ist denn los?«

Ohne zu antworten, holte Wu Dawang etwas aus seinem Gepäck, sprang aus dem Auto und lief in Richtung Haus Nr. 1 die Straße zurück.

Der Instrukteur und der Kompaniechef wussten natürlich, wohin er wollte und was er vorhatte. Letzterer schrie hinter ihm her: »Wu Dawang, bleib stehen!«

Wu tat nichts dergleichen, verlangsamte aber den Schritt.

Der Kompaniechef rief: »Wenn du Nr. 1 betrittst, wird es dir schlecht bekommen! Denk ja nicht, weil du die

Uniform ausgezogen hast, kannst du dir das erlauben! Deine Akte geht erst morgen raus!«

Da blieb Wu stehen.

Der Instrukteur schaltete sich ein. Mit einem nachsichtigen Lächeln sagte er: »Der Divisionskommandeur ist in seinem Büro. Es ist nicht mehr als recht und billig, dass Wu Dawang sich verabschieden möchte. Lassen wir ihn doch!«

Der Kompaniechef hüllte sich in Schweigen. Da sprang der Instrukteur vom Wagen und begleitete Wu zum Haus des Kommandeurs.

Die Entfernung vom Tor des Divisionshauptquartiers zum Tor in der Mauer um die Offiziersvillen betrug vielleicht zweihundert Meter. Und weil die Lampen an diesem Straßenabschnitt bedeutend heller waren als die an der quer durch das Kasernengelände verlaufenden Straße, konnte man erkennen, dass Wus Gesicht blass und verärgert war. (Weil der Kompaniechef ihn eben angeschrien hatte? Oder wegen Liu Lians verkorkster Liebe? Schwer zu sagen.) Neben Wu hergehend, unterzog ihn der Instrukteur einfühlsam und so beruhigend wie sanfter Frühlingsregen ein letztes Mal seiner bewährten ideologischen Bearbeitung.

Leise redete er auf ihn ein: »In den Versammlungen, da habe ich oft genug groß herumgetönt und viele leere Schlagworte und Floskeln von mir gegeben, aber heute, wo du uns verlässt, Wu Dawang, da will ich einmal ganz ehrlich, sozusagen von Mann zu Mann, mit dir reden. Du kannst es drehen und wenden, wie du willst – das höchste Ziel des Menschen ist ein einigermaßen gutes Leben, und das gilt auch für uns Armeeangehörige. Wer aus einer Arbeiterfamilie kommt, der möchte zum Funktionär aufsteigen, der Sohn eines kleinen Funktionärs will wenigstens ein mittlerer, möglichst aber ein hoher Kader werden, und jeder Bauernsohn sieht selbstverständlich zu, dass er selbst und seine Angehörigen in die Stadt übersiedeln können. Solche Ziele passen vielleicht nicht zu dem Ideal eines sich selbstlos für das Allgemeinwohl einsetzenden Revolutionären Kämpfers, sind aber Realität – ich bin da ganz ehrlich, schließlich sollen wir ja ›die Wahrheit in den Tatsachen suchen‹ … Für den Einzelnen sind diese Ziele keineswegs zu hoch gegriffen, dennoch muss man zu ihrer Erreichung mitunter seine ganze Energie einsetzen. Du weißt ja selbst, Xiao Wu, dass die Auflösung der Division beschlossene Sache ist. Es heißt, nur wenige werden übrig bleiben, die meisten werden nach Hause zurückgeschickt. Wie auch immer, in dieser Situation haben achtzig Prozent der Offiziere unserer Division keine Chance mehr, ihre jeweiligen Ziele zu realisieren, du aber wirst in ein paar Tagen alles erreicht haben, was du dir vorgenommen hast! Allein deshalb solltest du jetzt beim Divisionskommandeur nicht aus der Rolle fallen und bei Liu Lian einen guten Eindruck hinterlassen. Man weiß ja nie, was noch kommt – vielleicht hast du irgendwann in ein paar Jahren mal ein Problem und bist auf die Hilfe des Kommandeurs und seiner Frau angewiesen.«

Von Wu Dawang kam keine Reaktion.

»Sag mal«, fragte der Instrukteur, »hörst du mir überhaupt zu?«

»Klar höre ich zu. Keine Sorge, ich werde mich schon anständig benehmen.«

Damit waren sie bei den Offiziersvillen angelangt.

Der Posten vor dem Tor salutierte, und die beiden erwiderten den Gruß. Dann standen sie auch schon vor Haus Nr. 1. In den Kasernen der einzelnen Kompanien war das Licht zur vorgeschriebenen Stunde längst gelöscht worden, und alles schlief (oder tat zumindest so), hier im Wohnbereich der hohen Offiziere jedoch galt diese Vorschrift nicht. Die Häuser waren noch hell erleuchtet, und von irgendwoher wehten Musikfetzen aus einem Radio zu ihnen herüber. Als Wu mit seinem Begleiter vor dem nur allzu vertrauten Tor des Anwesens stand, sah er mit einem Blick, dass an dem Weinstock noch viele eingerollte gelbe Blätter hingen. Blasses Mondlicht, das durch das Spaliergitter fiel, malte ein unregelmäßiges Muster aus hellen Flecken auf die Erde vor dem Haus, wie lauter Fetzen von weißer Seide. Die Trauben waren natürlich längst geerntet, aber von dem Spalier ging selbst jetzt noch ein süß-säuerlicher Geruch aus, den Wu gierig einsog. Als er die – unverschlossene – kleine Tür in dem großen Stahltor aufstoßen wollte, fiel der Instrukteur ihm in den Arm.

»Xiao Wu«, sagte er, »ich möchte dich um einen Gefallen bitten.«

Im hellen Mondlicht konnte Wu von dem Gesichtsausdruck des Instrukteurs ablesen, wie peinlich ihm seine Bitte war.

»Worum geht es denn?«

»Du musst mir helfen!«

»Ich? Wie denn?«

»Nur du kannst das erreichen.«

»Ich werde mein Bestes tun.«

Der Instrukteur sagte: »Ich habe ja gemerkt, du hast ein besonders gutes Verhältnis zu Liu Lian. Wenn du jetzt gehst, könntest du vielleicht zum Schluss ein gutes Wort für mich einlegen, damit sie mit dem Kommandeur redet? Ich habe nämlich heute gehört, die Leitung hat beschlossen, mich ins Zivilleben zurückzuschicken. Liu Lian könnte eventuell zu ihrem Mann sagen, ich hätte mir niemals etwas zuschulden kommen lassen und sei Jahr für Jahr als Muster-Instrukteur für meine hervorragende politisch-ideologische Arbeit ausgezeichnet worden. Eine

Beförderung oder die Versetzung in eine Behörde, so etwas verlange ich gar nicht, mir würde es schon reichen, wenn ich noch ein, zwei Jahre hier in der Armee weitermachen könnte. Wenn die Wachkompanie tatsächlich aufgelöst wird, könnten sie mich ja in eine andere Kompanie versetzen. Nächstes Jahr habe ich fünfzehn Jahre voll, da könnte meine Frau zu mir ziehen, auch wenn ich es nicht bis zum Bataillonsoffizier schaffe. Unter uns gesagt: Mein Schwiegervater – er ist Chef der Waffenmiliz in der Volkskommune – hat mich seine Tochter nur heiraten lassen, weil er gedacht hat, ich würde sie irgendwann mal zu mir nachholen und ihr eine Arbeitsstelle verschaffen können, gerade deshalb hat er mich zu den Soldaten geschickt. Ich habe vor der Hochzeit sogar eine schriftliche Verpflichtung geschrieben, dass ich seine Erwartungen erfüllen werde. Also, Xiao Wu, red mal mit Liu Lian, dass sie sich beim Kommandeur für mich verwendet. Wo du dich doch so gut mit ihr stehst.«

Die Worte des Instrukteurs verschlugen Wu Dawang die Sprache. Da war es seinem Vorgesetzten doch tatsächlich genauso ergangen wie ihm selbst, als wären sie Zwillingsbrüder!

Für den Instrukteur wurde die Situation durch Wus Schweigen erst recht peinlich. Mit einem verlegenen Lächeln fügte er hinzu: »Ich weiß natürlich, dass das jetzt eigentlich nicht der richtige Zeitpunkt ist, aber wenn du weg bist, habe ich keine Gelegenheit mehr, dich zu bitten. So, und nun geh rein. Wenn außer Liu Lian noch jemand anders im Hause ist, sag bitte gar nichts. Nur wenn sie allein ist, bringst du meine Angelegenheit zur Sprache, ja?«

Damit traten sie durch die Pforte in den Hof und gingen an dem Weinspalier und den Blumenrabatten vorbei zum Haus. Wu Dawang sah aus dem Augenwinkel, dass die Pflanzen noch nicht gekürzt worden waren und auch diejenigen Stauden, die jetzt im Herbst vollständig heruntergeschnitten werden mussten, damit sie besser über den Winter kamen und im Frühjahr wieder austrieben, wie Chrysanthemen und Päonien, traurig und verloren der Schere des Gärtners harrten. Gern hätte er über diese Grundregeln der Gartenpflege mit dem Instrukteur gesprochen, damit dieser die neue Ordonnanz entsprechend instruieren könnte, doch schon standen sie vor dem Haus, und der Instrukteur meldete sich, nicht zu laut, zur Stelle. Der hinter ihm stehende Wu hörte von drinnen Liu Lian fragen, wer da sei. Als der Instrukteur antwortete: »Ich bin's, der Instrukteur des Wachregiments«, vernahm man ihre leichten Schritte auf der Holztreppe vom Obergeschoss ins Parterre.

Offensichtlich war der Divisionskommandeur wirklich abwesend und Liu Lian allein zu Hause. Der Instrukteur flüsterte, er sei schon immer diskret und taktvoll gewesen und wisse, wann die ausgetrocknete Erde den Regen brauche – dazu sei er schließlich Instrukteur. Mit diesen Worten schob er Wu nach vorn und trat selber einen Schritt zurück in den Schatten.

Die Tür ging auf, und es erschien Liu Lian in einem Nachthemd aus rotem Strickstoff, das eher an einen wärmenden Mantel erinnerte. Wahrscheinlich hatte sie überhaupt nicht damit gerechnet, dass Wu Dawang sie so kurz vor seiner endgültigen Abreise noch einmal aufsuchen würde. Ihre Frisur war ein wenig durcheinander, das Gesicht gelblich, als wäre sie ziemlich müde und erschöpft, vor allem aber: Sie war tatsächlich schwanger! Der Bauch war schon deutlich vorgewölbt. Sie war sich bewusst, wie wenig es sich schickte, in diesem Zustand vor Wu Dawang zu treten, und warf dem Instrukteur hinter ihm einen wenig erfreuten Blick zu, doch der tat, als merkte er es nicht, und schaute an ihr vorbei ins Weite.

Steif, ernst und schweigend standen Wu Dawang und Liu Lian unter der Lampe über der Haustür einander gegenüber, sie drinnen, er draußen. Jeder wartete anscheinend, dass der andere zuerst zu reden anfinge. Wu war von dem Anblick ihres dicken Bauches wie vor den Kopf geschlagen. Unfähig, einen klaren Gedanken zu fassen, stand er völlig verwirrt vor ihr und rührte sich nicht, bis der Instrukteur ihn von hinten mit dem Finger stupste und ihn halbwegs aus seiner Benommenheit weckte.

»Ich gehe jetzt fort«, flüsterte er.

»Ich weiß. Dein Zug geht um halb eins.«

»Ich wollte dich vorher noch einmal sehen«, sagte er und hielt ihr eine Ölpapiertüte hin, als wollte er ihr etwas zurückgeben, das sie verloren und er wiedergefunden hatte. Sie warf einen scheelen Blick darauf und erkundigte sich, was darin sei. Erst als er erklärte, es seien Pinienkerne, die er ihr aus seiner Heimat mitgebracht habe, nahm sie die Tüte entgegen, öffnete sie und kostete einen Kern. Dann drehte sie sich um und ging ohne ein weiteres Wort die Treppe hinauf.

Durch das Geschenk war offenbar der Bann gebrochen, unter dem die beiden gestanden hatten, so dass ihre Geschichte sich entwickeln konnte wie vorbestimmt und ihr Ende eine neue Bedeutung erhielt.

Wu Dawang nutzte Liu Lians Abwesenheit, um sich im Wohnzimmer umzusehen. Er stellte fest, dass Einrichtung und Dekoration noch genauso waren wie zu seiner Zeit, nur dass das gerahmte »Wort des Vorsitzenden Mao«, das an der Wand neben dem Treppenaufgang hing, bis sie es kaputtgeschlagen hatten, jetzt durch ein anderes, aber gleich großes und ebenso gerahmtes ersetzt worden war. Statt »Entfaltet die revolutionären Traditionen – kämpft um noch größere Ehre!« war dort jetzt »Gibt es keine Volksarmee, dann gibt es nichts für das Volk« zu lesen.

Gern hätte Wu auch noch die Küche gesehen, den Ort seines Schaffens und Kämpfens, den Schauplatz der Wende in seinem Leben, vor allem aber hätte er gern im Esszimmer nachgeschaut, ob sich etwas verändert hatte und ob sich die Tafel »Dem Volke dienen!« noch an ihrem angestammten Platz befand. Wenn ja, wollte er Liu Lian bitten, sie ihm zu schenken – als Andenken, ohne irgendwelche Hintergedanken …

In diesem Moment kam Liu Lian jedoch eilig die Treppe herunter. Sie hatte einen in rote Seide gewickelten länglichen Gegenstand in der Hand, vielleicht einen Zentimeter dick, etwa fünfundzwanzig Zentimeter breit und vierzig Zentimeter lang, den sie Wu Dawang schweigend überreichte.

»Was ist das?«, fragte er.

»Etwas, das du gern hättest.«

Er schlug die Seide an einer Ecke zurück – und wurde puterrot. Schnell zog er den Stoff wieder zurecht. Dann blickte er auf, sah Liu Lian freudestrahlend an und flüsterte mit vor Rührung zitternden Lippen: »Große Schwester …«

Nach einem schnellen Blick zur Eingangstür streichelte sie ihm über die Wange und sagte: »Dein Instrukteur hat dich zu mir begleitet. Hat er dich nicht gebeten, mit mir zu reden, damit er weiter Soldat bleiben kann?«

Wu Dawang nickte.

Den Tränen nahe sagte sie: »Auf der Fahrt zum Bahnhof musst du ihm und dem Kompaniechef ausrichten, dass ich leider nichts für sie tun kann, es täte mir sehr leid, doch der letzte Bericht meines Mannes wurde von seinen Vorgesetzten bereits gebilligt: Man hat zugestimmt, dass die hier verbliebenen Truppen bis auf den letzten Mann aufgelöst werden. Alle müssen die Uniform ausziehen und in ihre Heimatorte zurückkehren.«

Dann fügte sie noch hinzu: »Mir tut es so leid für eure Kompanie! Jetzt musst du aber gehen. Sag den beiden, wenn ich ihnen später mal irgendwie behilflich sein kann, sollen sie es mich wissen lassen.«

Wu stand reglos da und rührte sich nicht von der Stelle.

Liu Lian drängte zur Eile: »Du musst gehen, Xiao Wu! Der Kommandeur kann jeden Moment zurückkommen.«

Es war, als hätte er nichts gehört.

Sie blickte in sein jetzt wieder bleiches, verstörtes Gesicht. Dann nahm sie seine Hand und streichelte damit ihren vorgewölbten Bauch.

»Geh jetzt!«, drängte sie ihn. Dann, lauter, rief sie dem draußen im Dunkeln wartenden Instrukteur zu: »Ihr müsst euch beeilen, sonst verpasst er noch seinen Zug.«

Da blieb Wu Dawang nichts anderes übrig, als zu gehen.

Das tat er dann auch.

Sie brachte ihn zum Tor. Wie sie dort im Mondschein neben ihm stand, verströmte sie nach wie vor jenen vertrauten Duft vollreifer Äpfel, der sich anscheinend von Anfang bis Ende leitmotivisch durch diese Geschichte ziehen sollte.

Drei Tage später wurde die Auflösung der Division offiziell bekannt gegeben, und es verstreuten sich alle, die von der Affäre zwischen Wu Dawang und Liu Lian wussten (und auch die, die nichts davon wussten). Wie ein Goldklumpen, der in den Ozean geworfen wird, war dieses Geheimnis ihrer aller Vergessenheit überantwortet.

Epilog

Fünfzehn Jahre vergingen. Nachdem Wu Dawang das Gebirge der Jahre überwunden und den Fluss der Zeit durchquert hatte, war er jetzt ein Mann mittleren Alters. Wie es seiner Frau, seinem Sohn und ihm selbst in der Stadt, nach der er sich von klein auf so gesehnt hatte, und an seiner Arbeitsstelle in der Fabrik während all dieser Jahre ergangen war – wir wissen es nicht. Was wir sagen können, ist einzig und allein, dass er als Endvierziger gealtert und resigniert schien. Seine ohnehin recht dunkle, rötliche Haut – die Haut eines Bauern – wirkte rau und ungepflegt. Wenn man genauer hinsah, entdeckte man im Gesicht dieses Mannes neben den altersbedingten Falten und Runzeln auch Spuren einer Traurigkeit, um nicht zu sagen: Verzweiflung, die weit über das bei Menschen dieses Alters zu Erwartende hinausging. Es war das Gesicht eines Verlierers, von dem man die tiefgreifenden gesellschaftlichen Veränderungen ablesen konnte, die seine Generation, und nicht nur diese, durchgemacht hatte, Umwälzungen, die Menschen wie ihm vor der Zeit allen Lebensmut und alle Unternehmungslust ausgetrieben hatten. Schon als junger Mann war er ja nicht gerade tatendurstig gewesen, doch als er nun, nach fünfzehn

Jahren, vor dem Tor zum Komplex der Offiziersvillen auf dem Gelände des Militärbezirkskommandos in der Provinzhauptstadt stand, war von seinem ohnehin schwach entwickelten Elan nichts geblieben.

Zweifellos war ihm bekannt, dass der Divisionskommandeur bereits seit einigen Jahren Chef des gesamten Militärbezirks der Provinz und Liu Lian, die »reife Frucht« von einst, selbstredend seine allseits geachtete Gattin war. Um das Neueste über den Militärbezirkschef zu erfahren, brauchte er nur den Fernseher anzuschalten oder die Zeitung aufzuschlagen; was Liu Lian betraf, war er jedoch auf Hörensagen und die Informationen ehemaliger Kameraden angewiesen, die aus offensichtlichen Gründen gern die Nähe von Großkopfeten suchten.

Fünfzehn Jahre lang ohne ein Lebenszeichen von ihr!

Es war ein kalter Wintertag, Schnee lag auf den Hochhäusern, der Ringstraße und den Fußgängerüberführungen der Provinzhauptstadt. Der Jinshui-Fluss, der durch die Stadt fließt, war zugefroren, zur Freude der Jugend, die auf dem dicken Eis Schlittschuh lief. Auf der Uferstraße war Wu Dawang, eingehüllt in einen altmodischen Militärmantel, im Schein der sinkenden Sonne unterwegs zum Wohnkomplex der hohen Offiziere des Militärbezirks. In einer Entfernung von vielleicht einem halben Kilometer kam ihm ein etwa fünfzehnjähriger Junge entgegen, den er lange mit den Augen verfolgte. Dann lief er weiter nach Osten und gelangte schließlich zum Tor in der Umfassungsmauer um die Offiziersvillen.

Dieses Tor sah ganz anders aus als sein Gegenstück in der Kaserne von Wus alter Division ein paar hundert Kilometer östlich der Provinzhauptstadt (das Gelände wurde inzwischen längst von einer Fabrik genutzt). Es handelte sich nämlich um ein imposantes Portal, das mit seinem Architrav und den hochragenden Säulen rechts und links eher an ein Stadttor erinnerte. Alles war mit riesigen Platten aus einem besonderen Stein verkleidet (wobei wahrscheinlich kaum jemand zu sagen gewusst hätte, welchen Namen dieses kostbare importierte Material hatte, woher genau es kam und wie viel ein Quadratmeter davon kostete). Zur Dekoration des Tores gehörte auch die raffinierte indirekte Beleuchtung durch viele einzelne Lampen, während die beiden riesigen roten Lampions lediglich ein vergessenes Überbleibsel des Schmucks zum Nationalfeiertag am 1. Oktober waren. Unter diesen Lampions standen auf fünfzig Zentimeter hohen, quadratischen, rot-weiß gestreiften Podesten zwei Wachtposten, das Gewehr schräg vor dem Körper, die zwar keineswegs einschüchternd wirkten, sich aber in Anbetracht des mächtigen Portals, ihrer erhöhten Position, der – wenn auch ephemeren – Bedeutung ihres Standortes und des regen Kommens und Gehens auf der Straße vor dem Tor gleichwohl bemüßigt fühlten, in Haltung und Gesichtsausdruck den gebührenden Ernst an den Tag zu legen.

Im Übrigen kam Wu Dawang ihnen gar nicht nahe, weil er in einiger Entfernung auf der gegenüberliegenden Straßenseite stehen blieb und von dort aus beobachtete, wer da in der Abenddämmerung hineinging und herauskam. Erst nach zweiundzwanzig Uhr verließ er ebenso still und leise, wie er gekommen war, seinen Beobachtungsposten und verschwand in der Menge.

Am nächsten Tag erschien er schon am frühen Morgen wieder dort und hatte dank einschlägiger Erfahrungen aus seiner eigenen Dienstzeit keine Mühe, an den Posten vorbei in den scheinbar so streng bewachten Komplex einzudringen. Ebenso schnell hatte er auch die hiesige Offiziersvilla Nr. 1 gefunden.

Deren Anlage ähnelte aufs Haar der des entsprechenden Anwesens in seiner ehemaligen Kaserne, wo er fünfzehn Jahre zuvor Dienst getan hatte. Die Rabatten hinter dem schmiedeeisernen Zaun, der die Villa umgab, waren schneebedeckt und kahl, und die Beete eines Gemüsegartens zeichneten sich unter dem Schnee deutlich ab. Am überraschendsten war, dass auch hier der Weg vom Stahlblech-Tor in der Umfassungsmauer bis zur Haustür eine Pergola aus lauter Rebstöcken war. Selbst jetzt im Winter waren noch zahlreiche dürre Weinranken verblieben, die sich zäh an das Spalier klammerten und ein Muster bildeten, das ihn an Fischschuppen erinnerte. Das Tor selbst war ebenfalls so breit, dass ein Auto hindurchfahren konnte, während Fußgänger die in den Torflügel eingelassene Pforte benutzten.

Neben der Haustür mit ihren vom Regen geschwärzten Terrazzopfosten stand ein Wachtposten vor seinem Schilderhaus, der Wu Dawang misstrauisch beäugte, als dieser sich näherte, und ihn schon von weitem anblaffte: »Wo willst du hin? Zu wem willst du?«

Wu antwortete: »Hier will ich hin! Ich möchte zu Liu Lian. Vor fünfzehn Jahren war ihr Mann Divisionskommandeur, da bin ich Ordonnanz bei ihm gewesen.«

»Hast du dich angemeldet?«

»Wäre ich sonst am Eingang durchgelassen worden?«

Der Posten ging in sein Häuschen und wählte eine Telefonnummer. Wu rief ihm hinterher, er solle Liu Lian sagen, sein Name sei Wu Dawang, und er stehe schon vor dem Tor. Der Posten redete mit jemandem am anderen Ende der Leitung, legte dann den Hörer auf, musterte Wu eingehend, öffnete ohne ein Wort die Pforte und ging durch den Vorgarten ins Haus, während Wu allein draußen vor dem Tor warten musste.

Im Vergleich zu der Hektik auf den Straßen der Stadt kam ihm der ausgedehnte Villenkomplex mit seinen vielen Bäumen unbeschreiblich friedlich vor, zumal bei diesem

Schneewetter. Ringsumher herrschte lastende Stille; vom bedeckten, grauen Himmel fielen sachte ein paar Schneeflocken, so dass sein Haar und seine Kleidung bald von einer flauschigen weißen Hülle bedeckt waren. Während er geduldig wartete, wurde ihm allmählich kalt, und er stampfte mit den Füßen auf, um sich ein wenig zu erwärmen. In diesem Moment kam der schmächtige Posten aus dem Haus zurück und übergab ihm einen mit zwei Heftklammern verschlossenen Umschlag. Er sagte: »Tante Liu hat gerade die Friseuse da, so dass sie im Moment nicht abkömmlich ist und auch keine Besucher empfangen kann. Sie hat gesagt, du sollst den Brief lesen, und wenn du ein Anliegen hast, sollst du es auf den Bogen schreiben, dann wird sie sich darum kümmern.«

Wu Dawang stutzte, dann öffnete er das Kuvert und las den einen Satz, der – einfach und sparsam, wie es sich gehört! – am oberen Rand des Bogens stand:

»Wenn du irgendwelche Schwierigkeiten hast, schreib es auf diesen Bogen; falls du Geld brauchst, notiere den Betrag und die Adresse.«

Bewegungslos stand Wu Dawang im Schneegestöber dort am Tor und blickte mit starrer Miene zum Haus hinüber, einen resignierten, gekränkten Ausdruck auf dem Gesicht. Nach einem Moment faltete er das Blatt zusammen und steckte es wieder in den Umschlag. Er holte unter seinem Mantel jenes in rote Seide verpackte längliche Paket hervor – einen Zentimeter dick, fünfundzwanzig Zentimeter breit, vierzig Zentimeter lang, ähnlich wie eine Stange Zigaretten in aufwendiger Geschenkverpackung – und reichte es dem Posten mit den Worten: »Gib das Liu Lian. Sie weiß schon Bescheid.«

Dann drehte er sich um und verschwand langsam im dichten Schneetreiben.

Drei Tage später eröffnete Liu Lian, mittlerweile eine

Frau an der Schwelle des Alters, ihrem Mann und ihrem Sohn: »Ich möchte nach Yangzhou fahren und meine Familie besuchen. Meine Eltern leben ja nicht mehr, aber ich würde gern einmal meine Geschwister wiedersehen.« Nachdem sie abgereist war, hörte ihr Mann nichts mehr von ihr, auch nicht telefonisch. Als er schließlich selbst in Yangzhou anrief, erfuhr er, dass sie nie dort aufgetaucht sei.

Liu Lian war verschwunden.

Niemand wusste, wohin sie gegangen war. Wochen und Monate verstrichen ohne ein Lebenszeichen von ihr. Sie war spurlos aus der Offiziersvilla Nr. 1 in diesem Wohnkomplex des Militärbezirks verschwunden, so spurlos wie eine geschmolzene Schneeflocke oder wie eine vom Winde verwehte Osmanthusblüte, von deren vergänglicher Existenz in dieser Welt einzig der schwache Duft kündet, den sie hinterlässt.

17. August 2004